W0283699

DAS HAUS IN LIMONE

Bibliografische Information der Deutschen Nationalbibliothek

Die Deutsche Nationalbibliothek verzeichnet diese Publikation in der Deutschen Nationalbibliografie; detaillierte bibliografische Daten sind im Internet über http://dnb.dnb.de abrufbar.

© 2024 Jung und Jung, Salzburg
Alle Rechte, einschließlich der Vervielfältigung, Veröffentlichung, Bearbeitung und Übersetzung, bleiben vorbehalten
Umschlagbild: Sevilla 2014 © Gloria Rodríguez
Umschlaggestaltung: BoutiqueBrutal.com
Druck und Bindung: GGP Media GmbH, Pößneck
ISBN 978-3-99027-281-7

FSC
www.fsc.org
MIX
Papier | Fördert gute Waldnutzung
FSC® C014496

AKOS DOMA

Das Haus in Limone

Roman

JUNG
UND
JUNG

Das Negative zu tun, ist uns noch auferlegt,
das Positive ist uns schon gegeben.
Franz Kafka

Mann und Frau … wie sollten sie einander auch je verstehen,
wollen sie doch beide etwas anderes. Der Mann: die Frau,
die Frau: den Mann.
Frigyes Karinthy

Der Mensch ist derart schlecht für das Leben ausgerüstet,
dass man fast einen Übermenschen aus ihm machen würde,
wenn man in ihm einen Schuldigen – statt ein Opfer – sähe.
Georges Simenon

Weil er nicht lieben kann.
Federico Fellini, 8½

Am Morgen des 1. April 2018 fuhr Sebastian F., wie er später in den Zeitungen genannt wurde, mit der Seilbahn von Malcesine auf den Gipfel des Monte Baldo.

Der Himmel war klar, es versprach ein sommerlich warmer Ostersonntag zu werden. Am Kartenschalter wechselte Sebastian F. ein paar Worte mit der Kassiererin, sagte etwas über die hervorragende Thermik, sie wünschte ihm einen guten Flug, er wünschte ihr einen schönen Tag. Die Gondel zog an, Sebastian F. blieb am hinteren Fenster stehen und stellte seinen Rucksack ab. Er war in den Anblick des immer kleiner und doch immer größer werdenden Sees so versunken, dass ihn der Mann an der Zwischenstation mehrmals zum Aussteigen auffordern musste, bevor er auf ihn aufmerksam wurde.

Auch in der zweiten Gondel, die über den Steilhang des Monte Baldo nach oben schwebte, blieb er hinten stehen. Zwei Frauen erinnerten sich, dass er sehr ruhig, fast abwesend gewirkt habe. Oben angekommen habe er sich nicht wie die anderen Gleitschirmflieger am Hang neben der Bergstation zum Absprung bereit gemacht, sondern sei vor ihnen zum Aussichtspunkt Richtung Riva und Nordufer gewandert.

Andere Augenzeugen berichteten, sie hätten ihn am Rande der Abflugstelle lange reglos im Gras sitzen gesehen. Es muss gegen zehn Uhr gewesen sein, als er seinen Schirm am Boden auszubreiten begann. Im Minutentakt hoben die Piloten ab, der Himmel war voller bunt leuchtender Gleitschirme, die summend in weiten Schleifen über die Köpfe der Schaulustigen hinwegschossen oder am Hang entlang talwärts flogen.

Sebastian F. ordnete die Schnüre seines vom Wind geblähten, knapp über dem Boden flatternden Gleitschirms, lief mit kräftigen Schritten auf den Abgrund zu und stieß sich ab. Laut Zeugenaussagen war es ein ganz gewöhnlicher Abflug, merkwürdig daran war nur, dass sich der Pilot nicht erst durch den Auftrieb am Berg nach oben tragen ließ, sondern kerzengerade über den See hinausflog. Der feuerrote Schirm zog keine Kreise auf dem wolkenlosen Himmel, machte keine Schlenker, flog in leichtem Sinkflug, kleiner und kleiner werdend, auf das jenseitige Ufer zu.

Dann, als ihn längst alle aus den Augen verloren hatten, kam von irgendwo ein Schrei.

Spaziergänger blieben stehen, Finger deuteten in die Ferne, man konnte sehen, dass der rote Schirm um sein Gleichgewicht rang. Er klappte an den Enden ein, drehte sich ruckartig, spannte sich wieder auf, schien sich einen Moment zu erholen, doch schon im nächsten sackte er ein und begann, ein flatternder Fetzen, in freiem Fall in die Tiefe zu stürzen.

Als er in den See einschlug, war vom Berg aus nur eine winzige Trübung auf dem glänzenden Wasserspiegel zu erkennen. Obwohl die ersten Rettungsboote die Absturzstelle schon wenige Minuten später erreichten, konnte Sebastian F. nur noch tot aus dem Wasser geborgen werden.

Der Ablauf der Ereignisse wurde rekonstruiert, die Unglücksursache blieb ungeklärt. Den ganzen Sonntag hatten über dem See ideale Flugbedingungen geherrscht, atmosphärische Störungen wurden nicht registriert, die Untersuchung des Gleitschirms brachte keine Materialschäden zutage. Als Unfallursache wurde menschliches Versagen angenommen, irgendein schwerwiegender Flugfehler, der zu einem abrupten Strömungsabriss geführt und den Absturz eingeleitet haben muss.

Die Zeitungen vom Dienstag berichteten darüber im Zusammenhang mit zwei weiteren Gleitschirmunfällen, die sich an jenem Osterwochenende in Annecy sowie auf Lanzarote ereignet und insgesamt drei Menschenleben gefordert hatten.

Sonntag Morgen

1.

Es dauerte ein paar Sekunden, bis ich begriff, dass ich nicht allein war. An dem kleinen Tisch am Fußende meines Bettes saß jemand.

Ich schloss die Augen, öffnete sie wieder.

Die Silhouette war noch da, eine Frau.

Ich war benommen, sonst wäre ich aufgeschreckt wie nach einem Albtraum. Als wäre ich nicht ganz bei mir, als träumte ich noch, obwohl ich wusste, dass ich wach war, dass ich mich in meinem Hotelzimmer in Malcesine befand, dass keine fünf Meter von mir entfernt eine fremde Frau saß und nur das fahle, körnige Licht des Morgens, das nicht mehr Nacht, aber auch noch keine Tageshelle war, alles unwirklich erscheinen ließ.

Ich stützte mich auf und holte Luft, mir war schwindelig.

»Verzeihung …«

Ich sprach sie, ohne zu überlegen, auf Deutsch an, in einem Hotelzimmer am Gardasee war das ziemlich naheliegend, aber sie schien mich nicht zu hören.

»Entschuldigen Sie«, sagte ich lauter, »ich glaube, Sie haben sich in der Tür geirrt.«

Sie rührte sich nicht, starrte nur aus dem Fenster, in den prasselnden Regen. Hatte sie die falsche Tür erwischt und wusste in ihrer Verwirrung nicht, wo sie sich befand? Aber warum saß sie dann so seelenruhig da?

Ich blickte auf meinen Wecker am Nachtkästchen. 5:50. SO 29. SEPT 2019. Die frühe Stunde hätte eine gewisse Müdigkeit, nicht jedoch meinen betäubten Zustand erklärt, die seltsame Mattheit in meinem Körper und meinem Kopf. Die Frau saß noch immer an dem Tisch, in aufrechter Haltung, wie Olimpia oder eine Wachsfigur. Mein

Blick wanderte zu meiner Hand auf der Bettdecke, aber sie hatte gar nichts Insektenhaftes an sich. Ich wunderte mich nur, dass ich offenbar vollkommen angezogen ins Bett gegangen war.

»Kann ich Ihnen behilflich sein?«

Die Frau drehte mir das Gesicht zu, als würde sie mich soeben erst bemerken.

»Ich suche meinen Mann, er ist verschwunden.«

Sie sprach langsam und derart emotionslos, dass ich im ersten Moment nicht wusste, ob ich lachen oder in Bestürzung verfallen sollte, ob es ernst gemeint oder doch nur ein subtiler Scherz war. Ein paar Antworten lagen mir auf der Zunge, dass so etwas in den besten Familien vorkäme, ob wir darauf anstoßen wollten und wie sie *mich* denn finde, aber ich sagte nur: »Kein Wunder, Sie suchen ihn im falschen Zimmer.«

»Im falschen Zimmer?«

Sie warf einen Blick auf etwas in ihrer Hand.

»Zimmer 12. Wenn, dann sind *Sie* im falschen Zimmer!«

»Ich?«

Sie hielt ihren Schlüssel in die Höhe. Ich konnte die Zahl auf dem Anhänger nicht erkennen, aber die Frau klang kein bisschen betrunken, eher erschreckend nüchtern. War ich womöglich selbst betrunken? Meine Erinnerungen an den Abend zuvor waren wie ausgelöscht. Ich wusste nicht, wie ich nach Hause gekommen war oder mit wem, sofern ich überhaupt eine Begleitung gehabt hatte. Unter solchen Umständen könnte es meinerseits vielleicht doch zu einer Verwechslung gekommen sein.

Ein einziger Blick in den Raum beruhigte mich. An der Tür hing mein leichter Übergangsmantel, auf der Ablage neben dem Schrank stand mein brauner Lederkoffer, der Wecker am Nachtkästchen gehörte genauso mir wie das Buch daneben, das wie alle Bücher, die ich gerade las, zum Schutz in weißes Papier eingeschlagen war. Eigentlich hätte die Frau längst bemerkt haben müssen, dass sie sich in einem fremden Zimmer befand.

Vielleicht schlief ihr Mann friedlich in einem der Zimmer nebenan. Oder hatte sie ihn nur erfunden? Steckte etwas anderes dahinter? Hatte sie sich unbemerkt ins Hotel eingeschlichen? Suchte sie einen Unterschlupf, hatte sie kein Geld? Wie eine Bedürftige sah sie allerdings nicht aus, eher wie eine, die in einer Herberge dieser Preisklasse gar nicht erst absteigen würde. Oder gehörte sie zu den Frauen, die sich berufsmäßig auf die Zimmer allein reisender Männer verirrten? Wenn dem so war, hatte sie eine reichlich ungewöhnliche Art, an die Arbeit zu gehen.

Ich wusste nicht, was ich sagen sollte, aber sie schien an einer Fortsetzung unseres Gesprächs ohnehin nicht interessiert zu sein. Sie hatte sich wieder dem Fenster zugewandt, als wäre das Thema für sie erledigt, als wartete sie nur noch, bis ich endlich verschwand.

Ich rutschte vom Bett, froh, angezogen zu sein.

»Seien Sie mir nicht böse, aber …«

»Das bin ich nicht!«

Die Wucht, mit der sie den Satz ausstieß, ließ mich verstummen.

»Wie heißen Sie?«, fragte sie, ohne mich anzusehen.

»Berger … Gabriel. Aber ich fürchte, das wird Ihnen auch nicht weiterhelfen.«

»Nein.«

Jetzt erst bemerkte ich die Flasche auf dem Tisch vor der Frau, und mit einem Mal begann sich das trübe Milchglas meiner Erinnerungen aufzuhellen. Ich hatte am Abend zuvor, bevor ich zu der Party in der Villa aufgebrochen war, ein paar Gläschen Wodka getrunken, hatte dort weiter getrunken und getanzt, zu viel getrunken und vielleicht auch zu viel getanzt, mir war schlecht geworden. Mir fiel auf einmal Nella ein, der Heimweg am nächtlichen Seeufer, die Lichtspiegelungen auf dem Wasser, die Heimfahrt im strömenden Regen, das Hotel …

Und dann?

Nichts. Dunkelheit. Und jetzt, an diesem Ende des Dunkels, in der Ecke meines Zimmers diese Frau. Wäre es Nella gewesen, hätte ich alles verstanden, aber sie war es nicht. Sie hätte Nellas Mutter sein können.

Ich bückte mich nach meinen Schuhen. Ich wollte wenigstens nicht so unhöflich sein, meinen ungebetenen Gast barfuß hinauszukomplimentieren.

Ein erster Dämmerschein erhellte den Boden, die Schuhe lagen am Fußende des Bettes, der eine hier, der andere dort. Ich kniete mich nieder, um nach ihnen zu greifen, da fiel mein Blick auf die übereinandergeschlagenen Beine der Frau unter dem Tisch. Er wanderte von den schwarzen Strümpfen über ihr kurzes schwarzes Kleid bis zu der grazilen Biegung ihres Nackens und ihren elegant hochgesteckten Haaren. Ihr Gesicht im Profil hatte etwas Feines, Filigranes. Hatte es an der Dunkelheit oder an meiner Blindheit gelegen, dass mir die Schönheit dieser Frau bis dahin nicht aufgefallen war?

»Und Sie?«

Ich verstummte. Mir war plötzlich, als sähe ich die feuchte Spur einer Träne auf ihrer Wange, und ich schluckte. Wenn mir etwas Angst einjagen konnte, so war es der Anblick einer weinenden Frau. Aber diese Frau hatte nichts Erschreckendes an sich, sie tat mir nur leid.

»Wenn ich Ihnen irgendwie helfen kann …«

Ich konnte, natürlich konnte ich.

Ich stemmte mich hoch, wartete ein paar Sekunden, bis mein Schwindelgefühl nachgelassen hatte, nahm ein frisches Glas vom Tisch und schenkte ihr aus der Flasche zwei fingerbreit Wodka ein.

»Trinken Sie das, es wird Ihnen guttun.«

Sie schüttelte den Kopf.

»Möchten Sie lieber einen Kaffee? Ich bringe Ihnen einen Kaffee, ja?«

Sie schwieg.

Das war immerhin kein Nein.

»Bleiben Sie sitzen, ich bin gleich zurück.«

In der Tür blickte ich mich noch einmal um. Die Frau hatte den Kopf auf ihre gekreuzten Arme gelegt, und plötzlich hatte es den Anschein, als würde die ganze dunkle Masse des Monte Baldo, der das Fenster hinter ihr ausfüllte und verschattete, auf ihren Schultern lasten.

Ich zog die Tür zu, schloss sie nicht.

Die Tür trug die Nummer 12.

Was sonst.

Es war das Zimmer, das ich gestern, Samstag früh, bei meiner Ankunft in Malcesine bezogen hatte. Zimmer 12. Den Schlüssel hielt ich in meiner Hand. Woher sie ihren Schlüssel hatte, konnte ich mir beim besten Willen nicht erklären.

2.

Die Rezeption war nicht besetzt, auf dem Pult stand nur ein Namensschild, *Angelo*. Durch die gläserne Eingangstür sah ich die Straße, den kleinen Park gegenüber. Alles war nass, still und monoton fiel der Regen.

Das Geklapper von Besteck brachte mich zur Besinnung. Ich drehte mich um und folgte dem Geräusch. Im Frühstückszimmer brannten bereits die Lichter, am fernen Ende deckte ein älterer Kellner im schwarzen Anzug die Tische, Signor Angelo vermutlich. Er ging in leicht gebückter Haltung umher, blieb hier und da stehen. Seine kurzen, steifen Schritte erinnerten an eine Aufziehpuppe. Das ganze Bild hatte etwas Skurriles, als würde er einen Saal voll unsichtbarer Gäste bedienen.

Als ich eintrat, hob er den Kopf, strich eine Haarsträhne, die ihm in die Stirn gerutscht war, über seinen fast kahlen Schädel.

»Einen Kaffee, Signor Ohm?«, rief er mir entgegen.

»Grazie!«, erwiderte ich. »Sie sind ein Hellseher!«

»Es ist das Einzige, was ich Ihnen so früh anbieten kann«, sagte er mit einer Geste der Verlegenheit.

Er verschwand hinter den großen Kirschblüten eines japanisch anmutenden Wandschirms. Die Fenster waren geöffnet, ich atmete die frische Regenluft. Ich war froh, dass ich etwas bekommen konnte, obwohl es noch nicht Frühstückszeit war. Mir fiel ein, dass ich den Kaffee mit aufs Zimmer nehmen wollte, doch noch bevor ich ein Wort gesagt hätte, trat er hinter dem Schirm hervor, ein Tablett in den Händen.

»Auf die Zimmerrechnung, Signor Ohm?«

Ich nickte verblüfft.

»Zimmer 12«, murmelte er.

»Ja, richtig … Ich bringe es selbst hinauf.«

Er verneigte sich kaum merklich. Seine großen, hängenden Augenlider erinnerten mich an den traurigen Blick eines Bassets.

»Ich freue mich, dass es Ihnen wieder besser geht.«

Ich nickte automatisch. Dass es mir wieder besser ging? Was meinte er damit? Wir waren uns noch nie begegnet, und doch kannte er meinen Namen und meine Zimmernummer und wusste, dass mir leicht unwohl war. Wusste sogar, dass ich jetzt nicht allein war, denn von *zwei* Kaffees hatte ich bestimmt nichts gesagt. Und doch war das Tablett für zwei gedeckt: zwei Tassen Kaffee, zwei Gläschen Wasser, zwei Amarettini.

Er war wohl davon ausgegangen, dass ich, wie die meisten Gäste, in Begleitung da war. Ein guter Riecher machte einen guten Kellner eben aus. Wobei er in meinem Fall falschlag. Und doch wieder richtig. Richtigzuliegen, obwohl man falschlag, im Ziel anzukommen, obwohl man in die entgegengesetzte Richtung lief, das war freilich die hohe Kunst.

Ich stieg die Treppen hinauf, der Läufer schluckte meine Schritte. Vor Zimmer 12 blieb ich stehen und stieß mit der Fußspitze die Tür auf.

Der Tisch am Fenster war verlassen.

Die Tür öffnete sich weiter. Ich trat vor und erblickte auf der unbenutzten Seite des Doppelbettes zwei Beine in schwarzen Strümpfen, ein kurzes schwarzes Kleid … Also doch eine Prostituierte. Vermutlich steckte sie mit dem Kellner sogar unter einer Decke. Darum hatte er für zwei serviert, das war das ganze Geheimnis. Doch kaum hatte ich das Tablett auf den Tisch gestellt und einen genaueren

Blick auf die Frau geworfen, wusste ich, dass ich wieder falschlag.

Sie schlief. Stellte sich nicht schlafend, schlief. Nichts Laszives, nichts Gewolltes verriet ihre Haltung, es war die eines schlichten, bewusstlosen Körpers.

Das Glas auf dem Tisch, eben noch halb voll, war leer.

Ich musterte sie eine Weile. Keine Ahnung, was seit meinem Erwachen mit mir vorging, was diese wildfremde Person in meinem Bett suchte, woher sie kam und was sie wollte. Dass sie gerade in mein Zimmer getappt war, war wohl einer jener rätselhaften Zufälle, die den porösen Bodensatz des Lebens bildeten, auf dem die Prachtbauten der menschlichen Logik immer wieder zu nichts zerrannen.

Ich warf meine Schuhe ab, legte mich vorsichtig aufs Bett. Eine Armlänge von mir ruhte das Gesicht der Frau, ich hörte ihre gleichmäßigen Atemzüge. Wie müde musste sie gewesen sein, um so schnell einzuschlafen. Ich streckte die Hand aus. Nur mit Mühe konnte ich mich zurückhalten, mit den Fingerspitzen ihren hohen Wangenknochen zu berühren, über ihre hübschen Falten, ihre schwarzen Haare zu fahren. Etwas Fremdes, Östliches lag in ihren Zügen. Sie mochte etwa in meinem Alter sein, um die fünfzig. Sie wirkte auch nicht jünger als sie war, nur schöner und trauriger.

Genauso wehrlos muss auch die ohnmächtige Marquise vor ihrem Offizier gelegen haben, dachte ich, während ich mich weiter in die Mitte des Bettes schob, näher an den schlafenden Körper heran. Und wie ich so dalag und sie betrachtete, bis sich der unterbrochene Schlaf wieder meiner zu bemächtigen begann, beschlich mich allmählich ein Gefühl von Vertrautheit. Als hätte ich sie schon einmal gesehen.

3.

Ich schlug die Augen auf.

Der Wecker vor mir zeigte 11:02.

Ich hob den Kopf, lauschte dem Geräusch.

Im Badezimmer lief die Lüftung.

Ich stieg aus dem Bett, drehte mich verwirrt um die Achse. Auf der anderen Betthälfte lagen sorgfältig gefaltet Hosen, Röcke, Blusen, ein Halstuch, daneben ein Geldbeutel, Ohrringe, eine Perlenkette und ein Buch, aus dem ein Dickicht von Merkzetteln ragte. Es war das *I Ging*, auf dem Deckel prangte ein chinesisches Schriftzeichen. Auf dem Tisch am Fenster standen ein Tablett mit zwei Tassen, eine Wodkaflasche und zwei Gläser. Ich war am Morgen also wirklich erwacht, die Frau war wirklich da, ich hatte ihr wirklich Kaffee gebracht, sie hatte sich wirklich aufs Bett gelegt und war eingeschlafen, ich hatte mich wirklich neben sie gelegt …

Und dann?

Dann war auch ich eingeschlafen. Nichts war passiert, nichts, woran ich mich erinnern konnte.

Aber die Frau schien auf ihrem Irrtum beharren und mein Zimmer in Beschlag nehmen zu wollen.

Ich bückte mich, um meine Schuhe anzuziehen. Durch das Schlüsselloch der Badezimmertür drang Licht, ich erstarrte. Die Musik schwoll an, grünliches Licht machte sich im Zimmer breit, die Tür öffnete sich, und schwebenden Schrittes kam Madeleine auf mich zu …

Die Tür klickte.

Ich hob den Blick. Schwarze Strümpfe, kurzer dunkelroter Rock, schwarzer Pullover, die dunklen Haare hochgesteckt. Die Frau von heute Morgen. Sie ging an mir vorbei, als sähe sie mich nicht.

»Schließen Sie bitte ab, wenn Sie gehen«, sagte sie, während sie ihren Geldbeutel in ihre Handtasche steckte.

»Ich ... ich habe Ihnen einen Kaffee gebracht«, antwortete ich, als wäre das nicht schon vor fünf Stunden gewesen.

»Danke. Ich habe ihn getrunken, beide Tassen. Seien Sie mir nicht böse.«

»Das bin ich nicht.«

Sie blieb stehen.

»Es tut mir leid, dass ich Sie heute früh geweckt habe.«

»Mir tut es leid, dass ich Ihnen nicht helfen konnte.«

»Ich habe nicht damit gerechnet.«

Sie schloss ihre Handtasche.

»Aber vielleicht können Sie es doch«, sagte sie zögerlich. »Würden Sie mir einen Gefallen tun?«

»Auch zwei.«

Sie trat an den Tisch und reichte mir eine der Tassen.

»Können Sie hier etwas erkennen, *irgend*etwas?«

»Ich soll Kaffeesatz lesen?«

»Haben Sie Angst?«

Ich hielt die Tasse zum Fenster, drehte sie, versuchte in den angetrockneten Kaffeeresten am Boden irgendeine sinnvolle Form auszumachen.

»Es tut mir leid«, sagte ich kopfschüttelnd, »ich bin wirklich nicht der Richtige für so etwas.«

»Nehmen Sie sich Zeit.«

Es läge nicht an der Zeit, wollte ich erwidern, sondern daran, dass ich für so etwas keine Geduld hatte, an den Quatsch nicht glaubte, mir jegliche Phantasie für übersinnliche Kräfte fehlte.

»Ich kann beim besten Willen nur Kaffeereste erkennen, nichts anderes. Aber einen Gefallen haben Sie noch frei.«

Sie schob mir die andere Tasse hin.

»Dann diese hier.«

Ich seufzte.

»Darf ich wenigstens wissen, wie Sie heißen, wenn ich Ihnen schon die Zukunft lesen soll?«

»Liliána Fahm.«

»Lili…«

»…ána.«

»Gabriel.«

»Ja, das sagten Sie schon.«

»Liliána, das klingt ein wenig…«

»Nach Handleserin? Meine Mutter war Ungarin, das ist so was Ähnliches.«

Ich stellte die Tasse vorsichtig auf den Tisch zurück.

»Haben Sie Ihren Mann schon erreicht?«

»Er ist nicht zu erreichen, wenn er hier am See ist. Außer über E-Mails.«

»Ist er denn überhaupt hier?«

»Das fragen Sie mich?«

Sie fuhr mit den Fingern über ihre Stirn.

»Woher soll ich das wissen… ich weiß gar nichts! Schon seit Jahren kommt er her, verbringt hier seine ganze freie Zeit, und wochenlang weiß ich nichts von ihm…«

»Sie wissen nicht, wo er hier wohnt?«

»Wenn er hier ist, will er für sich sein, Zeit für seine Arbeit haben, der See sei sein letztes *Refugium*. Als wäre er ein Eremit. Alles, was ich habe, ist das hier… Die Adresse, unter der wir früher immer Urlaub gemacht haben. Aber das ist schon eine Ewigkeit her, zwanzig Jahre…«

Sie reichte mir einen zerknitterten Zettel. Ich schüttelte den Kopf, die Adresse sagte mir nichts.

»Irgendwo dort am Hang«, sagte sie und zeigte aus dem Fenster. »Eine Ferienwohnung. Ich weiß gar nicht, ob es sie überhaupt noch gibt. Eine kleine Kapelle befand sich direkt daneben.«

»Sant'Isidor?«

»Vielleicht ... ja, so hieß sie.«

»Die kenne ich, ist nicht weit von hier. Ich kenne sogar einen Schleichweg dorthin, man kann sie gar nicht verfehlen.«

»Sie müssen mir nicht helfen.«

Ich zuckte mit den Schultern.

»Ich habe Zeit.«

Sie schnaubte und schüttelte den Kopf.

»Ein Mann, der Zeit hat ... nicht zu glauben.«

4.

»Die meisten Männer leben nur für ihre alberne Arbeit«, erklärte sie draußen. »Als hinge das Wohl und Weh der Welt davon ab … Und wohin jetzt?«

»Hier lang.«

Wir überquerten den kleinen Park zwischen Rathaus und Kirche. Es regnete nicht mehr, aber hinter dem Monte Baldo zogen wieder Wolken herauf. Es ging alles so schnell, dass ich mich gar nicht besinnen konnte, was eigentlich gerade geschah. Liliána eilte voraus, ich folgte ihr, hing an ihr wie ein Hund. Welch verrückter Zufall auch immer mich mit dieser Frau zusammengeführt hatte, es musste darin irgendein verborgener Sinn liegen.

»Wollen Sie nicht schnell noch etwas essen? Oben werden wir nichts finden.«

»Essen Sie ruhig etwas. Wenn Sie mir die Richtung zeigen, komme ich allein zurecht.«

Ich schüttelte den Kopf.

»Ich hole nur schnell etwas zu trinken«, sagte ich. »Dauert bloß fünf Minuten, gehen Sie nicht weg!«

Ich lief in den Supermarkt gegenüber, legte zwei Flaschen Mineralwasser in meinen Einkaufskorb, stellte mich an einer Kasse an, kehrte um, besorgte noch zwei Flaschen Rotwein und ein paar Kleinigkeiten für ein Picknick. Ich hatte seit gestern Abend nichts mehr gegessen und wurde allmählich hungrig, und auch Liliána würde nach dem Aufstieg etwas brauchen und dankbar und überrascht sein, wenn ich den Proviant auspackte. Es würde ihre Stimmung heben. Nicht eine Sekunde ging ich davon aus, dass wir auf diese vage Vermutung hin ihren Mann finden würden.

Ich bezahlte. Vor dem Supermarkt sah ich mich um.

Liliána war verschwunden.

Hatte ich sie zu lange warten lassen? Oder hatte sie die ganze Zeit nur auf eine Gelegenheit gewartet, um mich loszuwerden? Ich lief ein Stück die Via Scoisse hinauf, fluchte, weil die Einkaufstüte gegen mein Bein schlug.

Von Liliána fehlte jede Spur.

Als ich linker Hand die Abzweigung des Fußwegs nach Sant'Isidor erreichte, sah ich sie. Wie ein verletzter Vogel hockte sie auf einem Stein am Wegesrand, den Kopf auf die Arme, die Arme auf die Beine gestützt, ein Häufchen Elend.

»So wie Sie dasitzen, wird Sie der erstbeste Mann aufgabeln«, sagte ich, ich hätte alles gegeben, um sie aufzuheitern.

»Er wäre reichlich dumm«, murmelte sie.

»Sagen Sie das nicht.«

»Gehen wir?«

Der Weg war ein schmaler, steiniger, auf beiden Seiten von Maschendrahtzaun gesäumter Pfad. Ich hatte ihn vor vielen Jahren entdeckt, als ich mich beim Abstieg vom Monte Baldo einmal verirrt hatte. Wir gingen Seite an Seite, mal ich einen Schritt voraus, mal Liliána, je nachdem wie sich der Pfad wand. Erst jetzt bemerkte ich ihre eleganten Halbschuhe. Bis wir oben waren, würde sie wunde Füße haben.

Die Geräusche der Stadt verhallten allmählich, es wurde immer stiller und abgeschiedener. Die Schwüle war drückend, der Himmel verdunkelte sich langsam. Unter gewöhnlichen Umständen wäre ich umgekehrt, jetzt dachte ich nicht im Traum daran.

»Was ist denn mit Ihrem Mann?«, fragte ich nach einer Weile, wie beiläufig.

»Was soll mit ihm sein?«

»Verschwindet er öfter?«

»Er ist überstürzt abgereist.«

»Sie haben sich gestritten?«

Sie blieb stehen, wischte sich mit dem Handrücken über die Stirn.

»Wie kommen Sie darauf?«

Ich zuckte mit den Achseln.

»Sprechen Sie aus eigener Erfahrung?«, fragte sie.

»Ich bin nicht verheiratet.«

»Dann waren Sie es eben einmal.«

Sie stellte es mit einer Selbstverständlichkeit fest, als hätte sie nur gesagt, dass heute Sonntag war. Aber meine Bemerkung schien sie doch provoziert zu haben, denn mit einem Mal begann sie von ihrem Mann zu erzählen, Alexander, einem Professor in München, mit dem sie seit sechsundzwanzig Jahren verheiratet war. Ihre große Liebe sei er gewesen, *ihr Mann* eben. Sie sprach eher vor sich hin als zu mir, aber ich lauschte neugierig, erstaunt über so viel Auskunftsfreude. Ich versuchte mir den Mann vorzustellen, konnte aber nur eine instinktive Abneigung für ihn empfinden. Selbstzufriedener Professor oder quirliger Intellektueller, beide Typen waren mir gleichermaßen zuwider.

Der Weg stieß auf ein paar Treppenstufen, führte um eine alte Mauer, dann unter einem Torbogen durch, und wir standen vor der Kapelle Sant'Isidor.

Liliána wandte sich sofort nach links. Unter den Bäumen, fast schon im Dickicht stand ein verwahrlost wirkendes Haus. Sie griff sich an den Mund.

»Mein Gott, nicht wiederzuerkennen!«

Sie trat an die Tür und drückte, ohne zu zögern, die Klingel.

Es schrillte. Wir warteten. Nervös schielte ich zum Himmel über uns, ich hoffte inständig, dass uns jemand aufmachte. Liliána läutete ein zweites Mal, machte einen Schritt zurück.

»Hallo! … Buon giorno! … C'è qualcuno?«

An den Fenstern hingen Vorhänge, sonst deutete nichts darauf hin, dass das Haus bewohnt war. Der Verputz bröckelte großflächig ab, der Boden ringsum war von Laub bedeckt. Ich hielt mein Gesicht ans Fenster und beschattete meine Augen, konnte im Dunkel des Zimmers aber nichts erkennen. Liliána zerriss den Zettel mit der Adresse und warf die Schnipsel weg.

»Und jetzt?«

Trotzig stieß sie gegen das von Dickicht halb überwachsene Zauntor, öffnete es einen Spalt und schlüpfte hindurch.

Ich folgte ihr.

Vor uns lag ein verwilderter Garten, aus dem kniehohen Gestrüpp ragten ein paar Sträucher, in der Mitte stand ein Walnussbaum. Liliána versank in den Anblick.

»Sehen Sie!«, sagte sie und legte die Hand auf meinen Arm. »Dort oben haben wir jahrelang unsere Ferien verbracht, Alexander und ich.«

Ein hölzerner Anbau klebte an der Rückseite des Hauses, Balkone auf beiden Stockwerken, links führte eine Außentreppe in den ersten Stock. Liliána zeigte hinauf.

»Auf dem Balkon haben wir immer gefrühstückt«, sagte sie, »von dort konnte man auch den See sehen, einen Zipfel davon. Unten wohnten die Vermieter, ein älteres Ehepaar, aber wir nahmen sie gar nicht wahr, wir waren jung, verstehen Sie … Im Herbst 1993 waren wir zum ersten Mal hier …«

Ein plötzlicher Windstoß fegte über den Garten, ich zuckte zusammen. Alles begann zu rascheln, und ohne jede Vorwarnung ergoss sich ein Regenschauer über uns. Liliána lief zur Hausmauer, ging in die Hocke und begann mit beiden Händen die brüchige Hausmauer abzutasten.

»Damals war hier irgendwo ...«

»... ein Schlüssel versteckt?«, ergänzte ich im Scherz.

»Ja.«

»Kein Witz?«

»Irgendwo hier ... oder hier ...«

Sie fuhr mit den Fingern über die Mörtelfugen, zog an den Ziegeln. Ich machte es ihr nach. Schon beim ersten Griff in die Mauer kippte ich nach hinten um, einen halben Ziegel in der Hand.

Liliána blieb der Mund offen. Sie griff in das Loch und zog einen Schlüssel heraus. Er war voller Staub.

»Nach fünfzehn Jahren!«

»Heimat ist, wenn sich nichts ändert.«

Schon lief sie die Treppen hinauf, ich hinter ihr, heilfroh, bald im Trockenen zu sein.

Sie klopfte an die Tür.

»Wenn Sie Glück haben, ist auch Ihr Mann noch da drin!«

Sie lachte nicht. Der Schlüssel knarrte.

»Brechen Sie ihn bloß nicht ab.«

Die Tür ging auf.

»Ist das nicht Hausfriedensbruch?«

»Wir sind in Italien«, flüsterte sie.

»Auch die werden ein Wort dafür haben.«

Sie drehte sich zu mir um.

»Na, dann ... Ich danke Ihnen für Ihre Hilfe!«

Verdutzt sah ich sie an.

»Was haben Sie, wollten Sie etwa auch hinein?«

Ich blickte mich um. Es goss in Strömen.

»Na ja … es regnet doch!«

Ich versuchte auf die letzte Treppenstufe zu steigen, aber sie verstellte mir den Weg.

»Sie sind ganz schön anhänglich.«

Das fand ich gar nicht. Schließlich hatte nicht ich mich in ihrem Zimmer breitgemacht, sondern sie sich in meinem.

»Wir kennen uns kaum«, sagte sie.

»Heute kennt sich keiner mehr, das ist der Preis der Freiheit. Sehe ich etwa wie ein Triebtäter aus?«

»Das tun die nie.«

Wir standen uns Auge in Auge gegenüber. Sie fixierte mich, als wollte sie alle meine unerwiderten Blicke seit dem Morgen mit einem einzigen langen, vorwurfsvollen Blick abgelten.

»Immerhin … habe ich den Schlüssel gefunden«, murmelte ich, »ohne mich …«

»Und wenn Sie mich absichtlich hierhergelockt haben … Das würde auch erklären, warum Sie den Schlüssel so schnell gefunden haben.«

»Na, hören Sie mal!«

Es war jetzt ausgesprochen ungemütlich, das Wasser sickerte mir schon durch Hemd und Hose, ich wollte nur noch ins Haus.

»Erst das Losungswort«, sagte sie.

Auch an Losungsworte glaubte ich nicht, genauso wenig wie an Kaffeesatz. Kein einziges Wort glaubte ich und am allerwenigsten die Mutter aller Lügenworte, dass am Anfang das Wort gewesen sei, und nicht etwa das Fleisch.

Ich hätte es ihr gern erklärt, aber ich schwieg nur, stand mit gesenktem Haupt vor ihr, wie ein Angeklagter vor seinem Richter in Erwartung des Urteilsspruchs. Sogar für Alexander empfand ich plötzlich etwas wie Sympathie, bis sie endlich einen Schritt zurücktrat und mich durchließ und die Tür hinter uns zufiel.

Samstag Morgen

5.

Es würde meine letzte Fahrt an den See sein. Sobald das Haus verkauft war, würde ich nie mehr zurückkehren. Die Hausbesichtigung war für Sonntag fünfzehn Uhr anberaumt. Der Interessent, ein gewisser Herr Pozzi aus Verona, wollte pünktlich kommen. Ich machte mich kurz entschlossen schon Freitag Nacht auf den Weg.

Wann immer möglich reiste ich nachts. Die Welt war ein zauberhafter Ort, solange die Menschen schliefen und der Betrieb ruhte. Ich hatte für die vier, fünf Stunden von München sieben gebraucht, hatte am Brenner zwischen zwei Sattelschleppern Rast gemacht, auf dem zurückgeklappten Beifahrersitz dem Pfeifen des Windes und dem Flattern der sinnlosen Tankstellenfahnen gelauscht. Ich war innerlich aufgewühlt und konnte nicht schlafen, dann döste ich doch ein.

Kurz nach sechs erblickte ich bei Nago-Torbole den See; mein Herz schlug hart, es war das erste Mal seit anderthalb Jahren. Im Zentrum Malcesines nahm ich ein Zimmer im ersten Stock eines kleinen Hotels, warf mich aufs Bett und wartete auf den Schlaf.

Das Zimmer blickte nicht auf den See, sondern hinten hinaus, auf den schattigen Hang des Monte Baldo. Es war mir egal, dass der Berg die Aussicht verstellte. Die Aussicht worauf? Lag hinter dem Berg nicht ein anderer Berg und dahinter wieder ein anderer, und lagen nicht auch auf der anderen Seite des Sees nur Berge, Ketten schroffen, rauen Gesteins, einer hinter dem anderen? War die Vorstellung dieses schönen, strahlenden, wassergefüllten Felsspalts in ihrer Mitte nicht nur ein Tagtraum romantischer Seelen?

Nach einer Weile raffte ich mich wieder auf. Ich hatte nicht ernsthaft erwartet, einschlafen zu können, Nächte, in denen ich durchschlief, waren selten geworden. Ich kämmte mich, wusch mir das Gesicht und begab mich nach unten. Vor der Glastür zum Frühstücksraum blieb ich stehen. Die ersten Gäste saßen bereits an ihren Tischen, die meisten hatten Zeitungen vor sich, und der plötzliche Anblick dieses verdauungsseligen Zeitungsglücks ließ mich wortlos kehrtmachen. Ich ertrug den Umgang mit Menschen nicht, die nicht wussten, dass jeder Tag, an dem man sich die Finger an einer Zeitung beschmutzte, ein verlorener war.

Ich trat hinaus, schlenderte ziellos durch die noch halb leeren Gassen. Es war Samstag Morgen, der übliche lange Nachsommer am See, nichts ließ erahnen, dass bald Oktober war. Ringsum erwachten die Läden, Metallgitter wurden nach oben gerollt, Postkartenständer hinausgeschoben, vor einem Café wischte eine Kellnerin die Tische ab, wie nah, wie vertraut mir das alles noch immer vorkam.

Ich kehrte zum Auto zurück, das ich im kleinen Hof des Hotels geparkt hatte, stieg ein und bog in südliche Richtung auf die Gardesana ein. Ein Ziel hatte ich nicht, schon lange nicht mehr, ich fuhr, um zu fahren, um der Erinnerung an andere Fahrten willen, die längst gefahren waren, in einem anderen Leben, das längst gelebt war.

Ich klappte den Sonnenschutz herunter, folgte der stillen, verschlafenen Küstenstraße, und ja, auch das kam mir unendlich vertraut vor. Als wäre nie etwas gewesen. Oder erst gestern und nie etwas dazwischen. Auf der Fußmatte vor dem Beifahrersitz lag eine dicke CD-Tasche, wie sie damals dort gelegen hatte. Ich sah noch heute, wie Ana sie aufhob und darin blätterte, eine Diskette herauszog und in den CD-Spieler schob. Es waren Lieder, die ich damals aus dem Internet herunterzuladen begann, leichte, elegante Musik aus einer anderen Zeit, Bossa Nova und Filmmelodien, Ray Conniff und Herb Alpert und Burt Bacharach. Auch Ana liebte den Klang, sie verstand mich blind. Wenn ich aus der Zeit gefallen war, so war sie nie drin gewesen. Die Brise im Gesicht, die Sonne auf der Haut, schwebten wir auf einer Woge des Glücks dahin, damals, am ersten Morgen unserer Flucht. Vor zwei Jahren und drei Monaten war das gewesen, an einem magischen Morgen im Juni kurz vor dem längsten Tag, unserem ersten gemeinsamen Tag am See, dem Anfang von zehn Monaten Paradies und anderthalb Jahren Hölle.

Am Parkplatz oberhalb der Punta San Vigilio bog ich ab, rollte die alte Zypressenallee entlang und hielt unter den Olivenbäumen. Der Weg zum See führte zwischen efeubewachsenen Steinmauern hinunter und mündete in einen schattigen Innenhof, von dem ein einziger lichtdurchfluteter Torbogen zum See durchstieß. Ich trat hindurch, ins gleißende Licht; so hatte ich mir immer die Himmelspforte vorgestellt. Auch dort, auf der anderen Seite, war alles unverändert, in der Mitte der winzige Bootshafen, rechts eingefasst von der pastellbraunen Mauer der alten Befestigungsanlage, die jetzt ein Nobelhotel war, links von der Mauer der Taverne. Auf einer halbkreisförmigen Mole standen Tische und Stühle, noch war niemand da.

Am Morgen, wenn das Licht von Osten kam und die Bucht noch frisch und verlassen war, war sie für mich der schönste Fleck am ganzen See. Später, wenn die jungen Snobs mit ihren Motorbooten über den See glitten, wie

Wohlstandsmüll, der ans Ufer gespült wurde, und sich von dem verschrumpelten Alten in seinem Boot auf die Mole übersetzen ließen, um sich dort in ihren Lederjacken und künstlich zerrissenen Jeans an den Tischen breitzumachen, hörte der Ort für mich auf zu existieren.

Ich schob mich an der Tavernenwand vorbei und setzte mich an den letzten Tisch auf der Mole. Das Wasser vor meinen Füßen war seicht und durchsichtig, ich konnte die Kieselsteine auf seinem Grund sehen. Die Sonnenstrahlen brachen im schütteren Uferschilf, schaukelten zitternd und blinkend auf den Wellen, dahinter verlor sich der See im morgendlichen Dunst. Und auch die kleine Landzunge war da, die links in einiger Entfernung in den See ragte und mich mit ihren schwarzen Zypressen immer an Böcklins *Toteninsel* erinnerte. Ein unbeschreiblicher Zauber wohnte dem Anblick inne, so still und blau und unendlich friedlich musste die Welt am ersten Tag gewesen sein, vor dem ersten Gewitter, das alles durcheinanderwirbeln, die Schönheit in Chaos verwandeln sollte.

Die Stimme des Kellners riss mich aus meinen Gedanken, ich bestellte einen Cappuccino, um ihn loszuwerden und weil ich sonst nicht hätte sitzen bleiben dürfen. So war es immer, kaum war man in Gedanken, in Erinnerungen versunken, in einer anderen Welt, einer anderen Zeit, kam jemand und holte einen wieder auf die Ebene des Essens und Trinkens und Zahlens herunter, in das ewig banale Hier und Jetzt zurück. Früher hatte ich immer einen einfachen Kaffee bestellt, neuerdings zog ich Cappuccino vor, weil man am Ende mit dem Schaum spielen konnte, ein süßer Nachgeschmack blieb.

Früher war alles anders gewesen.

Auch das war nur so dahingesagt, eine dumme Phrase.

Der See, die Berge, das Land, sie waren immer schon da und immer schon so und würden in alle Ewigkeit so bleiben. Nicht die Welt, ich selbst hatte mich verändert. Darauf lief alles hinaus, es war trostlos einfach. Jetzt wusste ich es, jetzt wusste ich alles, was ich früher nicht gewusst hatte, und dieses Wissen hing an mir wie eine Zwangsjacke.

Rechts, dreißig, vierzig Meter vor mir ragten zwei massive schwarze Balkenbündel aus dem Wasser. Anlegepfähle für Boote, die eher rätselhaften japanischen Kalligrafien ähnelten, die man dort ins Wasser gerammt hatte. Jenseits der Pfähle näherte sich jemand schwimmend aus der Richtung der Baia delle Sirene auf der anderen Seite der Landzunge. Dass es eine Frau war, sah ich sofort, erkannte es an der Ruhe und Gelassenheit ihrer Bewegungen. Nur eine Frau konnte so natürlich, so ganz ohne Aufhebens mit den Elementen verschmelzen.

Sie hatte den rechten Pfahl fast erreicht, ich beugte mich vor. Mir war mit einem Mal, als würde ich ihr Gesicht erkennen. Es konnte nicht sein, und doch, eine solche Ähnlichkeit konnte noch viel weniger sein.

Der Kellner trat zwischen uns und begann mir den Cappuccino zu servieren, den elenden Cappuccino. Ich lehnte mich mit einem Ruck zurück, um hinter ihm etwas sehen zu können. Die Frau hatte gewendet und schwamm zurück. Ich sprang auf, rief ihr hinterher, fing meinen Stuhl gerade noch auf, bevor er ins Wasser kippte. Die Schwimmerin hörte mich nicht, vielleicht waren ihre Ohren verstöpselt, vielleicht war mir auch kein Laut über die Lippen gekommen. Mit ruhigen Zügen entfernte sie sich.

Ich zögerte einen Moment, dann signalisierte ich dem Kellner, dass ich gleich wieder da sei, lief zum Parkplatz hinauf und auf der anderen Seite der Landzunge zur Sirenenbucht hinunter. Keuchend blieb ich am Ufer stehen.

Die Bucht war verlassen, am linken Ende des Strandes, dort wo die Schwimmerin hätte auftauchen müssen, rührte sich nichts.

Ich wartete. Sie müsste längst da sein.

Es sei denn, sie hatte erneut gewendet.

Ich kehrte um und lief wieder zum Hafen hinunter.

Im Wasser war niemand zu sehen.

Ich ließ mich auf meinen Stuhl fallen. Wenn sie weder diesseits noch jenseits der Landzunge aus dem Wasser gestiegen war, konnte sie nur im Garten des Hotels zwischen den beiden Buchten verschwunden sein. Doch gerade das, in einem solchen Hotel absteigen, hätte Ana nie getan. Und das bewies nur, was ich im Stillen ohnehin wusste, dass es sich bei der Schwimmerin nicht um sie gehandelt haben konnte.

Ich starrte in meine Tasse, der Cappuccino war immer noch unangetastet. Wie oft war es mir in letzter Zeit passiert, nicht nur im Traum wie damals, in den ersten Monaten nach Anas Verschwinden, sondern auch am helllichten Tag, in der U-Bahn oder auf der Straße, im Fenster eines Cafés oder eines Ladens, dass ich sie zu sehen glaubte und hinter ihr herrannte, nur um enttäuscht festzustellen, dass ich mich geirrt hatte, wieder einmal.

Ich trank meinen Cappuccino in einem Zug aus und machte mich auf den Weg. Die Stimme des Kellners ließ mich verlegen umkehren. Ich zahlte, kramte unter Entschuldigungen alles Kleingeld aus meinem Portemonnaie und gab es ihm.

Im Auto, den Zündschlüssel im Schloss, blieb ich reglos sitzen. Die Fenster waren heruntergelassen, über mir säuselten die Zypressen, es war warm, als wäre es noch Sommer. Von unten kommend huschte ein dunkelblauer Golf an mir vorbei, ein Gesicht hinter einer Scheibe, ich sah es nur ein, zwei Sekunden, und doch erkannte ich sie sofort wieder. Die Frau aus dem Wasser.

Ich stieß zurück, ließ an der engen Zufahrt ein Auto passieren und gab Gas. Oben am Parkplatz bog der Golf links ab. Er fuhr schnell, aber ich ließ mich nicht abhängen, Ortschaft für Ortschaft blieb im Flug hinter uns. In Brenzone musste ich abbremsen, um einen Fußgänger passieren zu lassen, und ein klappriger Kleintransporter nutzte die Gelegenheit, um vor mir auf die Straße einzubiegen. Er verstellte mir mit seinem Heck den Blick. Als ich ihn zitternd vor Ungeduld endlich überholen konnte, war der Golf verschwunden.

Ich drückte das Gaspedal durch. In der letzten Kurve vor Malcesine erkannte ich ihn wieder, zehn, zwölf Fahrzeuge vor mir in der Schlange, die sich langsam der Stadt näherte. Ich ließ ihn nicht aus den Augen. Am Kreisverkehr im Zentrum nahm er die letzte Ausfahrt, Richtung See. Dort gab es nur eine lange Einbahnstraße, die am Ende wieder auf die Gardesana stieß. Irgendwo dazwischen musste ich sie antreffen.

Ich fuhr im Schritttempo die Straße hinunter, hielt nach allen Seiten Ausschau, vom blauen Golf fehlte jede Spur. Am Ende der Straße, an der Gardesana, ließ ich den Wagen stehen und lief zurück, Richtung Stadtmitte, in der Hoffnung, das Auto in einer Hauseinfahrt, einer Seitengasse zu sehen. Es konnte sich nicht in Luft aufgelöst haben.

Als ich wieder am Anfang der Straße stand, gab ich es auf. Ich folgte der Menge durch die Fußgängerzone, die dort abzweigte, nun wieder ohne Ziel, verloren in Erinnerungen. Am Hafenplatz hob ich den Kopf, und da stand sie. Zehn, zwölf Meter vor mir betrat sie gerade die erhöhte Zugangsbrücke zu einer Fähre, die mit brummendem Motor auf die letzten Passagiere wartete.

Ich rannte zu dem Fahrscheinverkäufer, zahlte, riss ihm die Karte förmlich aus der Hand. Die Frau stieg an Bord, das Deck war voller Passagiere. Ich lief über die Brücke, sprang in kopfloser Eile und Erregung hinter ihr her.

»Ana?«

6.

»Meinen Sie mich?«, fragte sie überrascht.

Der Motor heulte auf, eine Rauchwolke stieg in den Himmel, die Fähre stieß zurück.

Ich schüttelte verwirrt den Kopf.

»Verzeihung, ich habe Sie verwechselt.«

Es klang nach Anmache, aber statt mich anzufauchen oder stehen zu lassen, fragte sie amüsiert: »Schlimm, dass ich nicht die andere bin?«

Sie sah mir unverblümt in die Augen. Sie mochte Mitte zwanzig sein, im Alter von Ana. Ihr Gesicht war dunkel wie ihres und auch ihr hellbraunes, lose zusammengebundenes Haar hatte die Farbe von Anas Haar.

»Entschuldigen Sie«, sagte ich kopfschüttelnd, »ich kann es nicht glauben, diese Ähnlichkeit ...«

Sie zuckte mit den Schultern.

»Wieso, haben wir nicht alle einen Doppelgänger irgendwo?«

»*Irgendwo* schon.«

Es piepste. Sie zückte ihr Handy, und wie immer wenn das jemand tat, mit dem ich mich gerade unterhielt, nahm ich sofort Reißaus. Diesmal kam ich aber nur bis zur Reling. Wir hatten die Hafenöffnung passiert, fuhren kerzengerade auf das jenseitige Ufer, auf Limone zu. Hinter uns schrumpfte das Land, die pastellfarbenen Fassaden Malcesines, der schwankende Turm der Scaligerburg, die Zypressen an den Hängen des Monte Baldo. Wie nah, wie vertraut sie mir noch immer vorkamen.

Die Frau telefonierte, der Rest der Passagiere saß in Reih und Glied auf den Plastiksitzen, eine Reisegruppe aus der Schweiz, wie ich aus ihrer patenten Kleidung und aus ihrem Dialekt schloss. Ich blickte nach oben, zu der cremig roten Schweizer Flagge am Heck des Schiffes, flatternd vor dem stahlblauen Himmel, darunter Yvonne mit schicker Sonnenbrille und leopardengemustertem Kopftuch, zärtlich in die Kamera lächelnd …

Ich hörte ein Räuspern, neben mir stand die Frau.

»Jetzt waren Sie aber weit weg … Hier, sehen Sie, für Ihren Seelenfrieden: Cornelia, nicht Anna!«

Sie hielt mir ihren Pass vors Gesicht. Mein Blick wanderte über das Blatt: *Mayen … Cornelia … deutsch … 15.02.1994 …*

Sie wandte sich ab, wie jemand, dem ein Spiel zu dumm geworden ist, und setzte sich auf eine der letzten freien Sitzschalen in der hintersten Reihe. Ihre zitronengelbe Umhängetasche mit dem Aufkleber *Free Assange* zog sie vor ihren Bauch.

Ich nahm neben ihr Platz, es wäre komisch gewesen, wenn ich es nicht getan hätte. Es war der letzte unbesetzte Stuhl.

Sie erhob sich sofort.

»Wofür ich mich nicht interessiere, sind ältere Männer, die sich für mich interessieren. Männer im Alter … so zwischen meinem Vater und meinem Großvater.«

Sie schob sich an mir vorbei, stieg mit hüpfenden Schritten die Metallstufen hinab und verschwand unter Deck.

Ich blieb sitzen, ihre tiefe, lallende Stimme noch im Ohr. Wir näherten uns bereits der Küste, wie ein Nest in einem Felsspalt klebte Limone am Fuß der grauen Steilwand vor uns, auf der Uferpromenade konnte man die Ameisenstraße der Spaziergänger erkennen. Die Bremsen ratterten, die Fähre schmiegte sich an die Kaimauer.

Die Passagiere gingen an Land, als eine der Ersten lief die Frau über den Kai. Ich stand an der Reling und sah ihr hinterher. Das halb aufgelöste Haar, ihr leichtes blau gemustertes Sommerkleid, alles an ihr wehte und flatterte, sogar ihre Umhängetasche wippte im Rhythmus ihrer Schritte. Nicht ein Mal blickte sie sich nach mir um.

Ich stieg hinter der Touristengruppe aus, schlenderte über die Uferpromenade stadteinwärts, erinnerte mich, dass ich dort nichts verloren hatte, und kehrte wieder um. Nahe der Anlegestelle blieb ich stehen und lehnte mich gegen die steinerne Brüstung. Mein Blick schweifte über das glitzernde, fast unbewegte Wasser. Nichts verloren? Eine Erinnerung, nicht mehr. Hundert Meter weiter rechts wartete die Fähre auf die Rückfahrt nach Malcesine, die Karte hatte ich bereits in der Tasche. Links, jenseits der nördlichen Ausläufer Limones erhoben sich am Ufer die alten Zitronengärten mit ihren markanten Steinsäulen. Irgendwo dahinter, ein wenig zurückversetzt, von dort aus unsichtbar stand das Haus.

Ich wandte mich ab und sah plötzlich wieder die Frau von der Fähre. Sie näherte sich unter den Palmen, kam direkt auf mich zu. Wie hatte ich sie nur mit Ana verwechseln können! Sie blieb vor mir stehen, der Wind blies ihr die Haare ins Gesicht.

»Ich glaube, ich muss mich entschuldigen, ich war etwas unhöflich vorhin.«

»Ach … gar nicht.«

Ich versuchte zu lächeln, aber es gelang mir nicht.

»Übrigens saß ich gerade auf den Stufen dort unten am Wasser. Sie sind zweimal an mir vorbeigelaufen, ohne mich zu bemerken, sah lustig aus. Sie wirkten etwas … verloren. Na ja, wie gesagt, es tut mir leid …«

Sie nickte mit dem Kopf zur Stadtmitte.

»Gehen Sie in die Richtung? Laufen wir ein Stück?«

»Ich dachte, greise Männer interessieren Sie nicht.«

»Ja, aber gerade jetzt bräuchte ich einen Mann, den Blick eines Mannes.«

Ich nickte. Den hatte ich.

»Hätten Sie kurz Zeit?«

»Kurz oder lang, es ist Samstag.«

Wir gingen Seite an Seite.

»Wer ist Anna?«

»Wozu brauchen Sie mich denn?«

»Sie könnten mir helfen …«

Sie blieb stehen und holte tief Luft.

»Mir helfen, ein Kleid zu kaufen und ein Paar Schuhe zu kaufen … Aber nur wenn Sie mich nicht mehr Anna nennen.«

»Cornelia.«

»Nella, Sie sparen sich zwei Silben.«

7.

Nella. Ich versuchte, mir den Namen einzuprägen, während ich mich hinter ihr durch die Menge schob. Wie seltsam, dass ich sie ausgerechnet bei Mode beraten sollte. Hätte sie mich nach Beethoven oder Chopin gefragt, nach Bruckners Achten oder Mjaskowskis Sechsten, nach Caspar David Friedrich oder Isaak Lewitan, nach dem Film noir oder dem Neorealismus, nach Homer oder Hölderlin, hätte ich ihr gewiss etwas Sinnvolles sagen können. Von Kleidern wusste ich nur, dass man sie an- und auszog.

»Es dauert nicht lang«, flüsterte sie, als wir eine Boutique unter den Arkaden betraten.

Ich blieb an der Tür stehen, während sie in einer Umkleidekabine verschwand. Anscheinend hatte sie sich schon ein paar Kleidungsstücke beiseitelegen lassen. Ich wartete. Hinter mir strömten die Touristen lärmend durch die Gasse, vor mir stand die Verkäuferin und beäugte mich still. Ich hatte nicht das Gefühl, dass sie mich für Nellas Vater hielt.

Schließlich trat Nella aus der Kabine. Sie war barfuß und trug ein kurzes nachtblaues Kleid. Sie drehte sich um die Achse und stellte sich dabei auf die Zehenspitzen, wie es alle Frauen der Welt beim Probieren eines Kleidungsstücks vor einem Spiegel taten, um größer zu erscheinen.

»Und?«

»Es ist … perfekt«, hauchte ich.

Was hätte ich sonst sagen sollen? Dass *sie* perfekt war? Dass das Kleid dort am schönsten war, wo es aufhörte? Wo ihr Hals, ihre Arme, ihre Schultern, ihre Beine zum Vorschein kamen? Dass das Kleid nur perfekt war, weil sie eine Frau war, weil der Körper einer Frau von Natur aus schön war und alles, was man ihm von außen hinzufügte, zumal alles Praktische und Funktionale, alles, was auch nur im Entferntesten nach *Absicht* roch, dieser Schönheit nur abträglich sein konnte. Dass das ideale Kleid ein einfacher Kartoffelsack aus grobem Stoff war, der alles verbarg und dadurch alles verhieß, weil nicht im Offenbaren, sondern im Verbergen und in der Andeutung des Verborgenen das Geheimnis der Anziehungskraft lag.

Nella kaufte das Kleid und legte es in ihre Tasche, ganz umstandslos. Sie hatte eine fahrige, rastlose Art, die sie noch jünger erscheinen ließ als ihre fünfundzwanzig Jahre. Das Schuhgeschäft war in der nächsten Gasse, auch die Schuhe lagen schon für sie bereit, ein dunkelbraunes Paar aus Leder, mit halbhohen Absätzen, passend zum Kleid. Sie warf mir einen fragenden Blick zu, und ich nickte, obwohl sie mir barfuß besser gefiel.

Sie zahlte, und wir standen wieder im Freien.

»Was hätte ich ohne Sie getan!«, sagte sie.

»Vermutlich ein Kleid und ein Paar Schuhe gekauft.«

Sie lächelte, schien einen Moment zu zögern. Und in plötzlicher Panik, dass es das Lächeln zum Abschied sein könnte, sagte ich schnell: »Wollen wir einen Kaffee trinken?«

»Haben Sie nichts anderes vor?«

Ich schüttelte den Kopf, ihr Blick blieb an mir hängen.

»Na gut. Nur wenn es auf mich geht.«

Sie führte mich durch die engen Gassen, vorbei an der Kirche, zu einem kleinen Café mit Ausblick, das sie tags zuvor entdeckt habe. Wir stiegen Treppen hinauf, sie drehte sich nach mir um.

»Hoffentlich habe ich Sie nicht gelangweilt … Mit Mode haben Sie es nicht so, oder?«

Schmunzelnd glitt ihr Blick an mir hinunter.

»Ich weiß nicht«, sagte ich verlegen, »ich trage immer das Gleiche, einfachheitshalber. Diese braunen Cordhosen zum Beispiel. Früher trug ich sie allerdings eher dunkelbraun, in den letzten Jahrzehnten dann hellbraun. Also mittelbraun. Einmal ...«

Ich stockte.

»Einmal vor vielen Jahren ging ich in einem Kaufhaus mit drei identischen dunkelbraunen Cordhosen zur Kasse. Ich war froh, das Thema für die nächsten Jahre erledigt zu haben. Als ich an die Reihe kam, warf die Kassiererin einen Blick auf die drei Hosen, dann auf mich, und dann fragte sie, ob nicht wenigstens eine der Hosen in einer anderen Farbe sein solle.«

»Ja, und?«

»Ich gab alle drei zurück.«

»Wieso?«

»Ich weiß nicht. Sie hatte mich verunsichert. Mir die Lust genommen.«

Nella brach in Gelächter aus.

»Sie hatte Ihre Identität als Dunkelbraunecordhosenträger erschüttert!«

»Ja«, sagte ich nachdenklich, »vielleicht sollte man die mutwillige Verwirrung von Identität unter Strafe stellen. Wie Raub oder Diebstahl.«

»Vielleicht. Im Übrigen sind mir Kleider auch egal. Nur heute Abend nicht!«

8.

Sie stammte aus einem Dorf im Harz direkt an der früheren innerdeutschen Grenze. Trotz der Nähe zum Westen war es der Osten, auch wenn sie erst fünf Jahre nach der Wende geboren wurde und die Grenze längst nicht mehr existierte. Jetzt studierte sie Kulturwissenschaften und Politik, absolvierte gerade ein Erasmus-Austauschjahr in Perugia und verbrachte das Wochenende in der Ferienwohnung der Eltern einer Kommilitonin in Limone, ihre ganze Studentenclique sei da.

Das alles erzählte Nella in einem einzigen nicht enden wollenden Satz auf der Terrasse des Cafés. Sie redete über alles, was ihr in den Sinn kam, sprang von einem Thema zum anderen, war froh und ernst zugleich, und ich staunte, wie gut mir diese Leichtigkeit tat, wie besänftigend es war, einfach nur dazusitzen und sie zu beobachten, ihre Stimme zu hören und zu spüren, wie sich etwas tief in meinem Inneren aufzuhellen begann.

Sie stocherte mit ihrem Strohhalm in ihrem Latte macchiato, der Kaffee verdunkelte den Trinkhalm zwischen ihren Fingern, stieg zu ihren gespitzten Lippen auf, zu der kleinen roten Herpeswunde an ihrer Oberlippe. Mit einem schlürfenden Geräusch erreichte sie den Boden ihres Glases und stellte es hin.

»Und Sie?«

Zwei hellblaue Augen richteten sich auf mich. Ich zuckte mit den Schultern. Sie neigte den Kopf zur Seite, als betrachtete sie ein Gemälde an der Wand. Ihre Stupsnase verlieh ihr etwas Keckes, Trotziges.

»Lehrer … Journalist … Künstler?«

»Nicht wirklich«, sagte ich, weil ich etwas sagen musste.

»Machen Sie es nicht so spannend.«

Ich stellte meine Tasse hin.

»Kennen Sie diese Hefte in den Bahnhofskiosken? Mit den gestellten Fotos auf dem Cover? Romanzen, Krimis, Ärzteromane und so …«

»So etwas schreiben Sie?«

»Jede Woche ein Heft, vierundsechzig Seiten, nicht eine mehr, nicht eine weniger. Woche für Woche, Monat für Monat, Jahr für Jahr.«

»Klingt nicht so prickelnd.«

»Es ist die Hölle. Aber man gewöhnt sich daran. Dostojewski sagte einmal …«

»Wer?«

»Dostojewski, ein Schriftsteller. Egal. Er meinte mal, der Mensch sei ein Wesen, das sich an alles gewöhnt, das sei geradezu seine Definition. Auch meine Leser erwarten das Gewohnte, Handlungen nach Schema F, stereotype Figuren, obligates Happy End.«

»Wie traurig, dass auch Sie sich daran gewöhnt haben«, fiel sie mir ins Wort. »Ich wette, Sie haben früher davon geträumt, ein großer Schriftsteller zu werden.«

»Wenn, dann muss es sehr lange her sein.«

Sie lehnte sich vor.

»Diese Hefte, die Sie Woche für Woche schreiben, sind doch der Beweis, dass Sie schreiben können.«

»Sie sind der Beweis, dass ich es nicht kann. Ich bin nicht ambitioniert.«

»Das sagen Sie nur, weil Sie sich für gescheitert halten. Aber das sind Sie nicht, niemand ist es.«

Sie begann ein paar Locken, die ihr vor dem Gesicht baumelten, in ihr Haar einzuflechten.

»Und wie kommt es, dass Sie heute Zeit haben? Müssen Sie nicht Ihr neues Heft schreiben?«

Ich beobachtete sie, ihre Ellbogen, den konzentrierten Ausdruck in ihrem Gesicht, die flinken Bewegungen ihrer Finger in ihrem Haar, wie einfach und wunderbar sie war. Ich wollte die Wahrheit sagen.

»Ich besitze ein kleines Ferienhaus hier, das ich verkaufen will. Morgen Nachmittag kommt ein Interessent aus Verona, es ist so gut wie sicher, dass er es kaufen wird. Es sind meine letzten zwei Tage hier am See.«

»Warum?«

»Weil das Leben zwei Hälften hat, die erste, in der man lebt, und die andere, in der man sich an das Gelebte erinnert. Eine Saison und eine Nachsaison. Für mich beginnt jetzt die Zeit der Erinnerung.«

Nella lachte laut heraus.

»Das ist der größte Blödsinn, den ich je gehört habe … Aber warum übernachten Sie im Hotel, wenn Sie hier ein Haus haben? Ist es schon leer geräumt?«

Ich schüttelte den Kopf. Sie runzelte die Stirn.

»Was haben Sie denn? Sind Sie krank? Sie rutschen vor lauter Melancholie gleich unter den Tisch!«

Sie lehnte sich vor.

»Zeigen Sie mir ein Foto von ihr?«

»Wem?«

»Anna?«

Ich nahm die Tasse von meinen Lippen.

»Wozu?«

»Ich will wissen, ob sie wirklich existiert oder nur eine Erfindung von Ihnen war, um mich anzusprechen.«

»Würde das einen Unterschied machen?«

Ihr Handy begann zu piepsen. Sie drückte es an ihr Ohr, und ich ging auf die Toilette.

Als ich zurückkam, hatte Nella schon gezahlt. Sie schwang sich die Tasche auf den Rücken.

»Na, dann …«

»Wollen wir uns nicht duzen?«, fiel ich ihr panisch ins Wort.

»Ja, aber *wann* denn?«

Unsere Blicke verfingen sich ineinander.

»Geben Sie … gib mir wenigstens deine Handynummer«, sagte sie.

»Ich habe kein Handy.«

»Du hast kein … Im Ernst?«

Sie musterte mich verwirrt.

»Ich bin etwas technophob«, sagte ich verlegen. »Aber ich habe eine E-Mail-Adresse.«

»Toll!«

Sie schüttelte ungläubig den Kopf.

»Weißt du was, komm mit zu Susanna. Wir machen Brunch, und dann bist du mich endlich los. Einverstanden?«

Ich nickte, und als ich ein Lächeln über Nellas Gesicht huschen sah, war mir plötzlich, als wäre auch sie froh, nicht Abschied nehmen zu müssen, als würde sie etwas, irgendetwas an mir mögen und vielleicht nicht für immer missen wollen. Ich folgte ihr durch die Gassen, ein Langzeithäftling, dem bei seiner Entlassung am Gefängnistor plötzlich bewusst wird, dass die Mauern weg sind und der Himmel blau ist und ihm von einer Sekunde auf die andere die ganze Welt offensteht, wenn er es nur erträgt.

9.

Gabriel, un amico, un scrittore, stellte mich Nella vor, als Susanna die Tür öffnete. Susanna reichte uns Sekt von einem Tablett und fragte mich beiläufig, ob es mir hier am See gefalle, und ich sagte Ja, und wir stießen an, worauf auch immer, und schlenderten Richtung Terrasse. Nella warf im Vorbeigehen ihre Tasche auf eine Couch.

Draußen tummelten sich acht, neun Studenten auf Hockern und Matten aller Art, mit Getränken und Häppchen auf kleinen Tellern in ihren Händen. Nella verschwand regelrecht in ihrer Mitte, und ich begann mich ein wenig unwohlzufühlen. Susanna brachte mir einen Stuhl. Sie war nett, aber ich spürte, dass sie noch den Türpfosten spannender fand als mich. Die Studenten waren um die zwanzig, ein paar von ihnen gingen vielleicht schon auf die dreißig zu. Ich war Anfang fünfzig, also fast noch Ende vierzig, sah aber zehn Jahre jünger aus. Demnach waren wir kaum zehn Jahre auseinander, rechnete ich mir vor, während eine Stimme in mir sagte, dass die Rechnung nicht aufging, dass Lichtjahre zwischen uns lagen, und nicht einmal nur wegen des Altersunterschieds.

Ich aß ein Sandwich, dann noch eines, dann schlich ich mich wieder ins Haus, froh, dass es keinem auffiel. Ich leerte noch ein Sektglas und setzte mich auf die Couch. Nach einer Weile kamen Nella und Susanna und eine dritte Studentin herein. Nella nahm ihre Tasche und legte ihr Handy auf den Tisch vor mir, sie schien mich gar nicht zu bemerken. Dann verschwanden sie in einem Zimmer nebenan, ich hörte ihr Gelächter.

Um mich herum war ein heilloses Chaos, überall standen schmutzige Teller und Gläser und leere Flaschen. Ich streckte mich auf der Couch aus und schloss die Augen, die Ohren konnte ich nicht schließen. Wie schnell mich Nella vergessen hatte! Als hätte es mich nie gegeben. Ich stellte mir vor, wie ich sie mit einer waghalsigen Rettungsaktion von diesen Typen mit ihren modischen Bärten und Haarknoten am Hinterkopf befreien könnte. Allmählich verschwamm das Kauderwelsch der Stimmen und Sprachen, das durch die Balkontür ins Zimmer drang, zu einem fernen Gesumm, leiser und leiser.

»Darf ich?«

Ich hielt den Atem an. Vor diesem Moment hatte ich mich gefürchtet. Ana stand da, in der Dunkelheit am Ende meines Zimmers, ich konnte das Weiß ihres Hemdes in der Tür erkennen. Sie musste eingetreten sein, ohne geklopft zu haben, oder geklopft haben, ohne dass ich es gehört hatte.

»Klar.«

»Störe ich nicht?«

»Nein, nein.«

Ich sprang vom Diwan auf. Den ganzen Nachmittag hatte ich an meinem Schreibtisch gesessen und versucht zu arbeiten, hatte die Stimmen im Garten gehört und es doch nicht über mich gebracht, mich den anderen anzuschließen. Irgendwann hatte ich mich auf den Diwan geworfen und gelauscht, reglos, wie gelähmt, während die Dämmerung langsam heraufzog und mit ihr die tiefe, bestürzende Stille, die den Garten an solchen Spätsommerabenden erfasste, wenn auch der allerletzte Vogel verstummte. Meter um Meter legte sich der Schatten des Abends über den Garten, die hintere Hecke, den Komposthaufen, die beiden Apfelbäume, den kleinen Gemüsegarten und die Eiche, und ich lag nur da, den kühlen

Hauch der Nacht im Gesicht, und wusste, dass sie kommen würde.

Sie trat aus dem Dunkel ins Licht, das weiße Hemd hing über ihren Rock, ihr Zopf über das Hemd.

»Ich wollte wieder ein paar Filme ausleihen.«

»Was täte ich ohne dich … Außer dir interessiert sich niemand für meine alten Filme.«

»Ich finde sie schön.«

Ich machte den Strahler über dem Regal an. Die Sammlung erstreckte sich über die halbe Wand meines Arbeitszimmers, europäische, russische, japanische Filme, Klassiker, kaum etwas aus den letzten Jahrzehnten. Ich ging in die Hocke, sie kniete sich auf den Perserteppich neben mich.

»Hast du noch mehr Nouvelle Vague?«

Ich starrte sie an. Sie lachte übermütig.

»Ich habe nachgelesen!«

Ich lächelte, aber sie war plötzlich wieder ernst.

»Warum hat man gerade in den Sechzigerjahren die besten Filme gemacht? Das hast du gesagt.«

»Ich weiß nicht … Nach dem Grauen des Krieges erwachte wieder das Leben, vielleicht war es einfach das. Man begann echte Geschichten über echte Menschen zu erzählen, über die Liebe, über Mann und Frau …«

Ich geriet ins Stocken. Anas Augen, so nah, hingen an meinen Lippen, als erwartete sie irgendeine tiefe Wahrheit, eine Offenbarung, den Schlüssel zu all ihren Fragen. Sie schien alles, was ich ihr sagte, immer mit ihrem ganzen Wesen aufzunehmen, während ich stets das Gefühl hatte, es gäbe nichts, was ich ihr erzählen könnte, was sie irgendwo tief in sich nicht längst wusste.

»Und?«

Ich senkte den Blick, suchte nach dem verlorenen Faden.

»Es waren Filme voller Leichtigkeit und Lebenslust, aber auch tief. Große Kunst und große Gefühle waren damals kein Widerspruch. Liebe, Romantik, Illusionen ... alles das, was wir heute als Kitsch abtun, weil wir es nicht mehr kennen und darum nicht mehr glauben, alles das lebte noch. Man sagte nicht, so ist die Welt, so ist die Liebe, so schmutzig und hässlich und schwierig, wie man es heute tut, man sagte, seht her, so schön ist die Welt. Glück und Liebe, Leid und Tragik gehören zusammen. Verstehst du?«

»Hm.«

»Und so war es überall, in West und Ost, Nord und Süd. In Brasilien entstand zur gleichen Zeit die Bossa Nova, dasselbe Lebensgefühl als Musik, und auch das hieß nichts anderes als Neue Welle. Für den Bruchteil einer kosmischen Sekunde stand die Welt tatsächlich im Zeichen der Venus, des Weiblichen. Nicht nur zum Schein wie heute ... Aber das ist vielleicht schwer zu verstehen ...«

»Gar nicht! ... Und dann?«

»Dann ... am Ende der Sechzigerjahre geschah etwas. Es kam lautlos, schleichend, wie eine unbemerkte Krankheit, alles begann sich zu verdüstern. Die Befreiung der Sinnlichkeit, der Natürlichkeit kippte, mündete in das schmutzige Geschäft von Sex und Pornografie. Aus dem Untergrund der großen Städte begann sich ein Kult des Hässlichen und Kranken auszubreiten, Filme voller Sadismus und Perversion, Rock und Punk und Heavy Metal und das alles, und je abartiger es wurde, desto mehr feierte man es. Es war eine Art Todeskult, etwas Satanisches, und es hat bis heute nicht aufgehört. Die Kultur verkam und damit auch die Menschen.«

»Aber warum ist es so gekommen?«

Ich zuckte mit den Schultern.

»Weil man sich von der Natur entfernt hatte, das ist die Ursache all unserer Probleme. Dass man nicht mehr auf seinen Körper, seine Seele hört, sondern nur noch im Kopf lebt … Vielleicht auch wegen des Vietnamkrieges mit seinen drei Millionen Toten, seinen Drogen. Im Koreakrieg kurz zuvor war das Gleiche passiert, aber jetzt, mit dem Fernsehen erreichten die schrecklichen Bilder die Haushalte, und den Leuten wurde plötzlich klar, dass der Westen das Böse war, sie selbst. Das Böse fiel auf uns zurück, die Drogen kehrten zu uns zurück. Und da stehen wir heute. Pornografie, Perversion, Lebenshass als Leitkultur. Das Ende des Weges ist erreicht, es geht nicht vor und nicht zurück … Wir sind nur noch ein buntes, lärmendes Mausoleum …«

Wir hörten ein Hupen, Ana sprang auf.

»Ich glaube, wir fahren.«

»Entschuldige, ich rede und rede … Hier, nimm die mit … *Adieu Philippine* … und *Die Regenschirme von Cherbourg* … und *Geraubte Küsse* … und warte, etwas von Rohmer … hier, *Meine Nacht bei Maud* …«

Ich raffte mich auf.

»Schau dir die Promenadenszene in *Adieu Philippine* an. Dann verstehst du, was ich meine, was das Leben einst war, was es sein könnte …«

»Mach ich!«

Wir küssten uns auf die Wangen, sie lief. Ich folgte ihr vor die Haustür, winkte ihnen zum Abschied, bis das Auto verschwunden war. Mein Herz pochte, als hämmerte es ihren Namen … Ana … Ana … Ana …

Ana.

Ich riss die Augen auf.

Auf dem Tisch neben meinem Kopf piepste und vibrierte Nellas Handy. Ich nahm es, berührte wahllos den Bildschirm, um es zum Verstummen zu bringen, und blickte plötzlich in das Gesicht eines jungen Schwarzen.

Ich starrte ihn an, er mich, er lächelte, ich nicht.

Hinter ihm erkannte ich den schiefen Turm von San Marco, darunter stand eine Nachricht: *À bientôt, ma chérie! Je t'aime, Étienne.*

Ich las die Worte wieder und noch einmal, von seinen Gesichtszügen konnte ich nicht viel erkennen.

Er blickte in die weite Welt und lächelte.

Er hatte eigentlich keinen Grund zu lächeln und tat es doch. Aber während ich auf Zehenspitzen durch das Zimmer schlich, dachte ich, dass er vielleicht sehr wohl jeden Grund dazu hatte.

Ich öffnete leise die Eingangstür. Ich wünschte, Nella hätte das Handy nie vor mir liegen gelassen, doch nun war es zu spät. Aus dem Zimmer nebenan hörte ich ein letztes Mal ihre Stimme.

»Gabriel?«

Sie rief mich, vielleicht bildete ich es mir aber auch nur ein. Ich trat hinaus und zog die Tür hinter mir zu.

Sonntag Nachmittag

10.

Als wir eintraten, schlug uns der Geruch von Staub und Moder entgegen. Als hätte man in dem Raum seit Jahren nicht mehr gelüftet. Liliána öffnete beide Fensterflügel, der Wind schlug sie gegen die Wand. Sie fing den linken ein, ich den rechten. Wir drückten sie zu, die Tüllvorhänge senkten sich wieder. Die Hände noch an den Griffen schauten wir einander an, als hätten wir gerade die Welt gerettet.

Ich schnaufte durch, erleichtert, so unverhofft Schutz gefunden zu haben. Liliána warf ihren nassen Mantel aufs Bett und ging umher. Ich beobachtete sie aus dem Augenwinkel, und wieder wurde mir bewusst, dass ich keine Ahnung hatte, was seit dem Morgen mit mir vorging, dass ich aber auch keinerlei Lust verspürte, mir Klarheit darüber zu verschaffen.

»Es muss 2004 gewesen sein, dass wir zum letzten Mal hier waren«, sagte Liliána leise. »Vor fünfzehn Jahren.«

Ich sah mich um. In der Mitte ein breites Doppelbett, links an der Wand eine Anrichte, rechts ein länglicher, schmaler Tisch, alles aus Spanholz. Fünfzigerjahre vom Feinsten.

»Wann wir zum ersten Mal hier waren, weiß ich aber ganz genau«, murmelte Liliána. »Im September 1993, auf unserer Hochzeitsreise. Ich war im dritten Monat schwanger.«

Ein Donner riss sie aus ihren Gedanken, sie zuckte zusammen. Wir wandten uns dem Fenster zu. Der Himmel hatte sich gelblich verfärbt, wie auf einem alten Foto in Sepiafarben, die Äste, die Sträucher, das kniehohe Unkraut schlugen im Wind raschelnd hin und her. Ich zeigte auf den Sprung, der sich durch die linke Scheibe zog.

»Das könnte teuer werden, wenn uns der Eigentümer erwischt.«

»Es ist die reine Sintflut, wer sollte da schon kommen?«

Ich begann die Nahrungsmittel auszupacken, aber Liliána bat mich, einen Moment zu warten. Sie brachte einen nassen Lappen und wischte die Tischplatte ab.

»Wegen mir muss das nicht sein«, winkte ich ab.

»Aber wegen mir. Das Auge isst mit! Männer sind solche Banausen.«

»Wenn wir bis zum Frühjahr warten, könnten wir auch einen Strauß Feldblumen auf den Tisch stellen, dann wäre alles noch hübscher. Frauen sind solche Perfektionisten. Lassen Sie, ich mach das schon …«

»Das fehlte gerade noch! Nur keinen Gleichheitszirkus.«

Sie breitete eine zitronengelbe Tischdecke auf der Platte aus, deren Farbe ihr gut gefiel, obwohl sie viel zu kurz war, dann ging sie ins Badezimmer nebenan. Ich hörte das Knistern, als sie ihre nassen Kleider auszog. Dass das Auge mitaß, war natürlich genauso wahr, wie es blanker Unsinn war. Aber ich schwieg, ich wollte keinen Streit, es war nur dieser altmodische Wunsch, auch eine Meinung haben zu dürfen, den ich immer noch nicht überwunden hatte.

Liliána kam zurück, in einem abgewetzten Bademantel, der wohl einmal weiß gewesen war und ihr plötzlich eine lässige Sinnlichkeit verlieh, die mir den Atem verschlug. Sie war barfuß, ihr hochgestecktes Haar wie immer in Auflösung.

»Auch der Morgenrock war noch an seinem Platz. Als wäre die Zeit stehen geblieben.«

Sie begann aufzudecken, mit einer Sorgfalt und einer

Hingabe an jede Kleinigkeit, als bereitete sie eine japanische Teezeremonie vor.

»Und hier waren Sie glücklich?«, fragte ich.

»Ist das so unvorstellbar?«

»Nein, wenn man mit Enge umgehen kann.«

»Was gibt es Wunderbareres, wenn man sich liebt? Ist Ihnen das unbekannt?«

»Nein, nein.«

»Und wie glücklich wir hier waren! Wir kamen nicht jeden Sommer, aber fast, hier hatten wir alles. Eigentlich hatten wir nichts, aber wir vermissten auch nichts, wir hatten ja einander. Können Sie das nachvollziehen?«

»Natürlich.«

»Ich war Anfang zwanzig, es war die beste Zeit meines Lebens! Zum ersten Mal war ich richtig glücklich, nicht nur gerade so zufrieden. Wir waren wie zwei Kinder im Sandkasten, die sich gemeinsam eine kleine Welt aus Illusionen bauten. Aber damals waren das keine Illusionen, es war unsere Wirklichkeit. Alles andere war uns egal. Und dann ... sehen Sie! Ein bisschen erkennt man es noch.«

Ich folgte ihr, es waren nur fünf, sechs Schritte. Liliána zeigte auf den Türstock beim Badezimmer, ich beugte mich vor und entdeckte eine Reihe kurzer, mit Lineal gezogener Striche übereinander, jeder mit einer Jahreszahl versehen. Der unterste befand sich auf Bauchhöhe.

»Das ist unser Sohn ... jeden Sommer ein Stückchen größer.«

»Hier hören die Striche auf.«

»Irgendwann hatten wir auch andere Reiseziele.«

»Sie meinen, Sie waren nicht mehr so verliebt?«

»Das meinte ich nicht!«

Sie betrachtete mich verwundert.

»Sind Sie wirklich so zynisch? So desillusioniert?«

»Vorsicht!«

Durch den Luftzug vorhin muss sich eine große, verfilzte Spinnwebe gelöst haben, die sich jetzt von oben auf Liliánas Haar herabsenkte.

»Sie … haben da etwas.«

Liliána trat ins Badezimmer und warf einen Blick in den Spiegel.

»Lassen Sie mich mal!«

Ich schob mich in die Lücke zwischen sie und die Kloschüssel, unsere Blicke streiften sich im Spiegel. Es war ein trüber Spiegel, von den Rändern her von blinden Flecken befallen. Ich stand eingepfercht hinter ihr und begann vorsichtig, mit angehaltenem Atem, die Fäden aus ihrem Haar zu zupfen. Würde sie sich jetzt umdrehen, dachte ich nervös, hätten wir fast schon eine Tanzhaltung eingenommen. Und dann tat sie genau das.

»Haben Sie es?«

»Gleich …«

Ich erstarrte, die Hände auf Höhe ihres Kopfes, ihres breiten Gesichts mit den hohen Wangen und den rot geschminkten Lippen, den dunklen, dunkel umrandeten Augen. Hätte ich die Hände sinken lassen, würde ich sie in den Armen halten, dachte ich, und ich spürte, wie meine strenge Haltung sich zu lösen, in Zärtlichkeit überzugehen begann. Jetzt nur keine falsche Regung. Doch schon schlüpfte sie unter meinem Arm hindurch, und ich blieb mit meinem Ebenbild im Spiegel zurück.

Reichlich unerquicklich, ich drehte mich ab. Und mir war auf einmal, als hörte ich durch das Rauschen des Regens noch ein anderes Geräusch. Ich lauschte, folgte dem brummenden Laut zu der Küchennische gegenüber und bückte mich zum Kühlschrank. Das Licht brannte, der Kühlschrank lief. In den Fächern lagen offene Konserven und unappetitliche Essensreste unter Plastikfolie, in der Tür standen Dosen mit Hundefutter und eine angebrochene Weinflasche.

Ich schloss die Tür.

»Wir sollten hier schleunigst weg!«, rief ich. »Liliána, hören Sie?«

Sie stand am Fenster, die Stirn gegen die Scheibe gelehnt. Draußen war es fast dunkel, der Regen prasselte gegen ihr Gesicht. Von einer Minute auf die andere war es Herbst geworden.

»Liliána? … Ist was?«

11.

»Was machen wir hier, können Sie mir das sagen?«, flüsterte sie mit tränenerstickter Stimme. »Was mache *ich* hier? Mein Mann ist spurlos verschwunden, vielleicht in Gefahr, und ich …«

»Liliána, machen Sie sich keine Sorgen. Wenn er nicht auftaucht, wenden wir … wenden Sie sich morgen an die Meldebehörde. Wenn er hier eine Wohnung hat, muss er auch angemeldet sein.«

»Und wenn ihm etwas zugestoßen ist?«

»Ich verstehe nicht … was sollte ihm zugestoßen sein? Setzen Sie sich doch! Wir essen eine Kleinigkeit, und Sie erzählen mir, was los ist.«

»Ich weiß nicht, was los ist, das ist es ja.«

Sie wischte sich mit dem Ärmel ihres Bademantels über das Gesicht.

»Es ist nur ein Gefühl … als wäre all die Jahre vor meinen Augen etwas vor sich gegangen, und ich wäre zu blind gewesen, um es zu bemerken. Alexander hat sich immer weiter entfernt … er ist abgedriftet …«

Ich nahm einen verstaubten Kerzenstummel vom Nachtkästchen und stellte ihn auf den Tisch. Ich hatte das Bedürfnis, dem Wüten draußen etwas Stilles entgegenzusetzen, um Liliána zu besänftigen.

»Wie meinen Sie das?«

»Erinnern Sie sich an den 15. Februar 2003?«

Ich musste lachen.

»Nein, wie sollte ich. Was war da?«

»Sehen Sie, das hatte Alexander immer gesagt. Bald werde niemand mehr wissen, was an diesem wunderbaren Tag passiert ist.«

Ich stöberte in der Anrichte nach Streichhölzern. Liliána verharrte noch immer reglos mit dem Rücken zum Fenster.

»An diesem Tag gab es die größten Demonstrationen der Geschichte, weltweit, gegen den drohenden Irakkrieg. Erinnern Sie sich? Alle Völker wollten den Frieden, vor allem in Europa. Alexander war so stolz.«

Ich fand ein Feuerzeug, tröpfelte etwas Wachs auf eine Untertasse und drückte den Stummel hinein.

»Sogar ich war dabei, obwohl mir die Politik egal ist. Schon kurz zuvor hatten wir in München gegen die Sicherheitskonferenz demonstriert. Mit Alexander hielt ich ein großes Transparent hoch, auf das er mit Sebastian in roter Farbe *USA GLOBAL TERRORIST* gepinselt hatte. Als wir die Polizeiabsperrungen passierten, sagte uns eine Polizistin: *Na, dann demonstriert schön für uns mit!* Und so standen wir den halben Tag mit unserem Plakat im strömenden Regen, Familien, Frauen, Kinder, eine riesige Menschenmenge, während die Kriegstreiber im Bayerischen Hof auf den bevorstehenden Massenmord anstießen ... Und ich erinnere mich genau, was für ein gutes Gefühl es war, da draußen zu stehen, bei Regen und Kälte, und nicht in der Wärme mit den Mächtigen.«

»Nur hat es leider nichts geholfen.«

»Nein, der Krieg ... das Massaker, wie Alexander sagte, nahm seinen Lauf. Einfach so, als wäre nichts gewesen. Da habe er mit einem Mal begriffen, dass es in der Welt eine Macht gab, die den Willen der ganzen Menschheit wie eine lästige Fliege vom Tisch wischen konnte. Ich glaube, da fing es bei ihm an ... als wäre etwas in ihm zerbrochen. Es war nicht die Gewalt, es waren die Lügen, die uns monatelang serviert wurden, um uns den Krieg zu verkaufen ... Er montierte unseren Fernseher ab, bestellte unsere Zeitungen ab ... Aber warum erzähle ich Ihnen das ...«

»Doch, bitte, reden Sie, vielleicht finden wir den Schlüssel.«

Ich hatte, während sie sprach, in aller Eile zwei Teller aufgedeckt und den Einkauf ausgepackt, Brot geschnitten und Wein eingeschenkt. Liliána schien es gar nicht zu bemerken.

»Er schottete sich ab, begann immer mehr Zeit hier am See zu verbringen, in seiner inneren Emigration, so nannte er es. Anfangs nur ein Wochenende oder mal eine Woche, später verschwand er regelmäßig für Monate aus meinem Leben. Immerzu redete er von einer Weltdiktatur, die hinter den Kulissen vorbereitet würde, einer angloamerikanischen Plutokratie. Er wollte etwas tun, um die Leute aufzuklären, viel zu lang habe er seine Energie mit Wissenschaft und Schöngeisterei verplempert. Jetzt müsse er endlich etwas Sinnvolles tun, etwas nicht nur für sich, sondern für alle ...«

»Was denn?«

»Er wollte etwas schreiben.«

Ich lachte auf.

»Doch wieder schreiben.«

»Etwas Einfaches, eine politische Aufklärungsschrift, die jeder verstand, eine Art Katechismus, der den Menschen wieder klare Kriterien und Werte an die Hand gab, ja, nein, gut, schlecht, natürlich, unnatürlich, gesund, ungesund, tun, lassen. Die einfachen Wahrheiten hätten nie aufgehört zu existieren, die Mächtigen hätten sie nur mit neuen Ideologien zugeschüttet, um die Menschen zu verwirren und in eine willenlose, identitätslose Sklavenmasse zu verwandeln ...«

»Das klingt, als hätte er zu viele Utopien gelesen.«

»Ein Buch über die Biophobie, wie er es nannte, unseren permanenten Krieg gegen die Natur, die Fortpflanzung, die Liebe zwischen Mann und Frau, das Leben selbst, gegen alles, was wir sind...«

»Haben Sie dieses Buch je gesehen?«

»Ich weiß gar nicht, ob es existiert oder nur ein Hirngespinst ist. Ehrlich gesagt, interessiert es mich auch nicht. Ich sagte ihm, dass ihn das alles doch nur ablenke von dem, was ihm wirklich wichtig sei, die Literatur, die Malerei, Filme, die Kunst, für die Schönheit solle er kämpfen, wenn er schon kämpfen müsse. Aber für ihn war gerade die Welt der Kunst und der Kultur, der Intellektuellen korrumpiert worden, er sprach von einer geistigen Militärdiktatur, davon dass sich das Land der Dichter und Denker in ein Land der Lügner und Lenker verwandelt habe. Und dann begann er Andeutungen zu machen, dass er verfolgt werde, dass ich wissen müsse, dass wenn ihm etwas zustieße...«

»Kann es sein, dass Ihr Mann... ein wenig paranoid ist?«

»Ich schwöre Ihnen, mein Mann ist ein ziemlich rationaler Mensch.«

»Haben Sie etwa Angst... dass er sich etwas antun könnte? Ist es das?«

Es donnerte immer lauter. Liliána blickte nervös aus dem Fenster, sie erwiderte nichts.

»Könnte es sein«, fuhr ich stockend fort.

»Was?«

»Ich meine... wäre es möglich, dass das keine Einbildung ist, dass Ihr Mann tatsächlich in etwas verstrickt ist, wovon Sie keine Ahnung haben? Etwas Politisches... Geheimdienstliches. Hatte er je...?«

»Ausgeschlossen, was reden Sie da! Das heißt, ich weiß es nicht. Woher soll man sowas auch wissen.«

»Oder in etwas Kriminelles?«

»Wo denken Sie hin! Alexander ist Literaturwissenschaftler. Universitätsprofessor in München. Wir verkehren nicht in kriminellen Kreisen. Das neue Semester steht vor der Tür.«

»Ich meinte nur, wir haben doch alle unsere kleinen Geheimnisse, unsere Leichen im Keller.«

»Sie vielleicht, ich nicht!«

»Ich meinte auch nicht Sie. Aber ein kleiner Fehltritt, ein schwacher Moment, einen Betrug begangen, vielleicht einen Unfall verschuldet, ein Zeuge taucht auf, und schon ist da jemand, der etwas von einem will. Ist das so abwegig?«

»Was?«

»Dass es im Leben Ihres Mannes etwas gibt, wovon Sie nichts wissen.«

»Ich wüsste nicht was!«

»Haben Sie nie mit ihm darüber gesprochen?«

»Worüber? Wir bereden nicht ständig alles.«

»Sie reden überhaupt nicht viel miteinander, oder?«

»Wie kommen Sie dazu ...«

»Erst redet man nicht«, sagte ich in die flackernde Flamme starrend, »dann sieht man sich auch nicht mehr so oft, und irgendwann ... irgendwann erkennt man einander gar nicht mehr. Kennen Sie das?«

Sie setzte sich plötzlich an den Tisch. Ich reichte ihr das Brot, aber sie schien meine Hand nicht zu sehen.

»Und Sie, kennen Sie es?«, fragte sie.

12.

Ich lehnte mich zurück.

»Worauf ich hinaus will«, sagte ich mit einem Lächeln, »wenn an alledem nichts dran ist, dann handelt es sich vielleicht schlicht und ergreifend um einen Fall von Midlife-Crisis. Kennen Sie das nicht, diese nagende Unzufriedenheit, obwohl es nicht den geringsten Grund dafür gibt? Wenn einen die Routine anzuöden beginnt, dass man immer aus demselben Bett steigt, das Gleiche frühstückt, die gleichen Sätze sagt, die gleichen Dinge tut, dass ein Tag wie der andere ist, ein Jahr wie das andere, dass nie etwas anderes passiert, es sei denn, man erleidet einen Herzinfarkt, und nicht einmal dann. Glauben Sie mir, das wird vergehen und alles wieder wie früher sein. Als wäre nie etwas gewesen. Vielleicht würde Ihrem Mann …«

Ich stockte.

»Was?«, fragte sie und hob die Augenbrauen.

»Seien Sie mir bitte nicht böse …«

»Ich? Ihnen? Warum sollte ich?«

»Vielleicht würde ihm ein kleines Abenteuer guttun. Eine jüngere Freundin, die Bestätigung, dass er es noch kann, dass frau noch auf ihn steht. Schnell befriedigt, schnell gesättigt, umso glücklicher würde er in Ihre Arme zurückfliegen.«

Liliána riss die Augen auf.

»Wovon reden Sie eigentlich? So waren wir nie. Sie haben ja keine Ahnung!«

»Na ja, vielleicht ist das alles wirklich Unsinn. Ihr Mann sitzt wahrscheinlich längst wieder zu Hause und wundert sich, wo Sie bleiben …«

»So waren wir nie, nie!«, rief sie erregt.

»Ich meinte bloß …«

»Sie haben keine Ahnung!«

»Nein, das gebe ich zu.«

Ich schluckte.

»Wir waren anders! Wissen Sie, wie wir uns kennengelernt haben?«

»Nein … woher denn?«

»Im Filmmuseum in München. Im Mai 88, an einem Sonntagvormittag. Als Matinee lief ein russischer Film, *Nostalghia*, aber Alexander behauptete später, zwei Stunden lang nur mich in der Reihe vor sich betrachtet zu haben. Ich war nach dem Film sitzen geblieben, aber da traute er sich noch nicht, mich anzusprechen. Erst danach, im Foyer, inmitten der wartenden Menge am Eingang, während draußen ein heftiger Platzregen niederging. Phantastischer Film, bemerkte er in meine Richtung, und ich nickte, und so kamen wir ins Gespräch. Ob wir nicht etwas trinken wollten, fragte ich ihn irgendwann, im Café nebenan, aber er verzog das Gesicht, er könne diese kotzigen Intellektuellen nicht ertragen. Dabei sah er selbst zum Davonlaufen aus. Ganz altbacken gekleidet, mit einer dieser grässlichen Pilotenbrillen, die damals große Mode waren. Und furchtbar schüchtern … Ich muss ziemlich blind gewesen sein.«

»Unschuldig eben.«

»Als der Regen vorübergezogen war, streunten wir ziellos durch die Straßen und redeten über Gott und die Welt. Dass wir wieder unserer Wege gehen könnten, fiel uns seltsamerweise gar nicht ein. Alexander kam schnell in Fahrt, es hatte etwas Mitreißendes, wenn er für etwas zu schwärmen begann oder jemanden beschimpfte. Die Männer, die ich bis dahin gekannt hatte, waren immer unsicher gewesen, hatten nie einen eigenen Standpunkt gehabt. Hier war plötzlich einer, der sich seiner Sache sicher war, fast schon provokativ sicher. Und doch kein bisschen arrogant oder überheblich wirkte... Eher schon unfreiwillig komisch, manchmal. Irgendwann fanden wir mein Auto und fuhren ins Grüne, an die Isar, weit im Norden der Stadt, wo niemand war, dort kannte ich mich aus. Die Sonne schien wieder, wir legten uns auf den Kies und redeten und schwiegen und lauschten dem Plätschern des Wassers und der Stille ringsum, wie man sie nur einmal im Leben zu hören bekommt, wenn man zum ersten Mal verliebt ist. Es war schon Abend, als wir uns wieder auf den Weg machten, Hand in Hand. Irgendwann hatten wir angefangen, uns zu küssen, und dann nicht mehr aufgehört. Zu mehr war es nicht gekommen, musste es auch nicht, als wir aufbrachen, wussten wir, das war's. Die Sonne wanderte von Ost nach West, und wir gehörten zusammen, so einfach war das. Und doch ...«

»Doch?«

»Auf dem Weg zurück, im Uferdickicht, überkam mich plötzlich etwas. Mir wurde schwindelig, ich musste stehen bleiben, mich an einem Baum festhalten. Ich schloss die Augen und sah es trotzdem ...«

»Was?«

Sie zuckte mit den Schultern.

»Nichts. Das Nichts. Vor mir klaffte ein Abgrund, und die Erde, auf der ich stand, bröselte, brach ringsum weg, und darunter... war nichts als Leere. Es war ein Gefühl... nicht zu beschreiben. Ich schluchzte, ich konnte nicht mehr aufhören. Als hätte ich es immer schon geahnt, jetzt wusste ich es. Nur dieses Nichts war wirklich, alles andere, auch das, was wir an diesem Tag erlebt hatten, war nichts. Alexander war wie vor den Kopf gestoßen, als er mich so sah, er konnte nicht verstehen, was in mich gefahren war, und ich konnte es ihm nicht erklären. Ich stand nur da, gegen den Baum gelehnt, und weinte, dass es mit uns nicht gut gehen könne. Alexander schüttelte nur den Kopf, natürlich werde es gut gehen, warum sollte es nicht gut gehen, er konnte sich gar nicht vorstellen, dass es nicht gut ging.«

Liliána schüttelte den Kopf.

»Er hatte wirklich keine Ahnung, er hatte nie in den Abgrund geschaut. Und am Ende war es gerade seine naive Zuversicht, dieser blinde Glaube an das Glück, an dem ich mich wieder aufrichtete. Und bis ich ihn nach Hause gebracht hatte, war der Spuk vorbei ... Nur dreimal in meinem Leben ist sie mir erschienen, diese Hölle ...«

Liliána hob den Blick, ihre Augen blitzten.

»Sehen Sie, so waren wir. Es war die große Liebe, die eine, die echte. Erzählen Sie mir also nichts von kleinen Mädels und Affären! Und als wir im Jahr darauf heirateten, weil unser Kind unterwegs war, fuhren wir in die Toskana, auf den Spuren von *Nostalghia*, das hatten wir uns irgendwann vorgenommen. Wir suchten die Schauplätze des Films auf, Bagno Vignoni, San Galgano, die Kirche ohne Dach, Arezzo und natürlich die schwangere *Madonna del Parto*, die im Film vorkommt, und die wir beide liebten. Kennen Sie das Fresko?«

»Ich glaube, ich weiß, welches Sie meinen.«

»Wir hatten es uns für den letzten Tag aufgehoben, und als wir davor standen, begann Alexander flüsternd von dem verklärten Gesichtsausdruck der Madonna zu sprechen, von ihrer schon spürbaren Abwesenheit, von den Engeln, deren dynamische Handbewegung den Triumph der nahenden Niederkunft bereits vorwegnahm, dieses größten aller Geheimnisse. Und ich stand schweigend neben ihm, das Kindchen schon in mir, und fragte mich, wovon er eigentlich redete. Er phantasierte von etwas, das ich bereits erlebte.«

Liliána verstummte einen Moment, sie war weit weg.

»Tief in jener Nacht in Arezzo«, fuhr sie dann fort, »als Alexander längst den Schlaf der Gerechten schlief, den Schlaf der Kinder und der Männer, ging ich in unserem Hotelzimmer auf und ab. Ich konnte nicht schlafen, der Kleine ließ mich nicht. Ich trat ans Fenster, öffnete den Vorhang, den die Engel geschlossen hatten, öffnete das Fenster und ließ die frische, milde Nachtluft durch meinen Körper strömen. Und da, genau in diesem Augenblick geschah es wieder. Mit einem Mal war der weite Marktplatz unter mir verschwunden, schwarz und bodenlos gähnte das Nichts vor meinen Füßen, genau wie damals an der Isar. Der Mond stand über mir, beschien alles, und doch war nichts zu sehen, nichts als schwarze Leere. Und da überkam es mich wieder. Lautlos weinte ich in mich hinein, es könne mit dem Kind nicht gut gehen, ich würde dieses gewaltige Etwas, worauf mich nichts und niemand in der Welt vorbereitet hatte, nicht tragen können. Und Alexander noch viel weniger, und wenn er noch so lang über schwangere Madonnen dozierte.«

Liliána erschauderte, als friere sie auf einmal.

»Ich lehnte mich hinaus, schwindelnd, ich wollte Luft und noch mehr Luft, wollte mich ganz in Luft auflösen, da schmiegte sich von hinten ein Körper an mich und hielt mich, und wir standen da, wortlos, reglos unter den Sternen. Gegen Morgen fielen wir ins Bett und schliefen ein und schliefen in den Nachmittag hinein und mussten das Zimmer noch eine Nacht bezahlen und unsere letzten Pfennige zusammenkratzen, damit es reichte.«

Liliána schnaubte, der Ansatz eines Lächelns huschte über ihr Gesicht. Sie hatte die Kerze zu sich gezogen und schmierte das weiche Wachs gedankenverloren in einen Riss in der Tischplatte.

»Alexander hatte recht behalten, alles ging gut«, sagte sie leise. »Sebastian wurde ein wunderbares, kleines Kerlchen.«

»Und das dritte Mal?«

Ihre Hand erstarrte über der Kerze. Vielleicht drückte sie, ohne es zu wollen, eine Delle in den Rand, denn plötzlich rann das heiße Wachs über ihren Finger, auf ihren Handrücken. Sie verzog keine Miene, als spürte sie nichts.

Der Mund blieb mir offen.

»Liliána.«

»Was?«

»Ihre Hand.«

»Sie hatten etwas gefragt?«

»Sie erwähnten ein drittes Mal.«

Sie rieb mit mechanischen Bewegungen die Kruste von ihrem Handrücken.

»Hatte ich das wirklich?«, murmelte sie kaum hörbar. »Da meinte ich wohl, als Sebastian verunglückte ... Hier auf diesem Berg ist es passiert, vor anderthalb Jahren. Seitdem gehört dieses Gefühl zu meinem Leben, es ist das Einzige, das mir geblieben ist ... diese entsetzliche Leere ...«

Samstag Nachmittag

13.

Auf einmal war sie an meiner Seite.

»Gehen Sie ... gehst du immer so, ohne Abschied zu nehmen?«

Ich blieb nicht stehen, sah sie nicht an, als müsste sie sich sofort in Luft auflösen, wenn ich es tat. Ich konnte nicht glauben, dass sie mir gefolgt war. Was war ich schon für sie? Eine Zufallsbekanntschaft, ein komischer Alter, der behauptete, sie mit jemandem verwechselt zu haben. Sie musste gelaufen sein, um mich einzuholen.

»Auf der Fähre warst du noch wie verrückt hinter mir her.«

»Wer ist Étienne?«

»Mein Freund. Er kommt heute Abend.«

»Für ihn hast du das Kleid und die Schuhe gekauft?«

»Wieso, dachtest du vielleicht, ich hätte keinen Freund?« Sie zuckte mit den Schultern.

»Aber du warst ja auch nicht hinter mir her, sondern hinter deiner Anna ... Es muss schön sein, so lieben zu können, dass man alle Welt für die eine hält.«

»Wieso, liebst du denn deinen Étienne nicht?«

»Natürlich liebe ich ihn. Und er mich. Wie es ein Afrikaner eben tut. Er ist aus dem Kongo.«

Mit einer Drehung verstellte sie mir den Weg und sah mich an. Sie stand eine Treppenstufe unter mir, hinter ihr flimmerte der See. Ihr Kleid spielte in der Brise, wie vorhin am Kai, flatterte wie von Sinnen, als lockte es mich, danach zu greifen.

»Wollen wir nicht etwas unternehmen? Es ist noch viel Zeit bis zum Abend.«

Ich starrte sie nur an, und sie starrte zurück.

»Sag jetzt nichts«, lachte sie, »sonst sagst du noch *so-methin' stupid.*«

Sie wippte ungeduldig.

»Willst du mir nicht dein Haus zeigen? Vielleicht kaufe *ich* es, wenn es mir gefällt!«

Ich schüttelte den Kopf.

»Dort wartet deine Frau, stimmt's?«

»Hast du wirklich Zeit?«

»Sicher. Ich liebe Susanna und die anderen, aber manchmal langweilen sie mich zu Tode.«

»Na gut, dann zeige ich dir etwas, es wird dir gefallen. Wir bräuchten nur etwas zum Lieben … Liegen.«

Nella schnaubte, wie nach einem schlechten Witz.

Mit zwei Bastmatten, einer Flasche Mineralwasser und einer Tüte Trauben, die wir schnell kauften, folgten wir der Via Nova stadtauswärts. Hinter den letzten Hotels wurde es still. Im Schatten der Pinien und Zypressen säumten halb versteckte Villen den Weg. An den aufgewärmten Mauern sonnten sich Eidechsen, huschten in die Ritzen, sobald sie uns bemerkten. Irgendwann zweigten wir vom Weg ab und stiegen zum See hinab.

Das Ufer war verlassen. Rechts lag Limone im mittäglichen Dunst, wir gingen nach links, den steinigen, schmalen, immer schmaler werdenden Sandstreifen entlang. Über uns erhob sich die Ufermauer mit den quadratischen Steinpfeilern der Zitrusgärten dahinter, wie Ruinen längst verfallener Tempel.

Der Strand endete an einem Holzsteg, der von einer Tür in der Mauer zum Wasser führte und uns den Weg versperrte. Wir kletterten hinüber. Dahinter lag ein weiterer, noch schmalerer Strandabschnitt, der nach hundert Metern an einem zweiten, höheren Steg endete. Nella hievte sich leichtfüßig hinauf. Ich machte ihr den Sprung nach, blieb aber hängen und schlug mir das Bein an der Stegkante an. Ich biss mir vor Schmerzen auf die Zähne, Nella hatte nichts bemerkt. Ich sprang noch einmal ab und zog mich hinauf.

Nella stand am Ende des Stegs und blickte in die Ferne. Wie eine zauberhafte Galionsfigur am Bug eines Schiffes kam sie mir mit ihren wehenden Haaren vor.

»Herrlich … ein Traum!«

Alles war still, träge Ruhe lag in der Luft und über dem Wasser, wie auf einer Postkarte. Nur über dem Gipfel des Monte Baldo gab es Bewegung, zogen, fürs bloße Auge kaum erkennbar, winzige Punkte ihre Kreise. Jenseits des Stegs erstreckte sich ein letztes, verstecktes Stück Strand, zwanzig, dreißig Meter lang, drei, vier Meter breit. Auf halbem Weg, umspült vom glasklaren Wasser, lagen drei Büschel Orangen im Kies.

Nella sprang hinunter, streifte ihre Schuhe ab und lief über die Steine. Sie kniete sich hin und begann mit ihrem Handy die hell leuchtenden, kleinen Kugeln zu fotografieren.

»Wie abgestürzte Planeten, nicht wahr!«

Ich entrollte die Bastmatten auf dem Kies. Kleine Schaumwellen rollten auf das Ufer zu, glitzerten und zerrannen. Wir waren allein, der Strand gehörte uns, kein Tourist der Welt würde sich die Mühe machen, über so viele Hindernisse hinweg so weit ins Unbekannte vorzudringen. Ich warf mich auf eine Matte, kreuzte die Arme über meinen Augen.

»Morgen soll es gewittern«, sagte ich.

»Morgen … morgen … was juckt uns das!«

Sie hantierte noch immer mit ihrem Handy.

»Schickst du die Bilder Étienne?«, fragte ich nach einer Weile.

»Ja«, sagte sie. »Schlimm?«

14.

»Würdest du mir einen Gefallen tun und die Augen schließen? Ich will das Kleid nicht nass machen.«

Ich deckte mir mit dem Arm die Augen zu.

»Ich schwimme für mein Leben gern!«, sagte sie.

»Ich immer nur *um* mein Leben.«

Ihr Kleid raschelte, ich hielt den Atem an.

»Ich habe dich heute schon schwimmen gesehen.«

»Mich?«

»In der Sirenenbucht.«

»*Wo?*«

»Warum fragst du? An der Punta San Vigilio.«

»Dort war ich ganz bestimmt nicht. Ich weiß gar nicht, wo die ist.«

»Du warst nicht ... Du hast doch einen dunkelblauen Golf?«

»Nicht dass ich wüsste«, lachte sie.

Mir blieb vor Verwirrung der Mund offen. Etwas Leichtes, Seidiges segelte auf mein Gesicht.

»Nicht bewegen!«

Ich lag ganz still, verloren in der Duftwolke ihres Kleides.

»Jetzt behauptest du noch, dass du auch nicht auf der Fähre warst.«

Nellas Schritte entfernten sich auf dem Kies.

»Und schau nicht, schöner als in deiner Vorstellung kann ich doch nicht sein!«

Ich hörte, wie sie ins Wasser watete, noch immer fassungslos. Konnte ich mich wirklich so versehen haben?

»Kommst du auch?«, rief sie. »Ich werde mich nicht umsehen, versprochen.«

Als hätte es mich gestört, wenn sie mich nackt gesehen hätte. Als hätte der nackte Körper eines Mannes, wenn es nicht gerade der des Einen war, je eine Frau interessiert. Ich lüftete das Kleid auf meinem Gesicht, so leicht und dünn, zusammengeknüllt hätte es in eine Hand gepasst. Aber ich zerknüllte es nicht, ich faltete es, legte es auf meine Matte und beschwerte es mit einem Stein. Dann zog ich mich aus und tastete mich in die Brandung vor.

Ich stand knietief im kühlen Wasser, auf dem Lichtteppich vor mir schaukelte Nellas Hinterkopf. Ich ließ ihr Zeit, sich umzudrehen, obwohl ich wusste, dass sie das nie tun würde, nicht einmal versehentlich, und das tat sie dann auch nicht, bis ich eingetaucht war. Ich schwamm hinter ihr her, weg von allem, der Zeit, den Erinnerungen, den Gedanken. Dem Gedanken, dass es schon Nachsaison war, Ende September, nicht mehr April, dass Jahre verstrichen und Dinge geschehen waren, die sich nicht mehr ungeschehen machen ließen, nicht wenn ich mein Leben dafür hergab, dass eine Rückkehr zu den verhängnisvollen Weggabelungen nicht möglich war, dass diese Traurigkeit nun ein Teil von mir sein musste.

Jetzt, und auch das hätte ich vorhersagen können, drehte sich Nella, keusch wie die Jugend war, zu mir um. Sie rollte sich auf den Rücken und tollte im Wasser herum, ganz selbstvergessen, mir blieb nichts, als sie wie ein Satellit, ein mickriges Anhängsel zu umkreisen. Und mit einem Mal begann sie von Étienne zu erzählen, ihrem Freund aus dem Kongo, der sich schon seit sechs Jahren illegal in Italien aufhielt, in Venedig, dem sie regelmäßig Geld zukommen ließ, weil er es so schwer hatte und trotz allem ein so fröhlicher und guter Mensch geblieben war.

»Nach allem, was im Kongo passiert ist«, murmelte sie. »Eigentlich nicht zu glauben.«

»Ist etwas passiert?«

Mit zwei Zügen war sie an meiner Seite. Sie schien sich ohne Mühe über dem Wasser zu halten, während ich unablässig paddeln musste, um oben zu bleiben.

»Hast du noch nie etwas von Leopold II. gehört? Der Kongo gehörte ihm, dem König von Belgien.«

»Das ist ewig her.«

»Nicht so lang, gut hundert Jahre ... Na ja, ich wusste auch nichts von ihm, bis ich Étienne kennenlernte. Und er noch weniger als ich.«

Sie tauchte kopfüber ein, kam prustend wieder nach oben.

»Also ... damals, vor der Jahrhundertwende, lief die Massenproduktion von Autos an, verstehst du? Und für die Reifen brauchte man Kautschuk, Unmengen davon. Und der Kongo war das Kautschukparadies. Also beschloss König Leopold zu liefern, mithilfe belgischer und britischer Kautschukgesellschaften. So viel und so schnell wie nur möglich.«

Ich weiß nicht, was um alles in der Welt Nella ritt, dass sie just in diesem unendlich friedlichen Augenblick, vor sacht schaukelnden blauen Küsten, unter einem Himmel sanfter Schäfchenwolken anfangen musste, mir in einem so nüchternen, sachlichen Ton auszumalen, wie König Leopolds Armee den Kongo in kürzester Zeit in die schlimmste Hölle verwandelt habe, die es je auf Erden gegeben hat. Wie ganze Dörfer niedergebrannt und ihre Bewohner abgeschlachtet wurden, wie den ausgelaugten Frauen, Männern und Kindern die Hände und Füße abgehackt wurden, wenn sie die unerfüllbaren Lieferquoten nicht erfüllten.

Sie redete, ich trieb neben ihr her und fror und hatte auf all das nichts zu erwidern.

»Ich muss raus, mir wird kalt«, hauchte ich.

Wir schwammen zurück.

»Nach zwanzig Jahren hatte man zehn Millionen Menschen ermordet, jeden zweiten Kongolesen, andere vegetierten ohne Hände und Füße im Urwald dahin. Kannst du dir das vorstellen? Und das alles nur für unsere Autos, und damit die Aktien der Kautschukgesellschaften in die Höhe schießen konnten. Das Schockierende kommt aber noch …«

Ich erschauderte.

»Dreh dich bitte um«, sagte sie und watete aus dem Wasser.

Frierend paddelte ich vor dem Ufer auf und ab, bis Nella mich rief. Sie hatte ihr Kleid übergestreift und lief wieder ans Wasser, um die Trauben zu waschen. Ich trottete hinaus, sie ging in die Hocke und tauchte die Tüte mit den Trauben in die Brandung. Ihr Haar hing herab, die großen Muster ihres blauen Kleides wirbelten und drehten sich mir vor den Augen, wie eine Vision letzter Schönheit kam sie mir vor. Wirre Bilder, Filmszenen schossen mir durch den Kopf, aber es war nur sie, Nella, deren Nachnamen ich schon wieder vergessen hatte, die sich eben noch über die Kongogräuel empört hatte und jetzt Trauben im See schwenkte und sich doch keine Sekunde untreu geworden zu sein schien.

Sie warf mir einen flüchtigen Blick zu.

»Ist etwas?«, fragte sie.

»Nein, nein …«

»Für dein Alter siehst du gar nicht so übel aus«, lachte

sie spöttisch. »Bin ich froh, dass du dich da unten nicht rasierst! Es gibt nichts Ekelhafteres als diese menschlichen Schaufensterpuppen.«

Ich zog meine Hose an, Nella kam zurück und stellte die Tüte zwischen unsere Matten.

»Wer überhaupt auf solche abartige Ideen kommt ...«

»Die Intimrasur ist die Genitalverstümmelung der Aufgeklärten«, sagte ich schlotternd und legte mich in die Sonne neben sie. »Der Krieg gegen alles Intime, gegen das Geheimnis, die schöne Scham. Menschen ohne Scham brauchen auch keine Schamhaare. Wir sind dabei, in seelenlose Automaten verwandelt zu werden, und dazu muss alles verschwinden, was an unsere Natürlichkeit, unsere Seele erinnert ... Automaten können alles, nur Haare werden ihnen nie wachsen.«

»Das Schlimmste aber«, begann Nella wieder, während sie auf ihrem Handy herumtippte, »warte, ich habe es gleich ...«

Sie hielt mir ihr Handy unter die Nase.

»Hier!«, sagte sie. »Das ist Brüssel, die Hauptstadt Europas, *unsere* Hauptstadt ... Halt mal!«

»Die EU ist nicht Europa. Brüssel ist nicht unsere Hauptstadt.«

»Das macht die Sache auch nicht besser. Schau her!«

Nella beschattete das Handy mit den Händen, unsere Gesichter berührten sich fast. Auf dem Bildschirm war ein pompöses Denkmal zu sehen.

»Was soll das sein?«

»Das ist ein Monument für Leopold II. Kein Witz! Und hier, noch eines! Und hier und hier, in Brüssel, in Ostende ... ich selbst habe sie fotografiert. Man tut so, als gäbe es sie nicht. Riesige Monumente, im Herzen Europas, um den größten Menschenschinder der Geschichte zu feiern!«

Ich lehnte mich zurück.

»Wir feiern ihn nicht«, sagte ich leise, »wir werden ihn nur nicht los. Auf den Leichenbergen dieser Kolonien wurde die schöne, reiche Welt des Westens errichtet. Sieh dir das British Museum an, ein wunderbares Museum, nur ist nichts Britisches darin, alles Raubgut. Doch statt etwas zurückzuerstatten, heucheln sie lieber und knien auf Fußballplätzen herum. Der Kolonialismus hat nie aufgehört, nimm die antirassistischen Lippenbekenntnisse nicht zu ernst.«

»Tu ich nicht, ich bin nicht dumm.«

»Heute kommt der Rassismus auf leisen Sohlen daher, nennt sich Spekulation und Globalisierung, Weltbank und Währungsfonds. Und wenn ihn jemand auf frischer Tat ertappt, wie Assange oder Snowden, hackt er ihm den Finger ab, wie einst König Leopold. Es hat sich nichts geändert.«

»Und das macht dich nicht wütend? Wie kannst du dich damit abfinden?«

»Du hättest mich in deinem Alter sehen sollen! Denk nicht zu viel darüber nach.«

Nella richtete sich auf.

»Doch, das werde ich! Ich werde diese Denkmäler stürzen. Jeder Mensch hat eine Aufgabe im Leben, das ist meine, und ich wüsste nicht, was das mit dem Alter zu tun hat. Es gibt viele Mittel und Wege. Ich will es für Étienne tun …«

Sie legte ihr Handy beiseite und rollte sich mit einem Seufzer auf den Rücken.

»Leider interessiert er sich überhaupt nicht für das Thema. Für ihn gibt es die Vergangenheit nicht.«

»Genau deshalb gehört ihm die Zukunft«, sagte ich. »Und das ist gut so.«

15.

Wir lagen friedlich Seite an Seite, aßen die Trauben und unterhielten uns. Ab und zu berührten sich unsere Finger in der Tüte, wie durch Zufall. Ich hätte den Rest meines Lebens so liegen können, umhüllt von Nellas Nähe.

»Freust du dich, dass er kommt?«

»Hm.«

Sie stützte sich auf den Ellbogen.

»Trotzdem wäre ich gerade nirgendwo lieber als hier mit dir, ist das nicht komisch? Wir kennen uns erst ein paar Stunden. Als du vorhin verschwunden warst, *musste* ich dir hinterher. Dabei weiß ich gar nichts über dich.«

»Sei froh, es ist ein Unglück, etwas zu wissen.«

»Wieso?«

»Wissen ist Macht, das Unwissen lacht!«

Sie lachte auf.

»Keine Sorge, ich werde dich noch lange nicht verstehen ... Susanna versteht auch nicht, was ich an dir finde.«

»Du solltest deine Zeit nicht mit solchen Typen verschwenden.«

»Sprich nicht so über meine Freunde. Ich mag sie, es ist lustig mit ihnen.«

»Ich dachte, du findest sie langweilig.«

»Nur manchmal. Ich habe das Gefühl, für dich ist alles hopp oder topp. Für mich hopp *und* top ... Aber vielleicht hast du recht, Étienne ist anders als sie. Er ist ein wirklich guter Mensch, manchmal denke ich, er ist noch ein Kind. Das Problem ist nur ...«

Sie brach ab.

»Das Problem ist«, begann sie von Neuem, »wenn ich ihn neuerdings länger nicht sehe, verschwindet er aus meinem Gedächtnis. Sein Gesicht ist auf einmal weg. Wenn wir telefonieren und ich seine Stimme höre, ist alles wieder gut. Aber früher war sein Gesicht immer da, auch wenn er weit weg war. Jetzt muss ich nach ihm suchen. Sogar heute, obwohl ich ihn zwei Monate nicht gesehen habe, denke ich nicht an ihn. Es sei denn, ich tue es bewusst.«

Sie sprang auf, als könnte sie dadurch alle Last von sich abschütteln. Sie ging über die Kieselsteine bis zum Ende des Strandes, machte kehrt und kam wieder auf mich zu, ihre Bewegungen hatten plötzlich etwas Tänzerisches. Sie schälte eine Orange, biss hinein und verzog das Gesicht.

»Jetzt hätte *ich* Lust, mich auf dem Steg nackt zu sonnen. Aber wenn ich mir vorstelle, dass eine altehrwürdige Signora im eleganten Badeanzug, mit geblümter Haube und vornehmen Badepantoffeln durch die Tür da tritt und mich erblickt ...«

»Das würde nicht passieren.«

»Woher willst du das schon wieder wissen?«

»Weil ich hinter der Tür wohne.«

Sie riss die Augen auf.

»Was!«

Sie blieb neben mir stehen. Ihr Kleid flatterte, aber ihre Beine waren fest in den Steg gestemmt, die Muskeln spannten sich unter ihrer Haut. Sie warf die Orange ins Wasser.

»Verdient man mit diesen Groschenheften so viel, dass man sich am Gardasee Villen kaufen kann?«

»Ich habe nur diese eine. Ein kleines Haus, eigentlich nur zwei Zimmer übereinander, ich habe es damals zum Schnäppchenpreis erworben. Das Anwesen gehört einem Anwalt aus Mailand, seine Villa steht weiter oben. Gesehen habe ich ihn hier noch nie, für ihn war es wohl nur eine Investition.«

»Zeig es mir!«

Ich schüttelte den Kopf.

»Warum?«

Ich zuckte mit den Schultern.

»Ich bewohne es nicht mehr.«

»Ich möchte es nur sehen.«

»Morgen gehört es schon einem anderen.«

Nella ließ sich wieder auf der Matte nieder. Mein Blick folgte den winzigen, kreisenden Punkten im Blau des Himmels. Ich schloss die Augen.

»Willst du es mir nicht erzählen?«, hörte ich ihre Stimme neben mir.

»Was?«

»Was dich bedrückt. Ich spüre es doch. Hat es etwas mit dem Haus zu tun, willst du es deswegen loswerden?«

Ich schwieg, und Nella hakte nicht mehr nach. Leicht wie ein Schmetterling legte sich ihr Arm um meine Taille.

»Du verwirrst mich«, flüsterte sie.

»Das will ich nicht. Verwirrung ist eine Krankheit. Ich bin nur froh, dass ich dich verwechselt habe.«

»Ich bin es nicht, denn seitdem habe ich das Gefühl, ich … ich könnte Étienne irgendwann einmal nicht mehr lieben … und das will ich nicht.«

»Nella.«

»Psst. Sei still!«

Das Wasser plätscherte, ich wagte nicht, mich zu rühren, als könnte der Schmetterling bei meiner kleinsten Bewegung davonflattern. Was für ein Zufall mochte uns zusammengeführt haben? Ich würde es nie wissen. Man musste um die Zufälle dankbar sein, sie waren die letzten

Bastionen des wahren Lebens, an ihnen prallten alle kranken Allmachtsphantasien ab. *Der Zufall ist der große Meister aller Dinge.* Wer hatte das gesagt, überlegte ich schläfrig. *Danach erst kommt die Notwendigkeit. Sie besitzt nicht die gleiche Reinheit.* Ich konnte mich nicht mehr erinnern. Es war auch nicht wichtig.

So lagen wir da, Nella und ich, Seite an Seite, in himmlisches Licht und himmlische Wärme gehüllt. Nur der monotone Anschlag der Brandung und der unmerklich wandernde Schatten auf dem Kies zeugten vom Verstreichen der Zeit.

16.

Als ich erwachte, war ich allein.

Ich setzte mich auf.

Mir war, als wäre ich nur kurz eingenickt, aber die Sonne stand schon über Limone, es mussten Stunden vergangen sein. Als hätte ich alles nur geträumt, waren Nellas Kleider und Schuhe nicht mehr da. Ich zog mich an, ich konnte nicht glauben, dass Nella ohne ein Wort verschwunden war. Als ich in meinen Schuh schlüpfen wollte, stieß ich auf etwas Hartes, einen Schlüssel. Im Ring des Anhängers steckte ein Zettel.

Wollte dich nicht wecken, du hast so tief geschlafen. Heute Abend feiern wir in der Villa Medusa, ich hinterlege dir eine Eintrittskarte in der Taverne von Punta San Vigilio. Ich möchte dir unbedingt etwas sagen. Nella. PS: Deine Anna ähnelt mir übrigens kein bisschen. Vergiss nicht, dein Haus abzusperren!

Darunter prangte, mit einem einzigen Strich gezeichnet, ein kleiner, dicker Vogel mit großem Schnabel, der derart trotzig wirkte, dass ich lächeln musste. Ich las den Brief noch einmal, Nella kannte die Punta San Vigilio also doch. Beim Postskriptum stutzte ich. Mein Blick wanderte von dem Zettel zum Schlüssel, von dem Schlüssel zur Tür in der Mauer.

Ich sprang auf, Nella war offenbar im Haus gewesen.

Ich hievte mich auf den Steg und trat an die Tür, die Tür ging auf, ich hielt inne. Zum ersten Mal seit anderthalb Jahren stand alles wieder vor mir, der schmale Streifen Garten, das Haus unter der Felswand, die Steintreppen, die den Hang hinauf zur Via Nova führten. Nur das Gras war höher, und der Klapptisch unter der Pinie, an dem wir an jenem Aprilmorgen gefrühstückt hatten, war von Zapfen bedeckt.

Ich lief durch den Garten, drückte die Klinke. Die Tür öffnete sich, ich trat ein.

Das Zimmer war unberührt. Ich sah mich um, als müsse Nella irgendwo versteckt sein. Rechts mein Schreibtisch, links die abgewetzte braune Ledercouch mit dem Tischchen davor, auf dem noch ein benutztes Glas stand. Als hätte ich es nicht vor anderthalb Jahren, sondern erst am Abend zuvor dort abgestellt.

Ich ging nach hinten, die Wendeltreppe hinauf. Warm und lichtdurchflutet döste das Schlafzimmer unter dem Schrägdach, alles wie damals. Das niedrige Bett vor dem großen, gewölbten Atelierfenster war gemacht. Wir hatten in jener Nacht im Freien geschlafen, zum ersten und letzten Mal. Auf dem Boden lagen ein paar Kleidungsstücke, ein Handtuch, ein Schwarz-Weiß-Foto.

Ich hob es auf.

Ana in ihrem weißen Hemd, schlank und weiß wie die Birkenstämme rings um sie, ihr unerforschlicher Blick direkt in die Kamera gerichtet, etwas Versonnenes, Melancholisches im Gesicht, etwas, das ganz nach innen ging, keinen etwas anging. Ein Foto, im Spätsommer vor zwei Jahren in einem lichten Birkenhain im Ledrotal entstanden, Nella musste es in meiner Schreibtischschublade gefunden haben.

Ich trat ans Fenster.

Unten, im Schatten der Pinie der von Zapfen bedeckte Tisch, dahinter der See, alles wie damals, von der Staubschicht auf der Scheibe abgesehen. Wenn Ana da war, hatte sie die Scheibe immer geputzt, damit wir den Ausblick ungetrübt genießen konnten, wenn wir zu den ersten Strahlen der aufgehenden Sonne über dem Monte Baldo erwachten. Oder wenn ich wieder einmal nicht erwachte und sie stundenlang neben mir liegend aus dem Fenster starrte. Nicht las, nicht Musik hörte, nicht frühstückte, nur dalag und wartete, bis ich die Augen öffnete. Ich hatte mich oft gefragt, was ihr in diesen tauben Stunden durch den Kopf gehen mochte. Einmal erwachte ich von einem Laut. Sie lag mit dem Rücken zu mir und schluchzte leise vor sich hin, und ich fragte nicht warum.

In jener letzten Nacht hatten wir uns mit zwei aufklappbaren Matratzen ein Lager unter der Pinie gebaut und im Freien geschlafen, und am Morgen, es war schon spät, war Ana zum Duschen ins Haus gegangen, und ich lag noch unter der Decke, als sie aus dem Schlafzimmerfenster gelehnt mit seltsam veränderter Stimme hinunterrief: »Komm rauf, schnell! Da muss etwas passiert sein!«

Ich lief nach oben. Ana kauerte am Fußende des Bettes und blickte aus dem Fenster, während sie mit einem Handtuch ihr Haar trocknete. Sie sah erschrocken aus.

»Schau!«

Einige Hundert Meter von uns entfernt bildeten ein paar Motorboote einen dunklen Fleck auf dem See. Wir waren zu weit weg, als dass wir etwas hätten erkennen können, aber die lautlose Hektik ließ keinen Zweifel, dass dort gerade etwas Dramatisches vor sich ging.

Reglos stand ich vor der verstaubten Scheibe, Anas Foto noch immer in der Hand, und starrte auf die Stelle in der Ferne, ich wusste noch genau, wo es gewesen war. Aber dort rührte sich nichts, glatt und ungetrübt lag der See in der Sonne.

Ich weiß nicht, wie lange ich so dastand, verloren in Erinnerungen, als ich plötzlich einen Klingelton hörte. Ich hielt den Atem an. Es war Anas Handy, ein grelles Schrillen in der Stille des Morgens, das lauter und lauter wurde, bis ich es nicht mehr aushielt und die Hände auf meine Ohren drückte und auf einen Schlag alles verstummte.

Sonntag Nachmittag

17.

Liliána hatte sich auf das Bett geworfen.

»Wie oft habe ich diesen Berg verflucht! Das Fliegen, den April, diesen See, diesen Himmel. Mich selbst ...«

Ihre Stimme versandete, ich spürte ihr maßloses Elend. Sie stand wieder auf, blieb stehen, als hätte sie vergessen, warum sie aufgestanden war, drehte sich zu mir.

»Ich war es, die Sebastian auf die Idee mit dem Fliegen gebracht hat. Alexander hatte natürlich nichts übrig für solche schnöden Zerstreuungen. Für ihn gab es nur Literatur, Musik, Filme, die zeitlosen, ästhetischen Erlebnisse. Mich aber faszinierte das Fliegen, gerade weil es echt war und keine Phantasterei. Einmal nahm mich Sebastian auf einen Flug mit, ich werde es nie vergessen.«

Ich senkte den Blick, begann wieder Brot zu schneiden. Was hätte ich auch sonst tun sollen. Es tat weh, zu sehen, wie sie um Haltung rang.

»Essen Sie doch etwas, Liliána! Sie haben noch keinen Bissen ...«

»Wenn es schon passieren musste«, sagte sie leise, »hätte es damals passieren sollen, mit mir an seiner Seite.«

»Er hätte nichts davon gehabt.«

»Aber ich.«

»Es hätte Ihren Mann umgebracht.«

»Er hätte es gar nicht bemerkt. Ich war für meinen Mann doch gar nicht mehr da, er lebte nur noch in seiner Phantasiewelt. Als könne man vor dem Leben davonlaufen!«

Der Himmel hellte sich kurz auf und leuchtete unser Zimmer aus. Liliána presste sich die Hände auf die Ohren.

»Verzeihen Sie, ich musste als Kind immer in einem Zimmer auf dem Dachboden schlafen, weil unten kein Platz mehr war. Ich war die Jüngste von fünf. Wenn es gewitterte, konnte ich mich gar nicht tief genug unter die Daunen verkriechen.«

Es donnerte jetzt im Minutentakt, das Auge des Sturms schien uns erreicht zu haben. Ich genoss das wohlige Gefühl, in Sicherheit zu sein, aber Liliána saß in verschreckter Erwartung des nächsten Knalls.

»Sagen Sie doch etwas!«, fuhr sie mich plötzlich an. »Sie sind ein Mann, Sie müssen mir doch erklären können, was mit Alexander geschehen ist, warum er so abgedriftet ist. Damit hat es ja begonnen.«

»Was?«

»Das Unglück.«

»Wieso, was hatte der Unfall mit Ihrem Mann zu tun?«, fragte ich erstaunt.

»Erklären *Sie* es mir! Alexander hat doch alles, Lehrstuhl, Geld, Ansehen, Frau, Kind, Familie. Er kann den ganzen Tag tun, was er immer schon hatte tun wollen, was gibt es mehr? Was fehlt ihm noch, klären Sie mich auf.«

»Offenbar hat er Angst. Sie sagten vorhin selbst, dass er vor etwas Angst hat.«

»Angst … wovor denn!«

»Woher soll ich das wissen? Vielleicht ist er wirklich in etwas verstrickt. Vielleicht gehört er zu den Eingeweihten, weiß Sachen, wovon andere keine Ahnung haben. Eine geplante Weltdiktatur, gehirngewaschene Menschenmassen, ruhiggestellt durch Drogen und Pharmazeutika, Kriege ohne Ende, ist das vielleicht kein Grund, um Angst zu haben?«

»Ach wo, niemand geht an der Welt zugrunde, man geht immer nur an sich selbst zugrunde …«

»Geld, Medien, Politik, alle Macht konzentriert sich in den Händen winziger Eliten, die uns mit Scheinproblemen ablenken, wie der Zauberer, der mit seiner linken Hand wedelt, während das Entscheidende in seiner rechten passiert. Totale Überwachung, Kontrolle, Zensur, was heute Wirklichkeit ist, wäre noch vor zwanzig Jahren unvorstellbar gewesen, und wie wird es dann in zwanzig Jahren aussehen? Ich verstehe nichts davon, aber ich kann mir schon vorstellen, dass einer den Verstand verliert, wenn er da tiefer eintaucht.«

Liliána schüttelte nur den Kopf.

»Wovor Alexander sich wirklich fürchtet«, sagte sie, als hätte sie mich gar nicht gehört, »ist das Leben selbst. Er hält dem Druck nicht stand, er ist ein Romantiker. Er liebt den schönen Schein, nicht die Wirklichkeit dahinter. Aber das reicht eben nicht! Ein Mann darf viele Fehler haben, nur eine Memme darf er nicht sein, einer, der den Schwanz einzieht!«

»Sie hassen ihn ja«, flüsterte ich.

»Ich bin maßlos enttäuscht von ihm, sicher!«

»Warum suchen Sie ihn dann? Seien Sie doch froh, dass er fort ist! Er wird ohnehin zurückkommen, jeder Mann verirrt sich in der Mitte seines Lebensweges in einem dunklen Wald, Sie wissen schon. Und wenn er nicht zurückkommt, umso besser!«

»Aber verstehen Sie denn nicht, dass alles nur die Strafe für Alexanders Unzufriedenheit war, dafür, dass er noch mehr wollte, obwohl er schon alles hatte. Ich wurde an seiner Stelle bestraft, *ich*!«

»Und er nicht?«

»Natürlich, aber er war ja auch der Schuldige.«

»Der Schuldige, muss es immer einen Schuldigen geben? Das ist menschlich gedacht, der Kosmos kennt so was nicht.«

»Sind wir vielleicht keine Menschen?«

»Natur, nichts anderes.«

»Sie sind lustig! Kein Wunder, dass es keine Frau mit Ihnen aushält.«

»Wie kommen Sie darauf?«

Liliána ging hinaus. Ich hörte das Rauschen der Toilette. Als sie zurückkam, schien sie sich gefasst zu haben. Sie nahm am Tisch Platz.

»Und wie er bestraft wurde, armer Alexander!«, flüsterte sie.

Sie erzählte, was für ein wunderbarer Vater Alexander gewesen sei, wie er stundenlang mit Sebastian gespielt und ihm abends die schönsten klassischen Jugendromane vorgelesen habe. Später hätten sie ein Baumhaus im Garten gebaut, mit allem Drum und Dran, aber da hätte sie mitgeholfen, damit es auch hielt. Als Sebastian älter geworden sei, hätten sie lange Bergtouren gemacht, hätten abends am Lagerfeuer gesessen und sich die halbe Nacht unter dem Sternenhimmel unterhalten. Sie seien ein Herz und eine Seele gewesen.

»An seinem siebzehnten Geburtstag schenkte ich ihm einen Fotoapparat«, sagte Liliána und lächelte ungewollt. »Fortan gab es für ihn nichts anderes. Immer öfter schnappte er sich mein Auto und verschwand für Tage mit Kamera, Zelt und Proviant. Und immer kehrte er mit den gleichen Bildern zurück. Weite, leere Landschaften, wilde Fels- oder Wolkenformationen, Seen und Berge, immer in strengem Schwarz-Weiß, die Wucht seiner Aufnahmen hatte fast etwas Einschüchterndes. Und auf keiner einzigen war je ein Mensch zu sehen, auch nicht zufällig …«

»Wozu auch?«, sagte ich schulterzuckend.

»Ich weiß, für Sie gibt es nur den Kosmos.«

Nach seinem Abitur habe sich Sebastian auf ihren Rat hin an der Universität der Künste in Berlin beworben und sei auch prompt genommen worden, es habe niemanden überrascht. Auch nicht als er in seinem zweiten Jahr seinen ersten Preis bei einem Fotowettbewerb gewann. Die Aufnahme sei an einem finnischen See entstanden, phantastische Wolkenmuster im gebrochenen Spiegel des Wassers. Bei der Preisverleihung habe er Nora kennengelernt, die bei der Catering-Firma jobbte, die an dem Abend für die Verpflegung verantwortlich war, und sie verliebten sich ineinander …«

Es blitzte wieder, und Liliána zog in Erwartung des Knalls den Kopf ein. Aber der Donner war nur noch ein dumpfes Grollen.

»Es flaut ab«, sagte ich.

Sie griff selbstvergessen nach einer Scheibe Brot und begann sie mit Butter zu bestreichen.

»Für beide begann eine unbeschwerte Zeit. Nora begleitete Sebastian auf seinen Fototouren, dafür durfte er dabei sein und heimlich fotografieren, wenn sie für die Detektei, für die sie gelegentlich arbeitete, Observationen durchführte. Doch da, mitten in dieser glücklichen Zeit … geschah etwas. Sebastian fiel in ein Tief. Ohne Grund. Er war jung, gesund, frisch verliebt, hatte Erfolg und keinerlei Geldsorgen, und doch genügte irgendein Artikel in irgendeiner Zeitschrift, die ihm eines Abends in seinem Berliner Studentenwohnheim in die Hände fiel, um ihn aus der Bahn zu werfen. Dort las er, dass in Deutschland statistisch gesehen jeder vierte Mensch an Krebs erkrankt. Also begann er darüber nachzudenken, wen von uns es wohl als Erstes erwischen würde. Mich? Seinen Vater? Oder ihn selbst oder vielleicht Nora? Oder gleich mehrere von uns? Oder keinen, dafür aber alle Mitglieder einer anderen Familie?

Der Gedanke setzte sich in seinem Kopf fest, er bekam Angstzustände. Alexander und ich ahnten nicht, wie schlecht es ihm ging. Erst nach und nach erfuhren wir, dass er kaum mehr schlafen konnte, dass er im Dunkeln Sachen auf sich zufliegen sah, Scheiben oder Räder, die sich unaufhörlich auf ihn zuwälzten. Dass er seine Nächte im Fernsehraum des Wohnheims verbrachte, um nur nicht allein zu sein, bis er irgendwann am Morgen vor Erschöpfung einschlief, dass er sich schließlich, gerade weil es für das alles keinen Grund gab, einzubilden begann, verrückt zu sein.

Aber er hatte Nora, ich weiß nicht, was ohne sie passiert wäre. Nora zog zu ihm ins Wohnheim, blieb ständig bei ihm, wenn er nicht schlafen konnte, schlief auch sie nicht, nächtliches Wachen war sie durch ihre Arbeit für die Detektei ohnehin gewohnt. So kam Sebastian über die Runden. Und eines Tages erhielt er von einem Reisemagazin das Angebot, eine mittelalterliche Burg in der Slowakei zu fotografieren. Nora packte die Gelegenheit beim Schopfe, sie war sich sicher, der Ortswechsel, die Ablenkung, die Arbeit draußen würden Sebastian guttun. Sie würde mitfahren.«

Liliána verstummte, schüttelte kaum merklich den Kopf.

»Hätte sie geahnt, was passieren würde, hätte sie ihn nicht überredet.«

»Ich verstehe nicht.«

»Ich auch nicht … Alles, was ich darüber weiß, habe ich mir aus dem zusammengereimt, was Sebastian und Nora mir erzählt haben.«

Sie stand auf und trat ans Fenster, stand dort und starrte in den strömenden Regen. Als liefe dort ein Film ab, den nur sie sehen konnte.

18.

Eines Abends im August lud Sebastian seine Fotoausrüstung in Noras Auto, und sie fuhren in die Slowakei. Sie hatten eine lange Strecke vor sich, die Burg, Spišský hrad, lag im Osten. Nora saß am Steuer, Sebastian schlief bald ein, schlief die ganze Nacht, als wollte er den Schlaf aller durchwachten Nächte der letzten Monate auf einmal nachholen.

Als er zu sich kam, strahlte ihm die Sonne ins Gesicht. Die Uhr am Armaturenbrett zeigte halb elf. Das Auto stand auf einer Wiese, Nora lag im Gras daneben und blinzelte ihn müde an. Eine weite Ebene erstreckte sich ringsum, auf einem einsamen Hügel in der Mitte erhob sich eine weiß schimmernde Burg gegen den Himmel. Wie eine vulkanische Formation stülpte sie sich aus der Landschaft, ein rätselhafter Fremdkörper aus einer anderen Welt.

Sie kochten Kaffee und verzehrten ihren Proviant, machten eine Erkundungstour durch die Gegend, am späten Nachmittag nahmen sie in einer Gaststätte etwas zu sich. Am nächsten Tag in aller Früh wollten sie mit der Arbeit beginnen.

Als es zu dämmern begann, schlugen sie ihr Zelt auf einer grasigen Anhöhe auf, machten ein Feuer, aßen Schokolade und tranken Tee, rückten vor der Abendkühle näher und näher an die wärmende Glut.

Sie legten sich zeitig schlafen. Nora, die die Nacht durchgefahren war und viele Nächte davor mit Sebastian wach gelegen hatte, schlief sofort ein. Das Letzte, was sie beim Blick durch die Zeltöffnung sah, war Sebastian hinter der Feuerstelle, das dunkle Licht der Glut auf seinem Rücken. Wie gebannt starrte er auf die gewaltige, milchig weiße Form der Burg vor dem schwarzen Himmel. Als wäre dort der Mond abgestürzt und über den Hügel zerlaufen. Nora empfand eine tiefe Ruhe. Sebastian war den ganzen Tag erstaunlich gut gelaunt gewesen, sie spürte, dass sich alles zum Besseren wenden würde. Im Halbschlaf hörte sie noch, wie er den Reißverschluss des Zeltes zuzog und in seinen Schlafsack kroch.

Liliána verstummte. Sie nahm einen Schluck von ihrem Wasser. Die Brotscheibe lag noch immer unangetastet auf ihrem Teller.

»Und?«, fragte ich.

»Nichts … sie hat ihn nie wiedergesehen.«

»Was!«

Sie zuckte mit den Schultern.

»Erst viel später, einmal noch, als alles längst vorbei war.«

Als Nora am nächsten Tag durch das ferne Läuten einer Kirchenglocke geweckt wurde, war es bereits Mittag. Sie hatte verschlafen. Sebastians Schlafsack neben ihr war leer, das erstaunte sie noch mehr, noch nie war er vor ihr aufgestanden.

Im Zelt herrschte eine stickige Hitze, sie klappte die Plane auf und steckte den Kopf hinaus. Die Burg stand noch da, eine Fata Morgana im diesigen Mittagslicht. Sebastian war nicht zu sehen.

Sie kontrollierte ihr Handy, von Sebastian war keine Nachricht gekommen. Sie zog ihren verschwitzten Pyjama aus, klappte ihren Schlafsack zu einer großen Decke auf und streckte sich darauf aus. Sie spreizte ihre Beine, öffnete sich den Sonnenstrahlen, dem lauen Wind. So erwartete sie Sebastian, gerade jetzt, gerade dort empfand sie große Lust.

Eine Viertelstunde verstrich, eine halbe Stunde, von Sebastian fehlte jede Spur. Nora musste amüsiert an die verschwundenen Mädchen in *Picknick am Valentinstag* denken. Sebastian konnte nicht weit sein, ihr Wagen stand noch am Waldrand, wo sie ihn am Abend zuvor abgestellt hatten. Sie wartete, zog die Zeltplane zu, die alte Burg kam ihr wie ein lüsterner Greis vor, der sie durch die Öffnung angaffte. Sie blickte wieder auf ihr Handy und diesmal fand sie eine Nachricht von Sebastian, zwei Zeilen, soeben gesendet: *Fahre mit dem Zug heim. Verzeih mir.*

Nora starrte auf die Worte, als hätte sie sich verlesen. Solche Scherze waren nicht Sebastians Art. Sie rief ihn an, schickte ihm eine Nachricht, eine Antwort erhielt sie nicht. Sie zog sich an, verstaute Sebastians Fotoausrüstung im Wagen, alles andere ließ sie stehen und liegen und fuhr zum nächstgelegenen Bahnhof. Spišské Podhradie hieß die Ortschaft. Am Bahnsteig hinter dem Bahnhofsgebäude warteten ein paar Leute auf den Zug, einen allein reisenden jungen Mann hatte niemand gesehen. Züge nach Westen fuhren schon seit dem Morgen im Stundentakt.

Sie kehrte zum Schlafplatz zurück, lud alles ins Auto und begann die Gegend nach Sebastian abzufahren. Es bestand für sie kein Zweifel, dass er einen Anfall oder eine Panikattacke gehabt hatte und womöglich hier irgendwo herumirrte. Immer wieder warf sie einen Blick auf ihr Handy am Beifahrersitz, aber Sebastian meldete sich nicht, den ganzen Nachmittag nicht. Als sie die ganze Gegend abgesucht hatte, fuhr sie zum Platz ihres Nachtlagers zurück, wo sie auf einem Stein in der erkalteten Feuerstelle eine Nachricht für Sebastian hinterlegt hatte, dass er dort auf sie warten möge.

Alles war wie am Mittag und Sebastian nicht da.

Als es dunkel wurde und noch immer jedes Lebenszeichen von ihm fehlte, beschloss sie heimzufahren.

In Berlin eilte sie direkt zu Sebastians Wohnheim. Sein Zimmer, zu dem auch sie einen Schlüssel besaß, fand sie genauso vor, wie sie es drei Tage zuvor verlassen hatten, er war offenbar nicht da gewesen.

»In diesem Moment tiefster Ratlosigkeit erreichte sie mein Anruf aus München. Ich erzählte ihr, dass Sebastian soeben bei uns angerufen hätte, dass alles in Ordnung sei und dass er uns gebeten habe, ihr das auszurichten.«

Zwei Tage später erhielt Nora einen Brief von Sebastian. Er bat sie inständig um Verzeihung, es sei ihm nicht möglich, sie wiederzusehen. Der Brief war in der Slowakei aufgegeben worden.

Sie fiel aus allen Wolken. Sebastian war also gar nicht heimgefahren, sondern noch immer dort, irgendwo am Fuß jener phantastischen Burg. Aber was wollte er dort, allein, ohne Rucksack, ohne Wechselkleidung, ohne Fotoausrüstung, ohne alles? Sie konnte es sich nur mit seinem psychischen Zustand erklären. Sobald es ihm besser ging, würde der Spuk vielleicht ein Ende nehmen und alles wieder sein wie zuvor.

Sie begann zu warten.

»Aber Sebastian tauchte nicht bei ihr auf, sondern bei uns in München. Unrasiert, mit zerzaustem Haar und glänzenden Augen. *Es geht mir wieder gut*, war sein erster Satz. *Ich bin verlobt*, sein zweiter. Asja habe ihn nicht gleich vor Ort heiraten wollen, er hätte die nötigen Papiere ohnehin nicht dabeigehabt ...«

Liliána verstummte. Das Unwetter war vorübergezogen, nur ein leises, monotones Plätschern hatte es zurückgelassen. Sie starrte auf den Tisch vor sich, schüttelte fast unmerklich den Kopf, als könnte sie das alles noch immer nicht begreifen.

»Asja? Was ist das für ein Name?«, fragte ich.

»Ich weiß nicht. Ihr Vater war Russe. Sie hatte ihn nie gekannt.«

Ich schenkte mir wieder ein. Die halbe Weinflasche hatte ich geleert, Liliánas Glas war noch immer unangetastet.

»Und dann … am ersten Weihnachtstag … stand sie plötzlich vor uns. Asja. Sie war mit Sebastian gekommen, es schneite, sie trat ein, und ohne dass wir es bemerkten, begann sich alles zu verwandeln. Sie war noch keine zwanzig und von einer eigentümlichen, rauen Schönheit, aber das war es nicht. Es war ihre Ausstrahlung, ihre fast schon verwirrend natürliche, unverstellte Art, die jeden für sie einnahm. Sie tat und sagte alles mit einer ungewollten Intensität, die einen schwindeln machte, sie war … wie soll ich es nennen … sie war vollkommen unschuldig. Als wäre sie nicht von hier, nicht von dieser Welt. So war sie …«

Liliána richtete ihre dunklen Augen auf mich.

»Ich weiß, das klingt phantastisch, aber hätten Sie sie gekannt, würden Sie verstehen, was ich meine.«

Ich nickte, meine Stimme war ein Flüstern.

»Ich … verstehe auch so …«

19.

Es war still geworden, ich lehnte mich vor.

»Aber Sebastian ... Sie haben nicht erzählt, was an jenem Morgen mit Sebastian passiert ist.«

»Ich merke, Sie wollen Tatsachen hören, aber die gibt es in diesem Fall nicht.«

»Ich? Tatsachen? Sie kennen mich schlecht.«

»Ich kenne Sie gar nicht.«

Liliána hob die Schultern, ratlos.

»Wahrscheinlich geschah das, was man ein Wunder nennt, ich weiß es nicht.«

»Ein Wunder?«

»Glauben Sie es oder nicht. Den Dingen ist es egal, ob man sie glaubt oder nicht, sie sind trotzdem da und das, was sie sind. Auch Sebastian konnte mir nicht erklären, was geschehen war, ihm war alles wie in einem Traum vorgekommen. Warum war er an jenem Morgen aus dem Zelt geschlichen? Hatte er ein bestimmtes Ziel gehabt? Hatte er wirklich heimfahren wollen oder war er nur zufällig auf den kleinen Bahnhof gestoßen? Im Nachhinein könnte man meinen, er hätte dort eine Verabredung gehabt, aber das war ja nicht der Fall.«

»Sondern?«

»Was am Bahnhof geschah, daran konnte sich Sebastian aber sehr wohl erinnern, er hat mir später auch Fotos gezeigt.«

Eine winzige Station, ein halb verwachsenes Gleis am Fuß eines bewaldeten Abhangs, mehr war es nicht. Von der abblätternden Aufschrift auf der Fassade des kleinen Bahnhofsgebäudes waren nur ein paar Buchstaben übrig geblieben. Er habe sich am Bahnsteig auf eine Bank gesetzt, wie an der Endstation der Welt sei er sich vorgekommen. Neben dem Gleis vergnügte sich ein halbwüchsiger Zigeunerjunge damit, seinen im Gras liegenden Vater zu bespucken. Der Vater ertrug es gleichmütig, nur ab und zu machte er eine abrupte Bewegung, um seinen Sohn in die Flucht zu schlagen, der aber kehrte postwendend zurück und setzte das seltsame Spiel fort.

Sebastian beobachtete sie fasziniert, als er plötzlich auf Bewegungen am Hang gegenüber aufmerksam wurde. Es knackte und raschelte im Unterholz, offenbar stieg jemand durch den Wald herab. Und dann trat unter den flimmernden Blättern ein Mädchen ans Licht. Einen großen Korb in jeder Hand, einen verschlissenen Rucksack auf dem Rücken überquerte sie das Gleis. Sebastian erhob sich reflexartig, um ihr auf der Bank Platz zu machen, sie bemerkte ihn aber gar nicht. Sie stellte ihr Gepäck am Ende des Bahnsteigs ab und begann zu warten.

Sebastian betrachtete sie aus dem Augenwinkel, irgendetwas an ihr ließ ihn nicht mehr los. Mit ihrem dichten Haar und groben Rock, dem um die Taille gebundenen Pullover und ihren dicken schwarzen Strümpfen kam sie ihm fast verwildert vor. Vielleicht war es gerade das. Als der Pendelzug einfuhr, es muss gegen elf gewesen sein, ging Sebastian jedenfalls mit dem Selbstverständnis eines Schlafwandlers zu ihr und deutete an, ihr mit den Körben helfen zu wollen, die, wie er jetzt sah, unter den Tüchern, die sie abdeckten, mit Steinpilzen gefüllt waren. Das Mädchen wehrte sich nicht, sagte kein Wort, auch nicht als er ihre Körbe im Wagen auf den grünen Polstersitzen abstellte und auf der anderen Seite des Mittelganges Platz nahm. Sie stellte die Körbe einfach auf den Boden und würdigte ihn keines Blickes.

Wohin, in welche Himmelsrichtung sie durch die Ebene gondelten, konnte Sebastian im Nachhinein nicht sagen, ihre Fahrt dauerte nur wenige Minuten. Als sie sich vor der nächsten Station zum Aussteigen bereit machte und ihren Rucksack schulterte, sprang er auf und ergriff wieder ihre Körbe. Auch diesmal sagte sie nichts. Als hätte sie ihn tatsächlich noch nicht bemerkt.

Spišské Podhradie stand auf einem blauen Schild über dem Bahnsteig. Sie gingen durch das Gebäude und eine von niedrigen Häusern gesäumte Dorfstraße hinauf, das Mädchen vorneweg, Sebastian einen halben Meter hinter ihr. Ihr dichtes braunes Haar war zu einem dicken Zopf geflochten, der bei jedem ihrer Schritte vor Sebastian hin und her schwang, als wollte er ihn hypnotisieren.

Nach einer Kreuzung ging die Pflasterung in einen Feldweg über, hundert Meter weiter versandete auch der Weg. Am letzten Haus blieb das Mädchen vor einem zwei Meter hohen Holztor stehen. Sie öffnete das Tor einen Spalt, und jetzt sah sie ihn an. Ihre grünlichen, fast durchsichtig hellen Augen leuchteten in ihrem dunklen Gesicht, als wären sie eigentlich für ein anderes Gesicht geschaffen gewesen. Sie standen einander schweigend gegenüber, dann stellte Sebastian die Körbe ab. Sie hob sie über die Schwelle und schloss das Tor hinter sich.

Sebastian rührte sich nicht vom Fleck.

Es war still, nur die krumme, zerrupfte Birke hinter ihm säuselte im Wind. Nach ein, zwei Minuten hörte er ein leises Geräusch hinter dem Tor und sah, wie durch ein Astloch in der Mitte ein dünn aufgerollter Zettel herausgeschoben wurde. Vorsichtig zog er ihn hervor und entrollte ihn, doch statt einer Nachricht fand er einen Fünfeuroschein.

Er rollte den Schein wieder auf, steckte ihn ins Loch zurück und schob ihn durch.

Wie von einer unsichtbaren Hand bewegt, kam das Geld sofort wieder zum Vorschein.

Sebastian rührte es nicht an, setzte sich in den Streifen welken Grases am Straßenrand und lehnte sich gegen die Birke.

Das Nächste, woran er sich erinnerte, war das Gesicht einer Frau, die sich über ihn beugte. Sie hielt seine Hand und redete mit seltsamem Akzent auf ihn ein.

»Sprechen Sie Deutsch? Sind Sie krank?«

Sebastian schüttelte den Kopf.

Die Frau richtete sich wieder auf. Sie war einfach gekleidet, so wie er sich Frauen im Osten vorstellte, in der Armbeuge trug sie eine schwarze Handtasche. Als sie ihren Schlüssel ins Schloss steckte, fiel ihr Blick auf die kleine Papierrolle. Sie zog sie aus dem Loch, und das Tor fiel hinter ihr zu.

Sebastian wusste nicht, wie viel Uhr es war, aber die langen Schatten sagten ihm, dass Stunden vergangen sein mussten.

Er raffte sich auf, ihm war kalt.

Plötzlich öffnete sich das Tor, und die Frau von vorhin streckte ihm den Fünfeuroschein entgegen.

»Danke!«

Sebastian schüttelte den Kopf.

»Ich suche eine Unterkunft für die Nacht«, sagte er und hielt zum besseren Verständnis seine Hand an die Wange und neigte den Kopf zur Seite.

Die Frau schob den Geldschein in seine Hand, er gab nach, um nicht unhöflich zu erscheinen. Sie schien zu zögern. Plötzlich ging ein Ruck durch sie, ihre Schultern senkten sich, als hätte sie losgelassen. Und mit einem Seufzer öffnete sie ihm das Tor.

20.

Liliána erhob sich.

»Hätte sie es nur nicht getan. Vielleicht wäre dann alles anders gekommen … Darf ich?«

Sie riss das Fenster auf.

Ich stellte mich zu ihr. Wie friedlich alles auf einmal war. Der Regen plätscherte ruhig, als hätte es die Entfesselung der Elemente nie gegeben. Wir standen Seite an Seite, atmeten die klare, feuchte Luft. Liliána hatte eine Präsenz, der ich mich nur schwer entziehen konnte.

»Warum erzähle ich Ihnen das, für Sie muss das doch absurd klingen«, sagte sie auf einmal. »Aber ich habe nichts erfunden. Sebastian hat es mir selbst erzählt, noch in der Nacht seiner Rückkehr. Stundenlang habe ich ihm zugehört, anfangs ungläubig, dann nur noch verwundert. Das Erstaunlichste aber war, dass er offenbar völlig genesen war. Er sprühte vor Freude, von Niedergeschlagenheit keine Spur. Als hätte ihn das Mädchen geheilt. Können Sie das verstehen?«

»Was gibt es daran nicht zu verstehen?«, entfuhr es mir. »Es war ein Wunder, Sie sagten es doch selbst! Es passiert und erklärt sich aus sich selbst, ob wir es verstehen oder nicht. Unser Pech, wenn wir es nicht tun.«

Liliána setzte sich an den Bettrand, sie schien wieder weit weg zu sein.

»Und dann nahm alles seinen Lauf. Sebastian bekam ein Bett für die Nacht. Und als Asja am nächsten Morgen mit ihrem Rucksack und den Körben wieder aufbrach, wartete er bereits an der Tür auf sie. Er hatte sich am Abend gar nicht ausgezogen, hatte nur wach dagelegen, gedöst, gewartet, dass es hell wird, und bis in der Früh die

Dämmerung einsetzte, wusste er, dass die Dunkelheit ihren Schrecken für ihn verloren hatte.«

Und dann rollten sie wieder in dem roten Pendelzug durch die Ebene, und Sebastian war der glücklichste Mensch auf Erden. Erneut stiegen sie an der namenlosen, kleinen Bahnstation aus, streiften den ganzen Vormittag durch die nebligen Wälder. Der einsame Wald, die ersten wärmenden Sonnenstrahlen, die glitschigen Pilze, die schwerer werdenden Körbe, die felsige Lichtung, wo sie mittags Rast machten und Asjas Proviant aßen – Sebastian muss alles wie ein unwirklicher Traum vorgekommen sein, und doch war es das Natürlichste der Welt.

»Sie erlebten vermutlich das Gleiche wie Alexander und ich damals am Isarufer. Als Asjas Mutter am Abend von der Arbeit heimkam, warteten sie bereits auf sie, und Sebastian bat sie um Asjas Hand. Ganz altmodisch, wie er annahm, dass es sich dort gehörte. Mein Gott ... die Kinder ...«

Liliána saß auf der olivgrünen Bettdecke, in sich versunken. Der Bademantel hatte sich über ihren Beinen geöffnet, sie bemerkte es nicht.

»Ich war unendlich glücklich, ihn so glücklich zu sehen. Aber er blieb nur zwei Tage und schlief die meiste Zeit. Dann fuhr er nach Spišské Podhradie zurück, nach einem Blitzbesuch in Berlin, wo er ein paar Sachen holte. Den ganzen Herbst hörten wir nichts von ihm. Er war bei Asja, aber was er dort tat, außer Pilze zu sammeln, kann ich mir bis heute nicht vorstellen. Nichts Besonderes, sagte er später, er habe Asja einfach überallhin begleitet. Gerade er, der immer auf seine eigenen Aktivitäten fixiert war! Er rief nicht an, schickte keine Nachrichten, keine Bilder, nur einmal eine Postkarte, dass alles gut sei.

Und dann, am ersten Weihnachtstag standen sie plötzlich im Schneegestöber vor unserer Haustür, als hätte sie eine Sturmböe dort abgesetzt. Nie habe ich Sebastian so ausgelassen erlebt wie in jenen Tagen. Nicht euphorisch, im Gegenteil, ruhig und ausgeglichen, wie jemand, der mit sich und der Welt im Reinen ist. Und Asja? Sie war still, und doch schien sich alles unmerklich auf sie zu beziehen, als hätte unser Gruppenbild plötzlich einen neuen Fluchtpunkt bekommen. Ihr Deutsch war fast perfekt, da die Familie ihrer Mutter der Volksgruppe der Zipser angehörte, die einst dort gelebt hatte, hätten sie zu Hause immer Deutsch gesprochen.

Als Sebastian und Asja nach drei Tagen wieder abreisten, hinterließen sie eine Leere, die mit Händen zu greifen war. Ihre Gegenwart hatte mich vom ersten Moment an in meine eigene Jugend zurückversetzt, in die ersten glücklichen Jahre mit Alexander, und ich weiß, dass er es nicht anders empfand.«

Anfang März zogen Sebastian und Asja in eine kleine Altbauwohnung im Prenzlauer Berg um. Anfangs wunderte sich Sebastian, warum Asja so selten die Wohnung verließ, wenn er nicht da war. Draußen wartete eine neue Welt auf sie, doch Asja machte keine Anstalten, sie zu entdecken. Sie war einfach nicht neugierig, lieber blieb sie in den eigenen vier Wänden und war für sich. Sie machte dies und jenes, schrieb Briefe an ihre Mutter Magda zu Hause und auch eine Art Tagebuch. Stundenlang betrachtete sie Sebastians Fotos, hörte seine CDs oder saß am Küchenfenster, das im dritten Stock zu einem grünen Innenhof blickte, und beobachtete die Vögel und die Menschen draußen. Sebastian wurde schnell klar, dass Asja ihr Leben nach innen lebte, und er gewöhnte sich so sehr an ihre Gewohnheiten, dass ihm bald alles andere seltsam vorkam.

Aber als die Tage wärmer wurden, begann auch Asja aufzutauen. Als hätte sie nur darauf gewartet. Mit einem Mal zog es sie hinaus, ins Grüne, die Läden und die Lokale, die Museen und die Sehenswürdigkeiten interessierten sie nicht. In der Natur dagegen hatte sie auch für die kleinsten Dinge und Veränderungen einen derart aufmerksamen Blick, dass Sebastian sich neben ihr wie ein Ignorant vorkam. Nach und nach trug sie diese Natur in die Wohnung hinein. Bald standen und hingen an jedem freien Flecken Blumen und Pflanzen, reihten sich in der Küche die Kräutertöpfe aneinander, und Asja war begeistert.

Ein Lächeln huschte über Liliánas Züge.

»In ihren Gefühlen war sie maßlos … und maßlos ehrlich. Ob überschäumend fröhlich oder todtraurig, nie versuchte sie, sich anders zu geben, als sie war, sie war die Unbefangenheit in Person. Wie ein Glas klares, reines Wasser, durch das nicht hindurchzusehen nicht möglich war. Alexander und ich hatten es uns zur Gewohnheit gemacht, zu Hause miteinander Filmklassiker zu schauen, und wenn die beiden dabei waren, gab es für Asja oft kein Halten mehr. Bei *Orfeu Negro* fieberte sie mit den Liebenden mit, als ginge es auch für sie selbst um Leben oder Tod, und als Orpheus am Morgen nach dem Karneval die tote Eurydike auf den Berg hinauftrug und ihr für die gemeinsame Zeit dankte, lief Asja wortlos davon. Am Ende von *Lola* dagegen, wenn die Heldin ihre lang verschollene Liebe wiederfand, strahlte sie über das ganze Gesicht …«

Liliána schüttelte versonnen den Kopf.

»Wir besorgten uns auch ihre Lieblingsfilme, russische

Filme … Der eine hieß *Bahnhof für zwei*, der andere *Hundert Tage nach der Kindheit* … ach ja und da war noch dieser unvergessliche, kleine Film *Ein Regenschirm für Verliebte.* Alle hatten diese wehmütig melancholische Stimmung, ich war immer sehr gerührt … Mein Gott, wenn ich mir vorstelle, wie gut es uns damals ging … Unser Leben war ein wunderbares, sorgloses Spiel, das Glück einer Familie …«

Der Regen gurgelte. Ich leerte den Rest der Flasche in mein Glas und kippte alles hinunter. Ich sagte nichts, Liána hätte mich ohnehin nicht gehört. Sie war zu weit weg, verloren in Erinnerungen an eine Welt, die nur noch in ihrem Kopf zu existieren schien.

21.

Liliána rutschte weiter aufs Bett und zog die olivgrüne Decke über sich. Sie schwieg, die Augen geschlossen, als schliefe sie. Mein Blick glitt über die Linie ihres Körpers unter der Decke.

»Liliána?«

»Was?«

»Sind Sie noch da?«

»Es gibt ein paar Sachen«, sagte sie langsam, »die ich bis heute nicht verstehe. Obwohl ich mich genau an sie erinnern kann. Ein Jahr nach jenem ersten Weihnachten waren Sebastian und Asja wieder bei uns. Sie kamen von einer Berghütte, wo sie Silvester verbracht hatten. Es war Alexanders Geburtstag. Alexander hielt nichts von Geburtstagsfeiern, wir wollten einfach zu viert essen gehen, aber ein plötzlicher Eisregen zwang uns, zu Hause zu bleiben. Irgendwann begannen Alexander und Sebastian auf dem Glastisch im Wohnzimmer Schach zu spielen. Asja saß neben Sebastian auf der Couch und verfolgte das Geschehen auf dem Brett, das ihr ein Rätsel war, fieberte aber dennoch mit Sebastian mit. Die Partie zog sich in die Länge, es war ein Kampf auf Biegen und Brechen, doch nach und nach erarbeitete sich Alexander einen Vorteil. Schließlich hatte Sebastian nur noch seinen König, ein paar Bauern und einen Springer. Er wurde von Alexander kreuz und quer über das Brett gejagt, entkam aber jedes Mal, fand nach jedem *Schach!* noch ein Schlupfloch und rettete sich schließlich in ein Patt.

Asja saß da nicht mehr am Tisch, sie war mittendrin aufgestanden, ich war mir sicher, dass sie in ihrem Gefühlsüberschwang die Spannung nicht mehr ausgehalten hatte. Irgendwann ging ich nach oben, um etwas zu holen, und stieß im Dunkeln plötzlich mit ihr zusammen.

›Ach, Asja … Kommst du nicht hinunter?‹

Ich machte das Licht an und erschrak, ihr Gesicht war rot und aufgewühlt.

›Ist etwas?‹, fragte ich betroffen. »Ist dir schlecht?«

Sie schien zu fiebern, aber sie schüttelte den Kopf und verschwand mit einem leisen *Gute Nacht!* in ihrem Schlafzimmer.

Alexander saß allein am Tisch und räumte die Schachfiguren weg. Als ich ihm die Hand auf die Schulter legte, zuckte er zusammen.

›Das Spiel war zu aufregend für Asja, sie ist ganz verstört. Ich glaube, sie wollte Sebastian nicht verlieren sehen.‹

›Hat er ja auch nicht‹, sagte Alexander und klappte das Kästchen zu.

›Zum Glück!‹

Ich lächelte, ich wusste, dass Alexander Sebastian am Ende hätte Schachmatt setzen können, wenn er gewollt hätte. Aber er wollte nicht. Sebastian sollte mit einem guten Gefühl im Bauch ins Bett gehen, nicht mit einer Niederlage, erst recht nicht vor den Augen Asjas. Alexander liebte ihn mit einem innigen Selbstverständnis, die natürlichen Bande waren ihm heilig. Hätte Sebastian eine Niere benötigt, er hätte ihm eine gespendet, und wenn zwei, dann eben beide.«

Liliána stützte sich auf.

»Aber diese Begegnung mit Asja ist mir bis heute ein Rätsel geblieben. Nie wieder habe ich sie so aufgelöst gesehen. Dabei war gar nichts passiert, jedenfalls nichts, wovon wir wussten. Aber vielleicht war es ein Zeichen, ein

Signal, dass etwas nicht in Ordnung war. Nur hatten wir kein Ohr dafür, weil alles so perfekt zu sein schien.

Wir sahen die beiden das ganzen Frühjahr nicht, Sebastian bereitete sich auf das Ende seines Studiums vor. Im Juni, ein paar Tage nach seinem Abschluss, flog ich mit ihm nach Tromsø, von dort wollten wir mit einem Mietwagen durch die hellen Nächte zum Nordkap fahren. Es war mein Geschenk an Sebastian, allerdings nicht ganz selbstlos, denn ich hatte die Reise schon einmal gemacht, nach meinem Abitur dreißig Jahre zuvor, und träumte seitdem davon, sie zu wiederholen. Asja wollte derweil die Gelegenheit nutzen, um seit Langem wieder ihre Mutter zu besuchen. Alexander blieb zu Hause, er befand sich mitten im Sommersemester, aber er setzte uns mit dem Auto der Reihe nach ab: Sebastian und mich am Flughafen, Asja am Hauptbahnhof. Sie fuhr über Prag nach Spišské Podhradie…, und da… bei ihrer Mutter… muss etwas vorgefallen sein.«

»Was?«

»Ich weiß es nicht, niemand weiß es.«

»Aber warum? Ist danach etwas passiert?«

»Anfangs haben wir nichts bemerkt. Nach einer Woche waren wir alle heil zurück, ich hatte mit Sebastian eine herrliche Zeit in Norwegen verbracht. Aber als er ein paar Wochen später in Berlin abends nach Hause kam, fand er eine Nachricht von Asja vor, dass sie für einige Tage wieder zu ihrer Mutter gefahren sei. Er war erstaunt, denn sie hatte ihm nichts gesagt. Fünf Tage später war Asja wieder da, aber diesem ersten Ausbruch folgten im Verlauf des Sommers und des Herbstes weitere, und aus drei, vier Tagen wurden fünf, sechs, dann eine Woche, und jedes Mal verschwand Asja abrupt, ohne vorher Bescheid zu geben. Wenn Sebastian nach Hause kam, erwartete ihn ein gedeckter Tisch und auf dem Tisch ein Zettel mit dem immergleichen Inhalt: Sie sei zu ihrer Mutter gefahren, werde aber bald wieder da sein. Ein Strauß frische Blumen, die sie wieder in irgendeinem öffentlichen Park gepflückt hatte, stand am Fenster und auf dem Herd ein Essen, das sie ihm vor ihrer Abreise gekocht hatte. Sebastian rührte es nie an, stellte es nur in den Kühlschrank, damit sie es bei ihrer Rückkehr gemeinsam aßen, wofür es dann meist zu spät wurde. Es war seine Art, Asja behutsam mitzuteilen, dass sie bald zurückkommen möge. Bevor das Essen verdarb.

Wenn Asja bei ihm war, war alles wie zuvor. Sie beteuerte, dass alles in Ordnung sei, nur hätte sie manchmal Heimweh, Sehnsucht nach der alten Heimat, den Wiesen, den Wäldern, der Stille, sogar nach den krähenden Hähnen … Und Sebastian beruhigte sich jedes Mal wieder, er verstand sie, sie war über ihren Vater halb russisch, und was die Ferne von der Heimat in Russen auslösen konnte, davon hatte er schon gehört. Aber dann …«

»Dann?«

Mein Herz hämmerte in meinen Ohren, ich merkte, dass ich betrunken war.

»Dann … weiß ich nicht weiter, ich stochere im Nebel. Vielleicht war für Asja alles zu schnell gegangen, zu viel gewesen. Große Liebe, neues Leben, fremde Großstadt, der Bruch mit ihrer vertrauten Welt, in der sie so fest verwurzelt gewesen ist. Jedenfalls kehrte sie Anfang Oktober von einem Besuch bei ihrer Mutter nicht mehr zurück. Nie mehr. Und Sebastian fiel aus allen Wolken …«

22.

Ich erstarrte, verzog keine Miene, als hätte ich ihren furchtbaren Versprecher nicht gehört. Liliána muss ihn aber gehört haben, denn sie drehte sich abrupt auf die Seite und vergrub ihr Gesicht unter ihrem Arm.

Ich nahm die zweite Flasche und machte mich daran, sie zu öffnen, nur um nicht tatenlos herumzusitzen, während diese Frau drei Meter von mir bittere Tränen vergoss.

Ich schenkte ihr ein und trat ans Bett.

»Trinken Sie ein Glas, es wird Ihnen guttun.«

Sie wischte sich mit dem Ärmel über ihr Gesicht und setzte sich auf.

»Ein Glas Wasser.«

Ich brachte es ihr, sie trank in langen Zügen.

Ich betrachtete sie halbherzig. So weit weg sie in Gedanken auch sein mochte, in ihrem Körper war sie da und so verloren noch schöner als vorhin. Ihr halb aufgelöstes Haar, ihre fast schon arrogant hohen Wangen und rot geschminkten Lippen, alles rief unablässig nach Berührung. Nur nicht ihre dunklen Augen, deren vorwurfsvoller Ausdruck mich schon im Hotelzimmer eingeschüchtert hatte und mir ständig das Gefühl gab, dass ich Luft für sie sei.

Ich setzte mich an den Tisch und begann ihr ein Sandwich zu machen. Das ganze Leben war eine Folge mickriger Ersatzhandlungen für die grandiosen Dinge, die wir uns nicht zu tun trauten, dachte ich im Stillen.

Liliána stellte das Glas auf das Nachtkästchen.

»Es vergeht kein Tag«, begann sie wieder, »kein Tag seit Asjas Verschwinden, an dem ich mir nicht den Kopf zerbreche, wo der Schlüssel zu alledem liegt. Aber wie soll man einen Schlüssel finden, wenn man nicht einmal weiß, wo das dazugehörige Schloss ist. Vielleicht ist die ganze Erklärung, dass Sebastian Asja nicht gewachsen war. Wie ein plötzlicher Windstoß an einem stillen Morgen war sie aus dem Nichts aufgetaucht, hatte ihn umgeweht und sich wieder in Luft aufgelöst. Vielleicht war das alles.«

»Es ist vorbei«, sagte ich leise. »Alles geht vorbei.«

»Nicht alles.«

»Alles.«

»Ich weiß, ein Mann findet schnell seinen Frieden.«

»Nicht immer. Warum sagen Sie immer so etwas?«

»Sie kam nicht zurück, kam einfach nicht mehr zurück. Nicht nach drei oder vier Tagen, nicht nach einer Woche, nicht nach zwei. Sebastian rief ihre Mutter an, es war die einzige Möglichkeit, sie zu erreichen, aber niemand hob ab. Eines Abends ging Magda aber doch ran. Asja sei nicht zu Hause, werde ihn aber zurückrufen. Aber Asja rief nicht an, nicht an dem Tag, nicht am nächsten. Asja war nie zu sprechen, und nie konnte Sebastian Magda ein Wort der Erklärung entlocken.

Als mir Sebastian das alles erzählte, musste ich sofort an Asja denken. Sie, die gar nicht wusste, was lügen war, der jedes Lavieren fremd war, musste jetzt ausweichen, sich verleugnen lassen, um Sebastian nicht die Wahrheit sagen zu müssen. Aber welche Wahrheit? Vermutlich, dass es zwischen ihnen vorbei war, dass sie ihn verlassen hatte, weil sie ihn nicht mehr liebte, weil sie damals ein ahnungsloses Kind gewesen, nun aber eine erwachsene Frau geworden war. Sie wusste allzu gut, was das in ihm ausgelöst hätte.

Sebastian stürzte sich in seine Arbeit, er war mittlerweile halbtags an der Universität angestellt. Er redete sich Mut zu, ihre Sachen befänden sich noch bei ihm in der Wohnung, bald werde auch sie wieder da sein. Nur ein

Detail ließ ihn Böses ahnen: Vor ihrer letzten Abreise hatte ihm Asja nichts gekocht, sie hatte die Küche sauber und aufgeräumt zurückgelassen, kein Topf stand auf dem Herd. Als wollte sie damit signalisieren, warte nicht auf meine Rückkehr.

Die Wochen verstrichen, eine Nachricht von Asja kam nicht. Ich lud Sebastian ein, eine Weile bei uns zu bleiben, aber er wollte nicht. Ich litt aus der Ferne mit ihm, und wie immer war ich mit meinem Kummer allein. Alexander war abgetaucht, irgendwo hier am See, um an seinem ach so wichtigen Buch zur Aufklärung der Menschen zu arbeiten. Ich begann, ihn wirklich zu verachten, denn während er die Menschheit rettete, ging direkt vor seiner Nase das Leben seines eigenen Sohnes in die Brüche, und er bemerkte es nicht einmal. Wie all diese selbst ernannten Weltretter war er in seinem Privatleben ein Versager.«

»Sie sagten doch gerade, er sei ein liebender …«

»Eines Morgens setzte sich Sebastian ins Auto und fuhr nach Spišské Podhradie. Seit über einem Monat hatte er Asja weder gesehen noch etwas von ihr gehört.«

Es war ein trüber Tag Anfang November, über zwei Jahre nachdem er an einem strahlend schönen Augusttag zum ersten Mal zu Asja gefahren war. Als er am späten Nachmittag vor Magdas Haus hielt, fiel sein Blick sofort auf das kleine Astloch im Tor, durch das Asja einst den Fünfeuroschein geschoben hatte, doch diesmal war das Loch nur ein Loch, durch das der Wind blies.

Asja war tatsächlich nicht zu Hause, ihre Mutter hatte nicht gelogen.

Er könne das Haus gern durchsuchen, sagte Magda.

Sie hatte noch ihre einfache Arbeitskleidung an, Sebastian kannte sie. Obwohl er den Besuch absichtlich nicht angekündigt hatte, war Magda nicht überrascht, sie war gleichmütig wie immer. Sie machte ihm einen schwarzen Tee, sie wusste, dass er keinen Alkohol trank, stellte in aller Schnelle die Reste eines Mohnkuchens auf den Tisch und setzte sich zu ihm.

Asja sei nicht da, sie würde auch in den nächsten Tagen nicht kommen, wiederholte sie.

Sie war sehr freundlich, wich seinem Blick aber beständig aus. Beides zusammen jagte Sebastian zum ersten Mal wirklich Angst ein.

»Sie ist verreist«, erklärte sie. »Rechnen Sie vorerst nicht mit ihr.«

Verreist, nicht da, wie düstere Chiffren hallten die Worte durch Sebastians Kopf. Er zitterte, es war kalt im Zimmer.

»Wohin verreist?«

Magda hob die Schultern.

»Ist das wichtig?«

»Natürlich ist es …«

»Sie wird zurückkommen, nur das ist wichtig.«

»Ich vermisse sie.«

»Oh, ja, ich auch«, entfuhr es ihr.

»Und es würde mir sehr viel bedeuten, wenn ich wüsste, wo sie ist und was sie macht. Und wo ich nach ihr suchen soll, denn das habe ich vor.«

»Das wird schwierig, Russland ist groß.«

»Russland?«

Sie hob ihre Tasse an ihre Lippen. Sebastian spürte ihr Zögern, ihren guten Willen, es schien ihr selbst leidzutun, nicht mehr sagen zu können.

»Sie hat mir nie etwas von einer geplanten Reise nach Russland gesagt.«

»Es ist etwas Persönliches, es betrifft Sie nicht.«

»Alles, was sie tut, betrifft mich, so wie alles, was ich tue, sie betrifft. Es gibt keine Geheimnisse zwischen uns.«

»Es ist kein Geheimnis, nur eine lange Geschichte, zu lang zum Erzählen.«

»Ich habe viel Zeit … nur noch Zeit.«

»Sie ist auf der Suche nach jemandem, das ist alles.«

»Darf ich wissen, nach wem?«

Magda ließ zwei Stück Würfelzucker in ihren Tee fallen und rührte um. Draußen heulte der Wind, es würde ein grimmiger Winter werden, dachte Sebastian. Das Umrühren hörte nicht auf.

»Nach wem wohl«, murmelte Magda endlich. »Nach ihrem Vater natürlich.«

Sebastian blieb der Mund offen. Nie hatte er das Gefühl gehabt, dass ihr abwesender Vater für Asja ein großes Thema gewesen sei. Das bisschen, das sie über ihn wusste, hatte sie ihm erzählt. Er habe Alexej geheißen, sein Vater sei als Sowjetsoldat bei Košice stationiert gewesen. 1990, kurz vor dem Abzug der Soldaten, habe er ihre Mutter geheiratet und sich mit ihr in Spišské Podhradie niedergelassen. Er sei zwanzig gewesen, sie neunzehn. Ihre Mutter sei mit ihr schon schwanger gewesen, als Alexej eines Abends nicht mehr heimgekehrt sei, nie mehr. Nur ihren Namen, Asja, habe er ihr vermacht. Das sei sein Wunsch gewesen, und ihre Mutter habe ihm entsprochen, auch nachdem er verschwunden war.

»Er war ein guter Mann, still und grüblerisch, schüchtern«, sagte Magda leise, während sie Sebastian das letzte Stück Kuchen auf den Teller schob. »Gute Männer wie er halten das Leben irgendwann nicht mehr aus. Sie bringen sich um oder verschwinden eines Tages. Verstehen Sie?«

»Nein.«

»Auch Asja konnte es nicht verstehen. Sie hat es nie verwunden, dass ihr Vater uns im Stich gelassen hat, dass sie ohne ihn aufwachsen musste. Das hinterlässt eine Lücke in einem Kind, die es nie wird ausfüllen können. Irgendwann wird es davon eingeholt.«

»Aber warum gerade jetzt?«

»Ich konnte sie nicht daran hindern, ich habe es versucht, glauben Sie mir. Aber ihr war es auf einmal wichtig, den Vater kennenzulernen, zu erfahren, wer er ist. Ich habe ihr klarzumachen versucht, dass es mit solchen Männern sinnlos ist, von Anfang an sinnlos. Sie sind wie Häuser, die auf morastigem Boden gebaut sind, irgendwann kollabieren sie, der eine früher, der andere später ... Aber wenn man jung ist, wirken sie ... so geheimnisvoll, so anziehend.«

Sie richtete den Blick auf ihn, zum ersten Mal, seit er das Haus betreten hatte.

»Ich hoffe, Sie sind nicht auch so einer.«

»Ich? Wieso ich? Nicht ich bin verschwunden, Asja ist es! Haben Sie eine Ahnung, wo sie sein könnte?«

Magda schüttelte den Kopf.

»Vielleicht in Kasan, von dort stammt Alexejs Familie. Vielleicht in Moskau, ich weiß es nicht.«

»Sie haben doch sicher eine Telefonnummer von ihr.«

»Nur sie von mir.«

»Und wann will sie zurückkommen?«

Magda zuckte mit den Achseln.

»Wenn sie ihn gefunden hat, nehme ich an.«

»Sie nehmen es an? Und wenn sie ihn nicht findet, was dann?«

Was dann, was dann, hätte er der Frau am liebsten ins

Gesicht geschrien. Was sollte dann aus ihm werden? Denn auch ihn gab es noch und die zwei Jahre und drei Monate, die er mit ihrer Tochter verbracht hatte, im Paradies. Was sollte dann aus ihm werden?

23.

Nach dem Kuchen trug Magda die Teller ab, sie ließ nicht zu, dass Sebastian ihr half. Er sah aus dem Fenster. Der kleine Garten, die Gemüsebeete, Asjas Gemüsebeete, versanken langsam in Dunkelheit. Magda machte Licht und begann wieder aufzudecken, stellte Brot, geräucherten Speck, Salami und Tomaten auf den Tisch. Sebastian merkte, wie durcheinander sie war. Sie kochte noch einen Tee, und Sebastian aß, weil er hungrig war, und trank den heißen Tee und starrte vor sich hin, noch trauriger und hilfloser. Immer wieder versuchte er, doch noch etwas über Asja in Erfahrung zu bringen, aber je mehr er nachbohrte, desto verschlossener gab sich Magda. Sie wusste nichts, und wenn doch, wusste sie es gut zu verbergen.

Sie bot ihm an, dort zu schlafen, in der kleinen Kammer am Eingang, die seit jeher sein Zimmer gewesen war. Er könne bleiben, so lange er wolle, es würde ihr gar keine Umstände machen.

Er wollte nicht. Es hatte keinen Sinn, wenn Asja nicht da war.

Als er gegen neun Uhr vom Tisch aufstand, versuchte Magda noch einmal, ihn umzustimmen. Er könne doch unmöglich in einer solchen Nacht tausend Kilometer fahren, er sei doch gerade erst gekommen.

Sebastian ließ nicht mit sich reden.

Vor der Abfahrt trat er noch einmal aus. Er schob den Riegel der Toilettentür vor, blieb stehen.

Und wenn Asja doch da war?

Wenn er nur die Hand ausstrecken müsste, um sie zu berühren? Er könne gern alles durchsuchen, hatte Magda bei seiner Ankunft gesagt. Aber sie hatte doch gewusst, dass er das nicht tun würde. Vielleicht hatte sie nur geblufft. Vielleicht war Asja doch irgendwo im Haus, versteckt, hinter der Wand dort oder oben, im Zimmer über seinem Kopf. Vielleicht hielt sie gerade den Atem an und horchte, was unten vor sich ging. Sollte er nicht die Nacht irgendwo in der Nähe im Auto verbringen und am nächsten Tag, wenn Magda in der Arbeit war, heimlich zum Haus zurückkehren?

Er drückte die Spülung.

Wenn das so war, wenn Asja ihn nicht sehen wollte, sich vor ihm versteckt hielt, wollte er es lieber nicht wissen.

Aber es war nicht so. Asja war nicht da, er spürte es. Sie war nicht da, sie war in Russland, auf der Suche nach ihrem verschwundenen Vater, dem fehlenden Puzzlestück ihres Lebens. Was war daran so verwunderlich? Weshalb machte er sich überhaupt Sorgen? Sie musste ihm nicht alles erklären, es war, wie ihre Mutter gesagt hatte, eine persönliche Angelegenheit. Sobald Asja sie geregelt und ihren Frieden gefunden hatte, würde sie zu ihm heimkehren. Zu ihren Sachen, die in ihrer gemeinsamen Wohnung auf sie warteten.

Magda begleitete ihn hinaus.

Es war klirrend kalt, der Wind biss ihm ins Gesicht.

Sie umarmten einander. Magda trat zurück, um das Tor zu schließen, da war Sebastian plötzlich, als würde sich damit auch die Tür zwischen Asja und ihm für immer schließen.

»Ich warte auf sie«, rief er, die Hand am Tor. »Sagen Sie ihr ... wenn sie anruft ... dass ich auf sie warte. Bitte!«

Das Tor fiel zu, Magdas Schritte verhallten auf den Steinplatten.

Sebastian zog seinen Mantel enger um sich, blickte die

Straße hinunter. Nichts hatte sich dort verändert, seitdem er Asja an jenem heißen Augusttag zum ersten Mal nach Hause begleitet hatte. Zwei Jahre und drei Monate war das her. Und vielleicht müsste er sich nur wieder unter die Birke legen und ein wenig schlafen, und wenn er erwachte, würde sich Magda wieder über ihn beugen und ihn ins Haus bitten, wo das seltsame Mädchen auf ihn wartete, um ihm sein Zimmer zu zeigen, wie damals, in jenem lichttrunkenen Traum.

Nein, nichts würde geschehen, er würde sich erkälten, sonst nichts. Wie leer mit einem Mal alles war, wie tot die dunkle Straße. Es war dieselbe Straße wie damals und doch eine andere, jetzt führte sie nirgendwohin. Nichts hatte sich geändert, nichts war mehr wie damals.

Er setzte sich ins Auto, drehte den Schlüssel und schaltete die Heizung ein. Aber er konnte nicht abfahren. Was für einen Sinn hatte das alles noch? Reglos starrte er durch die Windschutzscheibe, und mit einem Mal stiegen ihm Tränen in die Augen. Dort waren sie an jenem Nachmittag entlanggekommen, bepackt mit Rucksack und Körben, Seite an Seite, mit einer Ahnung nie gekannten Glücks im Herzen. Die Tränen liefen ihm über die kalten Wangen, und er überließ sich seiner bodenlosen Trauer über seine verlorene Liebe.

Später knipste er das Licht an, zog sein Portemonnaie aus der Tasche und nahm den Fünfeuroschein heraus, den er seit jenem ersten Treffen als Talisman bei sich trug. Da er keinen Stift zur Hand hatte, um etwas zu malen, faltete er den Schein in der Mitte und riss mit zitternden Fingern die Form eines Herzens heraus. Er stieg aus und steckte den aufgerollten Schein ins Astloch, schob ihn vorsichtig durch, bis er nicht mehr zu sehen war.

Der Geldschein verschwand.

Hatte ihn jemand auf der anderen Seite aus dem Loch gezogen?

»Asja?«

Ja, schon die ganze Zeit hatte er das Gefühl gehabt, dass Magda log, ihm etwas verschwieg.

»Asja, bist du da? Sag etwas!«

Er drückte sein Auge gegen das Loch, aber der Garten war zu dunkel, als dass er etwas hätte erkennen können.

Und wenn Asja gefangen gehalten wurde? Sich aus Angst nicht zu erkennen geben konnte?

Er rüttelte am Tor, stemmte sich hinauf.

Der Garten war verlassen, niemand zu sehen.

Oder hatte er den Schein nur zu weit hineingeschoben, bis er hinuntergefallen und verweht worden war? Ein Fetzen Papier, der mit dem Loch in der Mitte nun nicht einmal mehr zum Zahlen taugte.

Sebastian hing dort oben, allein in der Nacht, da bemerkte er plötzlich eine Lichterkette, die in der Ferne durch die Ebene zog.

Er ließ sich fallen und sprang ins Auto, raste wie von Sinnen die Straße hinunter, immer geradeaus, rasen war so einfach, wenn man ein Ziel hatte. Sekunden nach dem Zug erreichte er den Bahnhof. Er stellte sich unter das blaue Ortsschild am Ende des Bahnsteigs, ins Licht, so würde ihn niemand unbemerkt passieren können.

Nur eine Handvoll Passagiere stieg aus. Sie gingen an ihm vorbei, sahen ihn nicht einmal an.

Asja war nicht unter ihnen.

Wie denn auch?

Die Züge aus Russland hielten wohl woanders.

Als sich der Bahnhof geleert hatte und die Rücklichter

des Zuges nur noch kleine Punkte in der Ferne waren, stand Sebastian noch immer am Bahnsteig. Über dem Bahnhofsgebäude schimmerte die Burg wie eine weiße Nebelwolke am nächtlichen Himmel, und Sebastian musste plötzlich an Nora denken. Genauso ratlos, wie er jetzt war, musste sie an jenem Morgen am Zeltplatz auf ihn gewartet haben. Ohne einen Vorwurf war sie aus seinem Leben geschieden, als hätte sie geahnt, dass Vorwürfe in diesem Fall fehl am Platz waren. Obwohl sie ihm in seiner Not so selbstlos beigestanden hatte, hatte er in den zwei Jahren nicht einen Gedanken an sie verschwendet. Jetzt hätte er alles gegeben, um sein Benehmen ihr gegenüber wieder ungeschehen zu machen.

Aber dafür war es zu spät, auch dafür.

Er ließ Spišské Podhradie hinter sich, bog auf die Schnellstraße Richtung Westen. Er hielt das Lenkrad mit beiden Händen umklammert, so böig war der Wind. Ab und zu rauschte ein Fahrzeug an ihm vorbei, streifte ihn mit seinen Lichtern, dann war er wieder allein. Die Müdigkeit ließ ihn allmählich ruhiger werden. Er fuhr heimwärts, seine Gedanken kreisten aber noch immer um Magda und das kleine Haus mit dem kleinen Garten, das ein großes Geheimnis barg, dessen war er sich sicher. Noch immer durchstöberte er sein Gedächtnis nach einem Hinweis, den er übersehen, überhört haben könnte, der ihn auf Asjas Spur geführt hätte. Er wusste, dass in Magdas Erzählung irgendetwas nicht gestimmt hatte.

Aber warum hätte sie ihn anlügen sollen? Sie war in den vier Monaten, als er bei ihnen gewohnt hatte, in ihrer verhaltenen Art immer freundlich zu ihm gewesen. Eine kleine Frau Mitte vierzig, ermattet von der Arbeit, den Mühen einer alleinerziehenden Mutter. Auch an sie hatte er nie einen Gedanken verloren, hatte sie immer nur als Asjas Mutter wahrgenommen. Nie hatte er daran gedacht, dass er ihr das Teuerste entführt hatte, was sie besaß, ihr Kind. Und doch hatte sie ihn nie spüren lassen, dass es für sie besser gewesen wäre, er wäre nie durch jenes Holztor getreten.

In seinem Unglück empfand Sebastian plötzlich etwas wie Achtung für Magda. Sie gehörte zu jenen, die nie in die Geschichtsbücher eingingen, die still ihre Arbeit verrichteten und die Stellung hielten, die immer da waren, wenn sie gebraucht wurden, und sie wurden ein Leben lang gebraucht. Die nicht verschwanden, sondern blieben, Familien zusammenhielten, Kinder durchbrachten und dennoch nie ein öffentliches Wort des Dankes, nie einen Preis oder eine Medaille dafür bekamen. Und die doch ein Leben lang Liebe erfuhren, von der andere keine Ahnung hatten. Die die Welt nicht zur Kenntnis nahm, obwohl sie vielleicht viel interessanter waren als die Verschwinder, all die blöden Alexejs und Alexanders …

Ich hob den Kopf.

»Sebastian hat das gedacht?«

»Das denke ich«, sagte Liliána.

Schweigend richtete sie den Blick auf mich. Gerade so, als hätte der letzte Satz mir gegolten.

24.

»Das war Sebastians letzte Fahrt zu Magda. Er kehrte ohne Asja zurück und war seit dem Tag nie mehr derselbe.«

Mein Sandwich für Liliána war fertig, ich halbierte es und reichte ihr den Teller. Vielleicht gelang es mir, sie auf andere Gedanken zu bringen.

»Essen Sie etwas!«

»Danke.«

Zum ersten Mal zeigte sich etwas wie Freundlichkeit, den Teller rührte sie aber nicht an.

»Essen Sie, Sie müssen doch hungrig sein.«

»Sebastian erzählte mir nach seiner Rückkehr alles bis ins kleinste Detail. Und ich konnte nicht das Geringste für ihn tun. Nichts.«

Ich stellte den Teller auf das Nachtkästchen und legte aufmunternd die Hand auf ihre Schulter. Sie fühlte sich hart wie Stein an.

»Denken Sie nicht daran, Liliána, es hat keinen Sinn.«

»Glauben Sie, ich weiß das nicht?«

»Sie sind völlig verspannt.«

Sie schloss die Augen, als täte ihr die Berührung gut.

»Darf ich?«, sagte ich vorsichtig. »Ich habe mal Masseur gelernt, ist eine Ewigkeit her, aber …«

Zu meiner Überraschung rollte sie sich auf den Bauch und zog ihr Haar zur Seite. Ich zögerte einen Moment, dann legte ich die Finger auf ihren Nacken und begann behutsam durch den Bademantel die verhärtete Muskulatur zu kneten.

»Er lebte nur noch für den Moment ihrer Rückkehr«, sprach Liliána, die Wange auf dem Kissen, vor sich hin.

»Mit dem Fliegen hatte er aufgehört, seine Kamera nahm er nicht mehr in die Hand, seine Aufgaben an der Universität erledigte er mit minimalem Aufwand. Das Warten zehrte ihn aus, er verwelkte regelrecht. Nur Asjas Pflanzen pflegte er hingebungsvoll ...«

»Lassen Sie es hinter sich, Liliána, sonst ergeht es Ihnen wie ihm. Sie müssen leben.«

»Wozu?«

»Weil Sie eine wunderbare Frau sind.«

»Wie kommen Sie dazu, mir so etwas zu sagen?«

»Ich kenne Sie, besser als Sie glauben.«

»Und ich glaube Ihnen kein Wort. So wie Sie massieren, können Sie das unmöglich gelernt haben.«

»Ich habe die Ausbildung nie abgeschlossen. Der Bademantel macht es auch nicht gerade leichter.«

»Warum haben Sie das nicht gleich gesagt?«

Sie streckte mit einer jähen Bewegung die Arme nach hinten aus und hob ihren Oberkörper leicht von der Decke ab.

Ich starrte sie an.

»Schnell!«

Ich zog rasch an den Ärmeln ihres Bademantels, zog ihn von ihren Schultern. Sie sank auf das Bett zurück.

»Besser so?«, fragte sie gleichmütig.

»Wie?«

»Ob es so besser ist?«

»Es ist ... perfekt«, hauchte ich.

Ihr Duft benebelte mich. Oder war es nur der Alkohol? Eine ganze Flasche Wein hatte ich geleert, es hätten aber auch zwei, zehn oder gar keine sein können, es hätte keinen Unterschied gemacht. Ich hing mit den Blicken an Liliánas nackter Schönheit wie eine Fliege am Streifen.

Solange es diesen makellosen Rücken gab, war alles gut, war jeder Streit, jede Fehde, jede Disharmonie in der Welt belanglos. Die Schönheit würde die Welt retten, die Schönheit dieses Rückens, in der alle Schönheit zusammenlief. Wozu sich immer verstellen und das ganze alberne Programm durchlaufen, so tun, als wolle man nur einen Kaffee miteinander trinken und nett plaudern, über Kunst und Bücher und den ganzen Kram, als ginge es um Freundschaft und Interessen und nicht um die blanke Existenz, um die rettende Schönheit, die man sehen, erobern, sich einverleiben musste, um den nie verstummenden Lockruf des Weiblichen, nach dem man vom ersten Augenaufschlag am Morgen bis zum letzten Atemzug am Abend lechzte, wie man in der Sahara nach einem Tropfen Wasser lechzte, um nicht in der Wüste seiner Männlichkeit zu krepieren. Denn es war doch klar, sonnenklar, dass die Frau in ihrer Schönheit das Fleisch gewordene Leben war wie der Mann in seiner Missratenheit der Geist gewordene Tod. Es lag doch alles klar auf der Hand, was sollte der ganze Affenzirkus.

25.

Ich strich ihr mit den Fingern hauchzart über das Haar und versuchte meinem flüchtigen Kuss auf ihre Wange, deren Wölbung mich schon den ganzen Tag reizte, eine verspielte Note zu geben. Was konnte angesichts der Intimität des Moments natürlicher sein als eine kleine Geste der Zärtlichkeit.

Liliána sah mich überrascht an.

»Ist es das, was Sie unter Massage verstehen? Kein Wunder, dass Sie Ihre Ausbildung nicht abschließen durften.«

Immerhin stieß sie mich nicht weg oder streckte mich mit einem Karateschlag nieder. Sie rutschte nur weiter in die Bettmitte, um auf Distanz zu gehen.

Oder wollte sie mir nur Platz machen?

Ich rutschte ihr unaufdringlich hinterher. Von Anfang an hatte ich das Gefühl, dass sie mich bei aller Sprödigkeit gut leiden konnte.

»Ihr Mann muss ein komischer Kauz sein.«

»Warum?«

»Weil er seine Zeit nicht mit Ihnen verbringt. Sehnen Sie sich nicht nach ihm?«

»Nicht sonderlich. Nicht mehr.«

»Das wird er spüren.«

»So sensibel ist er nicht«, murmelte sie.

Ich spürte die Weichheit ihrer Haut und die Wärme ihres Fleisches darunter und ich war betört, denn was war die Wärme ihres Körpers anderes als die Wärme ihrer Seele, der schutzlosen Seele einer Frau? Meine Hand glitt zwanghaft von ihrem Nacken auf ihre Schulterblätter und von dort auf die Wölbung ihres Rückens.

»Wenn Sie wüssten, wie schön Sie sind ...«

»Wenn Sie wüssten, wie oft ich das zu hören bekomme. Sogar noch in meinem Alter. Sogar mit dem Ring hier.«

Sie hielt ihre Hand in die Höhe.

»Haben Sie den nicht bemerkt?«

»Doch.«

»Und?«

»Was?«

»Hat es Sie nicht gestört?«

»So auffällig ist er nun auch wieder nicht.«

»Sie können nicht nur nicht massieren, Sie können auch keine Symbole lesen.«

»Schmeichelt es Ihnen nicht, wenn man Sie attraktiv findet, wenn ein schöner Mann Ihnen Augen macht?«

»Meinen Sie sich?«

»Nein, nein, ganz allgemein ... Sie können stolz auf sich sein, Liliána, die meisten Frauen würden alles geben, um so auszusehen wie Sie.«

»Und was hätten sie von ihrer Attraktivität? Dass sie ein Leben lang von smarten Managern oder schmierigen Intellektuellen gejagt werden. Um dann wieder vor die Tür gesetzt zu werden, wenn eine Jüngere um die Ecke kommt. Aber immerhin werden wir nicht mehr als Hexen verbrannt.«

»Liliána, ich ...«

Sie richtete sich auf, raffte den Bademantel um sich. Etwas Dunkles, Unheilvolles loderte in ihren Augen.

»Ja? Sagen Sie es«, flüsterte sie, »tun Sie sich keinen Zwang an, nur raus damit! Damit ich verstehe, was einem Mann so alles durch den Kopf geht ... Sie würden es wirklich tun, nicht wahr?«

»Was?«

»Mit mir oder jeder anderen, der Nachbarin, der Sekretärin …«

»Was reden Sie da!«

»Wieso, es sind doch alles Frauen … Was wollen Sie eigentlich von mir?«

Sie wurde immer heftiger. Ich rückte zurück, mir war leicht schwindelig.

»Ich meine, was bin ich für Sie? Lieben Sie mich? Haben Sie überhaupt einen blassen Schimmer, was Liebe ist? Oder bin ich für Sie nur eine schnelle Nummer, für den kleinen Hunger zwischendurch, ein *fuck to go*?«

»Liliána!«

»Ich weiß, als Mann haben Sie das im Griff, die eine Frau hat ja mit der anderen nichts zu tun, jede Frau hat ihre eigene Schublade, schön säuberlich getrennt, man muss nur achtgeben, dass man die nicht durcheinanderbringt, versehentlich zwei auf einmal öffnet … Aber für eine Frau, für mich, gibt es keinen Fächerschrank! Eine Frau hat eine große Truhe, und da ist alles drin, was sie braucht, und alles darin hängt mit allem anderen zusammen. Und wenn in der Truhe an einem Punkt Chaos einkehrt, versinkt *alles* in Chaos, verstehen Sie? Und mitten in dieser Truhe wichtiger Dinge sitzt ein Mann. Ein einziger Mann, nicht mehrere Männer, nicht wechselnde Männer, ein einziger. Der Mann, den sie liebt, und der, wie sie hofft und glaubt, sie liebt.«

»Aber ich …«

»Psst! Hören Sie mir einfach mal zu! Und wenn sie mit einem anderen Mann schläft, um endlich eines dieser berühmten Abenteuer zu erleben, die ihr ständig eingeflüstert werden, dann wird ihr am Ende ein schaler Nachgeschmack bleiben. Weil das Abenteuer sie nicht wirklich berührt hat.

Vielleicht ihre Sinne gereizt hat, ja, aber mehr nicht. Keine Frau der Welt will Sex um des Sex willen, das bilden sich nur die Männer ein, weil es das ist, was *sie* wollen, die schlechten unter ihnen. Polygamie ist das Letzte, wonach eine Frau sich sehnt, die Nymphomanin ist eine Erfindung der Männer, weil sie selbst so sind. Reine Wunschvorstellung. Was eine Frau will, ist Liebe, ist ein Mann, der ihr gehört und ihr allein. Ein Leben lang. Ein Mann, der zu ihr steht. Und nicht gleich umkippt, wenn sie sich mal an ihn anlehnt. Denn obwohl eine Frau wie ein Löwe kämpfen kann, liebt sie den Kampf nicht, hat ihn nie geliebt und wird ihn nie lieben. Warum sollte sie auch? Was sie aber liebt, wonach sie sich sehnt, sind Kinder. Bei einem Kind wird ihr warm ums Herz, das kann ihr kein Mann nachempfinden, und wenn sie ein Kind verliert …«

Sie stockte.

»Ich verstehe Sie, Liliána«, flüsterte ich gerührt, »und ich bin mir sicher, Alexander versteht Sie auch und liebt Sie, aus ganzem Herzen.«

»Er hat es schon lange nicht mehr gesagt.«

»Er denkt es, davon bin ich überzeugt! Männer sind bei so was nicht so mitteilsam. Sie verstehen nicht, warum man das ständig bestätigen soll.«

»Sie müssen es nicht verstehen, sie müssen es nur tun, sagen! Weil die Frau es hören, wissen will, darum! Ist das zu viel verlangt? Eine kleine Aufmerksamkeit, ein Blumenstrauß, ein Liebeswort.«

»Worte lügen, die Liebe schweigt. Nie *King Lear* gesehen?«

»Und Sie, stört es Sie nicht, dass ich verheiratet bin, während Sie mich hier im Bett anmachen? Sie denken sich gar nichts dabei, nicht wahr?«

»Ich denke nicht, also bin ich.«

»Oh, wie ich diese flotten Sprüche liebe! In Wahrheit sind Sie bereit, Ihre Frau zu betrügen, Ehen zu zerstören, Familien auseinanderzureißen, es kümmert Sie nicht, dass die Trennung der Eltern der erste Tod im Leben eines Kindes ist ... Das Kind wird es schon verschmerzen, denken Sie. Natürlich wird es das, meistens, es werden auch nur ein paar klitzekleine Narben übrig bleiben und eine entzauberte Welt. Was glauben Sie, wovon ich als Psychiaterin lebe? Vom Patchworkelend dieser gestörten, kleinen Seelen, die ein Leben lang die Launen ihrer Eltern ausbaden müssen ... Wie heißt sie denn, Ihre Frau?«

»Ich bin nicht verheiratet.«

»Dann eben Ihre Freundin, Ihre Lebensgefährtin, die Frau an Ihrer Seite, nennen Sie sie, wie Sie wollen!«, schrie sie.

»Ich habe keine.«

»Ja, verleugnen Sie sie nur!«

Sie stieg vom Bett und kam auf mich zu.

»Glauben Sie wirklich, dass sie Sie nicht längst durchschaut hat, Sie Heuchler, Sie ... Sie ...«

Die Ohrfeige traf mich trocken und hart, sie tat weh, weil Liliána den Schlag mit der geschlossenen Faust geführt hatte. Wie man schlug, wenn man vor Wut nicht mehr wusste, was man tat. Ich fürchtete nur, sie könnte sich selbst noch mehr wehgetan haben als mir, und das wollte ich nicht, nichts in der Welt wollte ich weniger als das.

»Na los, pack dein Zeug und hau ab!«, schrie sie und stieß mich zurück. »Draußen stehen die Frauen Schlange für dich!«

Ich starrte auf ihren Handrücken, der blutig war, sie

hatte bei ihrer Bewegung das Glas am Nachtkästchen gestreift und zerbrochen. Ich wich zurück, sie bedrängte mich, plötzlich unerbittlich.

»Hau ab, ich will dich nie mehr sehen!«

Sie riss die Tür auf. Ich blickte hinaus, in den dampfenden Regenvorhang.

»Es regnet doch, schau …«

»Geh, hab ich gesagt!«

»Ich gehe ja, aber lass mich erst deine Hand verbinden, so kann ich dich nicht zurücklassen.«

»Raus!«

»Liliána, das Haus ist bewohnt! Willst du dem Typen begegnen, wenn er zurückkommt? Dein Mann wird es nicht sein!«

»Den suche ich nicht mehr, der ist für mich gestorben!«

»Liliána, bist du von Sinnen, was hast du eigentlich erwartet? Du liegst auf dem Bett wie die schlummernde Venus, sollte ich da vielleicht zu stricken beginnen? Wofür hältst du mich? Würde ich dich nicht begehren, gäbe es die ganze Welt nicht, dich nicht, mich nicht, deinen Mann nicht, deine Moral nicht, den ganzen Kosmos nicht. All die bunte Vielfalt entsteht nur dadurch, dass eine Frau und ein Mann sich ganz einfältig ineinander verlieben, miteinander schlafen und ein Kind zeugen. Alles andere ist Karikatur!«

Ich taumelte rückwärts auf die Treppe. Sie schlug mir die Tür ins Gesicht.

»Liliána!«

Ich trat ein paar Stufen hinunter, lehnte mich über das hölzerne Geländer, um einen Blick durch das Fenster zu werfen.

»Liliána! Mach auf!«

Der Regen, die Dunkelheit des Zimmers ließen mich nichts erkennen, und doch war mir, als hätte sich hinter der Scheibe etwas bewegt.

Ich lehnte mich noch weiter hinüber.

»Liliána!«

Plötzlich knackte es, kurz und scharf, und die Treppe glitt unter meinen Füßen weg. Ich stürzte nach vorne, ein Stück Geländer in der Hand, spürte einen Schlag, dann nichts mehr.

Samstag Abend

26.

Ich musste rennen, um die Fähre noch zu erwischen, es war die letzte, die an dem Tag nach Malcesine übersetzte.

Ich trat an die Reling und schaute zurück. Wie ein Schwalbennest klebte Limone an der schon schattigen grauen Felswand, weiter rechts sah ich die weißen Steinpfeiler über unserem Strand. Einen sehnsüchtigen Moment suchte ich nach der Galionsfigur mit den wehenden Haaren am Ende des Stegs, aber sie war nicht da. Alles, was mir von Nella geblieben war, war ihr Zettel mit dem Zeichen des trotzigen, kleinen Vogels in meiner Hand. Aus Trotz, weil ich sie nicht hineingelassen hatte, hatte sie sich wohl auch Zugang zum Haus verschafft, während ich schlief.

Ich möchte dir unbedingt etwas sagen! Nella …

Wie schön, wie intim ihr Singsang klang. Was konnte sie mir zu sagen haben? Es wurde Abend, bald würde der Mann, den sie liebte, eintreffen. Für ihn hatte sie sich eingekleidet, für ihn wollte sie hübsch sein, für ihn hatte sie sich in Afrika den Herpes geholt, den sie stolz auf ihrer Oberlippe trug, das Symbol ihres reinen Herzens, für ihn wollte sie König Leopold von seinem Sockel stürzen.

Ich stand an der Reling. Es ging heimwärts, wie von einer letzten, unverhofften Einschiffung nach Kythera. In vierundzwanzig Stunden würde das Haus verkauft sein, und bald, je früher, desto besser, würde der See eine verwehte Spur sein.

Nellas Zettel rutschte mir aus der Hand und flatterte davon. Ich griff danach, verfehlte ihn, er blieb unter den Stühlen liegen. Ich sprang hinterher, bückte mich, der Wind wehte ihn ein Stück weiter. Stuhlreihe für Stuhlreihe musste ich übersteigen, bis ich diesen letzten Beweis, dass Nella wirklich existierte, in der hintersten Ecke erwischte.

Jetzt erst merkte ich, wie hungrig ich war, ich hatte außer den Trauben am Strand den ganzen Tag nichts zu mir genommen. In Malcesine aß ich etwas auf der Terrasse einer Trattoria, während die Schatten langsam an der sonnigen Mauer neben mir hinaufkrochen. Für morgen waren schwere Gewitter vorhergesagt.

Im Hotel begegnete mir niemand, nicht an der Rezeption, nicht im Flur. Als wäre ich der einzige Gast im Haus. Mein Zimmer fand ich so vor, wie ich es am Morgen zurückgelassen hatte, bevor ich zur Punta San Vigilio aufgebrochen war und Nella getroffen hatte und für ein paar Stunden wieder zum Leben erwacht war.

Ich warf mich aufs Bett. Im Fenster glühte die massive Flanke des Monte Baldo im abendlichen Licht, größer als am Morgen, als rückte der Berg unmerklich näher.

Ich stand auf, zog den Vorhang zu.

Als wäre es so einfach, als wäre man damit gegen die Erinnerung geschützt, gegen die Bilder, die bösen Gedanken, die mir seit anderthalb Jahren im Schlaf und in jeder schwachen Sekunde auflauerten. Mit der Zeit war es mir nach jenem Aprilmorgen gelungen, hin und wieder eine Nacht durchzuschlafen, doch nachdem ich heute einen einzigen Blick in das Zimmer unter dem Dach geworfen hatte, wusste ich, dass das Vergessen eine Illusion war.

Ich zuckte zusammen. Noch immer stand ich am Fenster und blickte hinaus, als wäre der Vorhang geöffnet. Aber das musste er gar nicht sein, ich sah ihn auch so, den Berg, den Hang, zu groß zum Verhüllen, und auch er sah mich, beobachtete mich, wartete auf mich.

Er würde mich nicht kriegen. Nicht, wenn ich mich nicht selbst ergab.

Ich ging ins Badezimmer und wusch mir das Gesicht, in den Spiegel schaute ich nicht. Ich nahm die Wodkaflasche aus meinem Koffer, schenkte mir ein Glas ein und trank es in einem Zug leer, ein Glas nach dem anderen. Dann sperrte ich zu und ging hinaus, die halbvolle Flasche blieb auf dem Tisch stehen.

Der Abend war mild. Über dem See zogen Wolken herauf, nur hier und da blinkte noch ein Stern. Ich irrte eine Weile umher, dann erinnerte ich mich an das Auto, das ich am Morgen am Ortsrand abgestellt hatte. Es stand noch immer an seinem Platz, den Strafzettel unter dem Scheibenwischer steckte ich in den Gully. Ich bog auf die Gardesana, ließ an beiden Seiten das Fenster herunter, zur Rechten fuhr der See mit mir mit. Der Wind schlug mir ins Gesicht, ich spuckte hinaus, grüßte die schöne Garonne …

Etwas zog mich vorwärts, immer wieder musste ich den Fuß vom Gaspedal nehmen, weil ich zu schnell fuhr. Und wenn es noch so sinnlos war, wenn es noch so wehtat, ich wollte Nella sehen, in ihrer Nähe sein, hören, was sie mir sagen wollte. Als ich das Knirschen von Schotter hörte, drückte ich die Bremse durch. Ich stand am Parkplatz oberhalb der Punta San Vigilio, an die Fahrt konnte ich mich kaum erinnern. Der Parkplatz war voll, ich stieß zurück und ließ den Wagen am Straßenrand stehen.

Ich lief zum kleinen Hafen hinunter, wie schon am Morgen, abwärts ging es sich so leicht, man sollte nie etwas anderes tun. Über den voll besetzten Tischen am Wasser brannten gelbe Lichter und luden zum Verweilen ein, ich betrat aber die Taverne, und erkundigte mich, ob etwas auf den Namen Gabriel Berger hinterlegt worden sei. Der Mann hinter der Bar öffnete ein Schubfach unter seinem Pult und reichte mir einen Umschlag.

Für Gabriel.

Die verschnörkelten Buchstaben, der patzige, kleine Vogel, unverkennbar Nellas Hand. Ich griff in den Umschlag und zog ein Kärtchen heraus. Es zeigte ein Medusenhaupt, die Rückseite war abgestempelt.

Eine Adresse brauchte ich nicht.

Ich kannte das Haus, kannte den ausgetretenen Uferweg am Rand des Dickichts, ich hätte ihn auch bei Mondlicht allein gefunden. Aber es war nicht dunkel, kleine Plastiklampions zwischen den Bäumen wiesen die Richtung. Nach einigen Minuten erreichte ich eine kleine Bucht, fast lautlos plätscherte das Wasser am Ufer. Hier bog die Lampionallee ab und führte schnurgerade in den Wald hinein. Ich folgte den Lichtern und allmählich wurde mir bewusst, dass ich nicht allein war. Von allen Seiten schlossen sich Menschen dem Zug an, ich war unbemerkt Teil einer nächtlichen Prozession geworden, und ich ging mit.

Am Ende der Allee kamen wir an eine Mauer. Das Gittertor war hell erleuchtet, zwei Männer regelten den Einlass.

Ich zeigte meine Eintrittskarte vor und durfte passieren.

Irgendwo vor mir pochte der harte Schlag eines Basses, und ich folgte ihm.

27.

Jenseits des Tores ging das Dickicht unvermittelt in einen weitläufigen Park über. Es war dunkel, nur schemenhaft konnte ich die Umrisse der Villa erkennen. Ich war allein, der Zug, der sich am Tor gestaut hatte, schien sich wieder verlaufen zu haben. Das Gras unter meinen Füßen war weich, Föhren und Pinien warfen schwarze Flecken auf die Erde, helle Stimmen und Gelächter hallten durch die Nacht. Auf halbem Weg kroch eine Gestalt rückwärts aus dem Schatten eines Strauchs vor mir, richtete sich auf und fiel mir der Länge nach vor die Füße. Er hielt mir mit einer grotesk verdrehten Geste seine Hand hin, als flehte er um Hilfe oder um etwas anderes. Angewidert betrachtete ich ihn. Plötzlich streckte er die Zunge heraus und begann, sich mit irrem Gekicher auf dem Boden zu winden, wie die Schlange unter Sankt Georg. Ich stieg ich über ihn hinweg und ging weiter, über mir der bestirnte Himmel, in mir die blanke Gesetzlosigkeit.

Die Fassade der Villa war von einem einzigen Licht erhellt. Eine breite Steintreppe führte auf die Terrasse. Ich schritt zwischen anderen Gästen, die rauchend und trinkend auf den Stufen saßen und lagen, hinauf. Die Terrasse war überfüllt, die Musik pochte, ich begann im Getümmel nach Nella zu suchen. Ich fand sie nicht und schob mich durch die Menge ins Haus. Drinnen war es kaum heller als draußen. Ein breiter Flur, ähnlich einem Foyer, führte links und rechts in schummerige Räume mit Bars und Sitzecken, Nella sah ich nicht. Die Menge drängte, ich trieb, taumelte mit. Ein ekelhaft süßlicher Duft hing in der Luft, und das Sprachgewirr weckte in mir Vorstellungen einer After-Work-Party beim Turmbau von Babel.

Ich erreichte das Ende des Flurs, der Strom der Menschen ergoss sich in einen hohen Saal. Der Bass dröhnte, die Tanzfläche wogte im grellen Blitzgewitter der Lichtschwerter. Ich betrachtete die zuckenden, zu immer neuen Standbildern erstarrenden Menschenautomaten wie ein Bild des Jüngsten Gerichts. Mein Kopf war leer, alles war gut.

Von hinten legten sich zwei Hände auf meine Augen.

»Nella!«

»*Wer?*«

Eine Frauenstimme, Nella gehörte sie nicht.

»So viele Möglichkeiten, Gabriel?«

Die Hände lösten sich, ich drehte mich um.

»Lucia!«

Wie verdattert stand ich vor ihr, ich war in Gedanken ganz bei Nella gewesen.

»Als hätten wir uns erst gestern gesehen.«

Ich nickte, obwohl es mir wie eine Ewigkeit vorkam.

»Du hast dich kaum verändert«, sagte ich.

»Schmeichler, du kannst mich doch gar nicht sehen.«

Wir erzählten einander, wie es uns ging, zum Glück schien auch Lucia nicht ganz nüchtern zu sein. Dann gingen uns die Worte aus, die wir ohnehin kaum hören konnten, wir standen verlegen da und blickten in den pulsierenden Saal vor uns.

»Immer noch der alte Fisch!«

Lucia deutete zur Decke. Über den Köpfen der Tänzer hing eine altmodische Discokugel in Form eines dicken, aufgeblähten Fisches mit silbrigen Schuppen. Obwohl sie in dem vibrierenden Lichterchaos völlig unterging, drehte sie langsam und majestätisch ihre Kreise und streute dabei ihre strahlenden Sterne an die Decke, als gehorchte sie einem anderen, geheimen Takt.

»Das Gebäude ist einsturzgefährdet«, rief mir Lucia ins Ohr. »Aber das juckt die Leute nicht, sie wollen nur ihren Spaß haben. Eines Tages wird es ganz furchtbar knallen!«

»Was sonst! Es wird uns guttun!«

»Immer noch der alte Pessimist?«

»Pessimistisch wäre die Vorstellung, dass es so weitergeht.«

Ich musste an Victor Mature denken, wie er als Samson den Tempel zum Einsturz brachte und die armen Philister unter den herabstürzenden Styroportrümmern begraben wurden.

»Es wäre schade um sie«, schrie ich.

»Um uns?«

»Um die Kugel … sie hat Stil.«

»Dann müssen wir sie retten! Am besten wir hängen sie in deinem Liebesnest in Limone auf! Hast du es noch?«

»Nichts habe ich mehr.«

»Wenn *du* schon nichts hast, was ist dann erst mit mir?«

Ich nickte, ich verstand kein Wort.

Wir verließen den Lärm und setzten uns an eine Bar und bestellten Gin Tonic, dann noch einen. Ich trank schneller, als mir lieb war, Lucia noch schneller als ich, unsere Beklommenheit legte sich. In ihren Jeans und dem weißen Hemd, dessen Zipfel sie vor ihrem Nabel verknotet hatte, hätte ihr niemand angesehen, dass sie schon jenseits der vierzig war. Ich stand an der Theke, sie saß auf einem Hocker neben mir, unsere Köpfe waren auf einer Höhe.

Wir unterhielten uns eine Weile, dann musste ich austreten und stieß im Foyer mit Nella zusammen. Oder nur fast. Sie kreuzte meinen Weg im Gedränge und lief an mir vorbei, als hätte sie mich nicht bemerkt, und vielleicht hatte sie das wirklich nicht. Ich blieb wie verdutzt stehen, sah ihr hinterher. Sie war in Begleitung eines Afrikaners, schlank und hochgeschossen, in einem hellen Polohemd.

Das war er also, Étienne.

Sie gingen Richtung Terrasse, ich folgte ihnen durch das Gewühl. Sie stellten sich an die steinerne Brüstung, standen dort wie das Liebespaar in *Letztes Jahr in Marienbad* und blickten in den Park hinunter. Sie hatten es gut, dachte ich, sie mussten sich vor der Nacht nicht fürchten, sie hatten ja einander. Ich beobachtete sie von hinten, über die Köpfe der Menge hinweg. Nella wischte sich immer wieder über die Stirn, sie schien verschwitzt zu sein. Sie hatten wohl getanzt, sich vielleicht auch schon irgendwo geliebt, im Park oder unten am See im Mondschein. Afrikaner waren gesunde Seelen in gesunden Körpern, keine ausgeleierten Nervenbündel wie wir.

Ich betrachtete sie reglos. In ihrer Schönheit und Jugend spiegelte sich meine verwelkende Mickrigkeit, die horrende Niederlage, die ich gerade erlitt. Aber ich rührte mich nicht vom Fleck, nahm den Schmerz auf mich, dafür war ich da. Ich wartete, dass er die Arme um sie legte, sie auf den Mund küsste, dass er sie an der Hand durch die Menge zog in den Park, dass sie ihm glücklich folgte und mich in meiner Einsamkeit zurückließ, aber nichts dergleichen geschah. Sie standen nur da und unterhielten sich, wie es Freunde tun und nicht Liebende.

Mit der Zeit wurde ich müde, sie zu beobachten, ich hatte genug. Ich nahm mit einem letzten Blick Abschied von Nella und schlich ins Haus zurück, ich war das Allerletzte, was sie jetzt brauchte.

Lucia saß nicht mehr an der Theke. Oder war ich nicht in der richtigen Bar? Es gab so viele, und alle sahen gleich aus. Ich leerte mein Glas, während ich an Nella dachte, und dann auch Lucias Glas und das daneben, auch Gläser gab es so viele und auch sie sahen alle gleich aus.

Plötzlich stieß mich der Mann, der neben mir stand, beiseite. Ich griff nach der Theke, verfehlte sie aber und fiel um.

28.

»Gabriel!«

»Nella … bist du es?«

Ich starrte sie an. Ich kauerte in einem Wald von Beinen und Hockerbeinen, der Boden schwankte, als wäre ich unter Deck. Sie reichte mir die Hand, half mir aufzustehen, ich kehrte zu den Stimmen und Gesichtern nach oben zurück. Der Betrieb hatte nicht ausgesetzt, es schien niemanden zu stören, dass jemand in ihrer Mitte umgekippt war.

»Ich habe dich gesucht!«, sagte sie.

»Gesucht? Mich?«

Ich betrachtete sie traurig.

»Wo ist Étienne?«

»Ich weiß nicht, ich kann ihn nicht erreichen. Er konnte scheinbar nicht kommen.«

»Nicht kommen? Ich habe ihn doch gesehen!«

»Du hast ihn gesehen?«

Sie war zusammengezuckt, dann winkte sie ab.

»Ach, das muss Abed gewesen sein. Ich habe ihn vor einer Stunde kennengelernt.«

»Der Typ … war nicht Étienne?«

»Warum hast du dich nicht zu erkennen gegeben, als du uns gesehen hast?«

»Woher sollte ich wissen, dass es nicht Étienne ist.«

»Und wenn es Étienne gewesen wäre! Er hätte dich sicher gemocht.«

Aber ich ihn vielleicht nicht, sagte ich mir stumm.

Ich ließ die Theke los, mit einem Mal war ich obenauf. Wie beglückend Nellas Gegenwart war, ihre Stimme, ihre Bewegungen, ihr bloßer Anblick, und das alles galt mir.

Ich konnte es nicht fassen, dass sie mit mir da war und nicht mit einem dieser hübschen Lackaffen ringsum, die alle nach ihr geiferten.

»Warum betrinkst du dich, Gabriel? Nur Verlierer trinken.«

Ich warf mich in Habachtstellung.

»Zu Diensten!«

»Und jetzt die Selbstmitleidstour, natürlich!«

Sie verzog verächtlich den Mund. Aber so, streng und missmutig, in dem kurzen schwarzen Kleid, das wir am Vormittag gekauft hatten, kam sie mir noch reizender vor.

»Ich dachte vorhin, ich hätte dich für immer verloren, Ana, ist das vielleicht kein Grund, sich zu betrinken?«

Sie runzelte die Stirn irritiert.

»Ist was?«, fragte ich.

»Nichts, Étienne ... Was soll schon sein?«

Und plötzlich war sie weg.

Ich stutzte. Hatte ich etwas Falsches gesagt? Ich folgte ihr, hinaus auf die Terrasse, panisch, dass ich sie wieder aus den Augen verlieren könnte. Auf der Treppe holte ich sie ein, lief hinter ihr die Stufen hinunter. Ich traute mich nicht, sie anzusprechen.

Unten drehte sie sich abrupt zu mir um und lachte.

»Alles gut.«

Sie könne es mir nicht mehr verübeln, dass ich sie wieder mit Anna verwechselt hätte, nicht nachdem sie im Haus Annas Foto gesehen hätte. Sie habe einen Blick, an dem man sich versengen könne. Während sie das sagte, stützte sie sich mit einer Hand an meiner Schulter ab und zog ihre Schuhe aus, einen nach dem anderen.

»Denk nicht an sie«, sagte ich leise.

»*Ich* soll nicht an sie denken? Du bist lustig!«

»Ana gibt es nicht mehr.«

»Außer in deinen Gedanken, ich merke es. Und wieso gibt es sie nicht mehr?«

Sie sah mir tief in die Augen, es verschlug mir die Sprache. Sie stupste mich.

»Sag es, sei doch mal ehrlich!«

Wir gingen durch den Park, weg von den Stimmen, dem Lärm, und plötzlich hörte ich mich reden, als wäre es ein anderer.

»Das Verrückte ist … ich wusste, was ich tat … Es war kein Fehler, wie es immer heißt, ich tat es bei vollem Bewusstsein, vom ersten Moment bis zum letzten … weil ich nicht anders konnte … weil … mein Gott … weil es im Leben Momente gibt … nicht oft, vielleicht nur zwei- oder dreimal in all den Jahrzehnten des grauen Alltags … aber nein, das stimmt nicht, mein Leben war nicht grau, nichts daran war grau … und doch gibt es Momente, in denen man ein Übermensch sein müsste, um das Paradies, das sich plötzlich vor einem auftut, nicht zu betreten, und sei es über Leichen … Leichenberge. Momente, in denen Moral, Schwüre, physikalische Gesetze plötzlich nicht mehr gelten, wo nichts mehr gilt …«

»Und deine Anna war so ein Moment? Wow! Und dann?«

Ich wandte mich ab, ich konnte nicht mehr an mich halten.

»Hey, was hast du?«

Sie umlief mich, versuchte, mir ins Gesicht zu sehen.

»Was ist denn? Also jetzt verstehe ich gar nichts mehr … aber ich glaube, das will ich auch nicht.«

Ich wischte mir die Wangen ab. Nella schüttelte den Kopf, wartete, bis ich mich beruhigt hatte. Die Villa warf ihren Schatten auf uns, nach hinten zog sie sich immer weiter in die Länge. Die Fenster an der Seite waren versiegelt, kein Licht, kein Geräusch drang nach außen. Nichts als ein dumpfes, monotones Pochen, wie der Herzschlag eines monströsen Kadavers.

Nella blickte zum Himmel.

»Um die Sterne zu sehen, muss man die Lichter der Welt hinter sich lassen«, sprach sie, als rezitierte sie ein Gedicht.

»Klingt schön, wer hat das gesagt?«

»Ich!«, lachte sie, »klingt kitschig.«

»In der Wüste der Gefühllosigkeit ist jeder Regentropfen Kitsch.«

Sie wischte mit ihrem Fuß über das Gras.

»Ach, fühlt sich das herrlich an!«

»Nella.«

»Was?«

»Warum mussten wir uns treffen?«

Sie zuckte mit den Schultern.

»Vielleicht weil man dauernd jemanden trifft?«

»Aber warum gerade dich?«

»Weil du mich für deine Anna gehalten hast, weißt du nicht mehr? Obwohl ich ihr kein bisschen ähnlich schaue.«

»Ist es nicht verrückt? Heute bin ich hier angekommen, um das Haus zu verkaufen, und dann traf ich dich. Und seitdem habe ich nur noch den einen Gedanken, es zu behalten.«

»Wozu willst du es behalten, wenn du es nicht einmal betrittst?«

»Dinge passieren, man begegnet jemandem, und plötzlich ist alles anders, alle Zukunftspläne, die man sich mühsam gebastelt hat, sind unbrauchbar geworden. Ich traf dich …«

»Psst! Hörst du's?«

»Was denn?«

»Das Lied.«

»Was für ein Lied?«

»Bist du auch taub? Da vorne.«

Wir gingen ein Stück weiter, dann hörte ich es auch.

»Es liegt mir auf der Zunge«, flüsterte ich.

»Mir auch«, sagte sie, und wir überlegten um die Wette.

Nella schnippte mit den Fingern.

›Those Were the Days!‹

Sie lachte, weil sie mir zuvorgekommen war, und ich musste mitlachen, weil sie so begierig war, mich zu schlagen.

Wir hatten die Rückseite der Villa erreicht, wenn es wirklich die Rückseite war. Beide Flügel der Eingangstür waren geöffnet, durch das Treppenhaus hallte Musik. Von oben waren Schritte zu hören, ein Paar, eher in meinem als in Nellas Alter, kam herunter, Arm in Arm, und ging an uns vorbei.

»Oje, das scheint das örtliche Altenheim zu sein«, sprach Nella und lächelte in meine Richtung, »da lassen sie mich nie rein!«

Die Treppen knarzten, Nella lachte über ihren Witz, weil er auf meine Kosten ging. Ich nahm es ihr nicht übel, ich ließ mich von ihr führen wie ein Blinder sich von seinem Hund, in blindem Vertrauen.

29.

Vielleicht war der Raum früher ein Tanz- oder Ballettsaal gewesen, jetzt war vom einstigen Glanz nur noch eine Spiegelwand voll blinder Flecken übrig. Auf einem Podest in der Ecke stand ein Klavier, an den Wänden hatte man einfache Holztische und Stühle aufgestellt. Im Schatten eines Erkers bediente ein DJ seine Plattenspieler, bis auf seine Hände war nichts von ihm zu sehen.

Nella mischte sich sofort unter die Tänzer. Ich schenkte mir aus einem der Glaskrüge, die auf den Tischen standen, Wasser ein und betrachtete sie. Wie Schilf im Wind wiegte sich ihr Körper zur Musik, ich war betört von ihrer Anmut und Natürlichkeit. Hinter ihr wogte das Parkett, aber sie schien nichts um sich herum wahrzunehmen. Dann stellte auch ich mich in die Menge und bewegte mich mit all den anderen Körpern, glücklich über den wiedergefundenen Einklang zwischen mir und der Welt. Nella sah mich nicht an, das musste sie auch nicht, mir genügte es zu wissen, dass sie mit mir da war, dass sie zu mir gehörte, dass Étienne nicht gekommen war und vielleicht auch nie kommen würde.

Nach einer Weile verschwand Nella in Richtung der Toiletten, und ich kehrte zum Tisch zurück. Ich griff nach einem Krug, ich konnte gar nicht genug trinken, da legte sich eine Hand auf meinen Arm.

»Versuch es hiermit!«

»Lucia!«

»Ich wusste gleich, wo man dich suchen muss, hier ist es schön altmodisch.«

Sie schenkte mir etwas aus einer kleinen Plastikflasche ein, dann sich selbst. Sie verschüttete die Hälfte, ging in die Knie und schleckte die wabernde Flüssigkeit von der Tischkante. Wir stießen an.

»Wenn die Musik stimmt, ist alles wie früher!«, rief ich überschwänglich, Lucias Schnaps brannte mir im Mund.

»Schrei nicht so, ich bin nicht schwerhörig!«

Als die ersten Takte von »One Way Ticket« erklangen, gingen wir sofort auf die Tanzfläche. Lucia war ein Blickfang, neben ihr musste ich täppisch wirken, aber ich dachte nicht daran, dachte an gar nichts, gab mich nur der Musik hin, dem Augenblick und der Erinnerung an andere Augenblicke, die längst verflogen waren.

Ich sah Nella gar nicht zurückkommen, aber auf einmal war sie da. Sie tippte mir von hinten auf die linke Schulter und lachte mich über die rechte an, ihre Verabredung mit Étienne schien sie längst vergessen zu haben.

Ich stellte sie Lucia vor und Lucia ihr.

Sie wechselten ein paar Worte, sie mussten sich gut verstehen, zu schön war der Moment, zu groß die Harmonie ringsum. Ich wusste gar nicht, wohin mich wenden, so herrlich war es mit den beiden, denn obwohl sie für sich tanzten, tanzten sie doch auch mit mir und wir alle miteinander und sie kratzten sich nicht einmal gegenseitig die Augen aus. Da sie jetzt zu zweit waren, kam mir alles auch doppelt so schön vor, vielleicht lag das aber auch daran, dass der DJ der Reihe nach meine liebsten Discolieder auflegte, »Yes Sir, I Can Boogie«, »Hands Up«, »D.I.S.C.O.«, »I Will Survive«, es war, als hätte ich die Auswahl selbst getroffen.

Wir blieben auf der Tanzfläche, ich war in überschäumender Stimmung. Ich erzählte Nella und Lucia von dem bekifften Typen, der bei meiner Ankunft im Park wie eine Bahnschranke vor mir umgefallen war.

»So ist er gefallen … schaut her!«, schrie ich.

»Du bist verhaltensauffällig!«, rief Nella.

Ich schuf mir etwas Platz, stellte mich mit geschlossenen Beinen hin, legte die Arme seitlich an und ließ mich nach vorne fallen.

Nella und Lucia fingen mich im letzten Moment auf.

»Hör auf! Bist du wahnsinnig!«, rief Nella lachend.

»Wir hätten ihn fallen lassen sollen«, sagte Lucia. »Damit er auch mal spürt, wie weh es tun kann …«

Sie brachen in Gelächter aus. Ich weiß nicht warum, außer weil sie Frauen waren, und Frauen für ihr Leben gern lachten und unmotivierte Dinge taten, deren Beweggründe die Männer nie entschlüsseln konnten, weil sie nicht der Logik ihres armseligen, männlichen Verstandes entsprachen.

»Stell dir vor«, sagte Lucia zu Nella, »als wir uns kennenlernten und er hörte, dass ich mit Zweitnamen Claudia heiße, dozierte er mir eine halbe Stunde lang über seine große Liebe Claudia Cardinale. Er ist ein Träumer, er wähnt sich ständig in irgendeinem alten Film, er lebt nicht im offiziellen Hier und Jetzt.«

Auf einmal piepste Nellas Telefon. Ich hörte es nicht, sah nur, dass sie es an ihr Ohr drückte und sich Richtung Ausgang entfernte. Im Hintergrund ertönte Pausenmusik, ich ging leicht taumelnd über das Parkett, um den DJ zu seiner Musikauswahl zu beglückwünschen. Sein Gesicht war im Schatten, ich konnte es nicht sehen und wusste nicht, ob er mich überhaupt verstand, aber nach einer Weile schob er mir einen Zettel über das Pult, die abgerissene Ecke eines Blattes. Ich hielt ihn ins Licht seiner Lampe. Es war eine eilig hingekritzelte Liste der Lieder, die er gerade gespielt hatte, und ich begriff sofort, dass Lucia sie aufgeschrieben hatte.

Erstaunt drehte ich mich um, aber Lucia war nicht zu sehen. Auch im Vorraum war sie nicht. Sie konnte nur in der Toilette sein, ich beschloss, bis sie herauskam, ein bisschen frische Luft zu schnappen. Auf dem ersten Treppenabsatz blieb ich abrupt stehen. Am Fuß der Treppe saß Nella und telefonierte. Sie wirkte aufgeregt, das war wohl der erwartete Anruf von Étienne. Nach einigen Sekunden kehrte ich um und stieg wieder hinauf. Ich wollte nicht wissen, was sie miteinander besprachen, die Vorstellung, dass er auftauchen könnte, machte mir die Beine schwer, plötzlich spürte ich jeden Tanzschritt in den Knochen.

Als ich wieder im Vorraum stand, wusste ich plötzlich, wo Lucia war. Ich erinnerte mich, dass es hinter den Toiletten einen Lagerraum gab, in dem wir uns ab und zu getroffen hatten. Ich schlüpfte unter der Absperrkette hindurch und verschwand um die Ecke.

Die Tür ging auf, der Raum dahinter war dunkel.

»Lucia?«

30.

Meine Ahnung hatte mich nicht getäuscht. Lucia stand am offenen Fenster und rauchte. Als ich eintrat, drehte sie sich nicht nach mir um. Ich tastete mich zwischen den Stühlen, Sofas und Sesseln hindurch, es roch muffig.

»Hast du dem DJ die Lieder aufgeschrieben?«

»Habe ich eines vergessen?«

»Dass du die noch im Kopf hattest!«

Draußen plätscherte friedlich der Regen.

»Deine Süße ist nett.«

»Nella? Ich kenne sie erst seit heute Morgen. Ihr Süßer heißt Étienne.«

»Du schaffst das schon!«

»Es ist nicht, wie du glaubst.«

»Es ist nie, wie man glaubt.«

»Ist was?«

»Nichts, gar nichts«, murmelte sie. »Das ist es ja gerade.«

Sie hielt mir ihre Zigaretten hin, ich nahm eine, der Form halber. Lucia zündete sie an ihrer eigenen an, ihre Hand zitterte.

»In den mittleren Jahren kommt man ins Grübeln«, sagte sie. »Du nicht?«

»Ich habe schon als Kind damit angefangen.«

»Ich bin scheißunzufrieden, Gabriel. Ich … ich werde das Gefühl nicht los, dass ich mein Leben verpfuscht habe.«

»Das ist normal.«

»Dass man sein Leben verpfuscht?«

»Dass man das glaubt. Man wird alt.«

»Wenn ich mir überlege, wie ich meine Jugend, meine besten Jahre verplempert habe … wo so viel anderes möglich gewesen wäre. Diese ganze »Girls just wanna have fun«-Scheiße … damit hat man mich geködert, und ich habe es nicht durchschaut … Partys, Feten, Festivals, Gras und Spaß, fun and fuck, ohne Ende. Das hat man uns doch eingetrichtert, und ich glaubte es, weil ich jung war und gierig auf das Leben, und weil man ja glaubt, was einem vorgesagt und vorgemacht wird, wenn es nur oft genug vorgesagt und vorgemacht wird …«

Sie schüttelte den Kopf.

»Und wie cool wir uns vorgekommen sind, so frei und emanzipiert. Nicht so spießig wie unsere Eltern. Wir rebellierten gegen das System … und merkten gar nicht, dass uns das System an der Nase herumführte …«

»Gehen wir zurück, Lucia, die Musik spielt wieder.«

Sie rührte sich nicht.

»Und während ich meine Jugend weggekifft habe, ist das Leben still und leise an mir vorübergegangen … Das echte Leben spielt sich nämlich ganz leise ab, Gabriel. Es lärmt nicht, es macht kein Aufhebens, es fließt einfach so dahin, ob du dabei bist oder nicht. Es ist nicht sein Verlust, wenn du nicht zusteigst, es ist deiner. Und auf einmal bist du dreißig, rast auf die vierzig zu. Tausend Beziehungen, aber die Typen kommen nur, um wieder zu gehen. Oder du gehst selbst, um ihnen das Gehen abzunehmen, wenn ihre Scheißlaune nicht mehr zu ertragen ist …«

Sie flickte ihren Stummel aus dem Fenster.

»Mein ganzes Leben stand ich am falschen Gleis, Gabriel, und keiner sagte es mir. Keiner sagte ein Wort. Und dann kamst du … Und wenn du mich gefragt hättest, ob ich mich mit dir auf einer südwärts treibenden Eisscholle niederlassen wollte, ich hätte sofort zu packen begonnen. Aber du hast nie gefragt.«

Sie kramte in ihrer Tasche nach einer neuen Zigarette. Das Flämmchen sprang hoch, ihr Gesicht tauchte aus dem Dunkel auf, und ich erschrak.

»Eine zweite Chance müsste man kriegen, das wär's! Einfach mit den Fingern schnippen und zurück zum Start … Mein ganzes Leben, all die sinnlosen, durchgekifften, durchgefickten Nächte meines Lebens … alles würde ich jetzt für ein kleines Kind hergeben. Ein kleines Kind, das mich wirklich liebte, in dem ich mich wiedererkannte, das ich durch das Leben begleiten würde. Dann hätte mein Leben etwas mit *mir* zu tun gehabt.«

Sie lehnte sich weit aus dem Fenster, als wollte sie sich erbrechen. Ich hätte ihr gern ein Wort des Trostes gesagt, aber es gab keines. Als sie ihren Kopf wieder zurückzog, glänzte ihr Haar feucht.

»Puh, bin ich fertig … vier Stunden getanzt, fast nonstop. Willst du fühlen, wie mein Herz rast?«

Sie löste den Knoten ihres Hemdes und begann es langsam von unten aufzuknöpfen.

»Wenn ich so ohne BH tanze, kann ich innerhalb von drei Minuten jeden Mann auf der Tanzfläche haben. Das Blöde ist nur, ich hatte sie schon mal alle.«

»Lucia …«

Sie nahm meine Hand und führte sie unter ihr Hemd. Als ich ihre Brust berührte, stockte mir der Atem. Ich spürte, wie ihre Wärme in mich strömte.

»Das Herz ist links, Dummerchen. Rechts, von dir aus gesehen.«

»Ist mir egal.«

»Schlägt es noch?«

»Was?«

»Mein Herz … das darunter. Merk dir gut, wie sich das

Schlagen eines Frauenherzens anfühlt. Das hast du nie verstanden.«

»Lucia, wenn ich irgendetwas für dich tun kann ...«

»Würdest du? Na, dann komm!«

Sie warf sich in einen der Ledersessel und legte die Beine gespreizt auf die gepolsterten Armlehnen links und rechts.

»Komm, knie dich hin!«

Sie faltete ihre Hände an meinen Hinterkopf und zog mich an ihren Schoß.

»So saß ich da, die Beine hoch ...«

Ich versuchte, den Kopf wegzureißen, aber sie hielt mich an den Haaren fest.

»Und dann hat man es mir weggenommen ... Ich werde es nie vergessen ... Gib es mir zurück, Gabriel, mache es rückgängig, kannst du das?«

Sie stieß mich zurück, ich kippte um.

»Aber von alledem habt ihr ja keine Ahnung.«

Sie stand auf und begann sich das Hemd zuzuknöpfen.

»Ist ja auch egal, es ist schon eine Ewigkeit her.«

Sie hob ihre Tasche auf, schaute mir in die Augen.

»Ich habe dich schon vor zwei Jahren mit dieser Frau gesehen ... Dass du das Lügen nicht lassen kannst ...«

»Was? Wovon redest du?«

»Am 6. August vor zwei Jahren, bei Limone, ich habe mir das Datum gut gemerkt. Da wusste ich auf einmal, warum du abgetaucht warst. Ich fuhr auf der Gardesana, und ihr seid am Straßenrand gestanden. Ihr wolltet hinüber, ihr kamt sicher vom Wasserfall. Nie habe ich dich so gehasst wie in jenem Augenblick, ich hätte dich umbringen können. Weißt du warum? Weil ihr so scheißglücklich ausgesehen habt ...«

Wie versteinert hörte ich ihr zu.
»Das war sie nicht«, sagte ich endlich leise.
»Ach nein? Wer dann?«
»Du würdest mich nicht beneiden, wenn du alles wüsstest.«
»Ist etwas passiert?«
»Es ist besser, etwas nie gehabt zu haben, als es gehabt zu haben und zu verlieren.«
»Oh, nein! Es ist besser, etwas zu verlieren, als es nie gehabt zu haben. Es ist besser, gelebt zu haben und zu sterben, als nie gelebt zu haben.«
Sie wankte zwischen den schweren Möbeln auf die Tür zu.
»Mach dir keinen Kopf«, sagte sie über die Schulter, »keiner ist schuld, wir hatten nur das Pech, in eine böse Zeit hineingeboren zu werden. Im nächsten Leben wird alles besser.«
Sie öffnete die Tür.
Ein Lichtstrahl fiel herein, sie tauchte darin ein.
Ich versuchte aufzustehen, um sie einzuholen, aber mir wurde schwarz vor Augen. Ich schüttelte den Kopf und gab mir einen Ruck, streckte die Hand nach der Couchlehne aus, nach irgendeinem Halt, aber ich griff ins Leere. Ich spürte einen stechenden Schmerz, dann war alles taube Stille.

31.

Als ich die Augen aufschlug, sah ich Nella, die sich über mich gebeugt hatte. Das Zimmer war hell.

»Geht's?«, fragte sie.

»Alles gut.«

»*Alles gut?* Jedes Mal, wenn ich dich treffe, liegst du bewusstlos am Boden. Findest du das normal?«

»Als hätte mich ein vorbeirasender Zug gestreift … Wie spät ist es?«

»Halb zwei. Ich bringe dich nach Hause.«

»Und mein Wagen?«

»Den holst du morgen. Oder willst du in deinem Zustand fahren?«

Ich raffte mich auf, wartete ein paar Augenblicke, bis mein Kreislauf zurückzukehren begann. Als wir an dem Tanzsaal vorübergingen, suchte ich mit Blicken nach Lucia in der Menge, konnte sie aber nicht sehen, wir blieben nicht stehen.

Unten öffnete Nella ihren Regenschirm, ich weiß nicht, wo sie ihn so schnell herhatte, und wir machten uns auf den Weg. Frische Luft strömte durch meine Lungen, mein Tritt wurde sicherer, nur das taube Gefühl in meiner Brust blieb. Aus der Villa drang noch immer das Pochen der Technomusik, harte, monotone Schläge, ohne Anfang, ohne Ende, ohne Nachhall, ohne Tiefe, körperlos wie alles Böse. Wir aber blieben unter den Bäumen, hielten Abstand zum Haus, zum Lärm. So durchquerten wir den Park, von fern mochte es nach Flucht aussehen.

Hinter uns verebbten die Geräusche, bis nur noch das Trommeln der Tropfen auf dem Schirm zu hören war.

Als läge ich mit Nella im Zelt. Auch andere Gäste brachen auf, schlossen sich uns von allen Seiten an, plötzlich war die Prozession wieder da, und wir gingen mit, liefen durch den lichten, morgendlichen Wald auf die rauschende Brandung zu, dort, wo das tote Seeungeheuer im Sand lag, ich aber ging an ihm vorbei, an diesen traurigen, toten Augen, auf das winkende Mädchen zu. Sie war ganz in Weiß und rief mir etwas zu, ich konnte sie aber nicht verstehen, zu laut war die Brandung zwischen uns, zu süß das Leben hinter mir.

»Gabriel!«

Ich zuckte zusammen.

»In welchem Film bist du gerade?«

Lucia stand neben uns, wie vom Himmel gefallen, die nassen Haare im Gesicht. Ich schwenkte den Regenschirm über sie, dann schnell wieder über Nella, verwirrt schaute ich zwischen ihnen hin und her.

»Halt du ihn!«, sagte ich zu Nella und trat zur Seite, damit Lucia statt mir unter den Schirm schlüpfte konnte.

Lucia zögerte nicht, und sie hakten sich unter und schritten aus, ließen mich im Regen stehen. Ich stapfte hinterher, die Allee hinunter. Die gelben Lampions drehten sich, schaukelten im Wind. Nella und Lucia steckten die Köpfe zusammen und tuschelten wie zwei, die sich schon ein Leben lang kannten.

Am Parkplatz blieben wir vor Nellas Wagen stehen.

»Fährst du mit?«, fragte sie.

Lucia sah sie über das Autodach an.

»Komm, wir nehmen dich mit.«

»Wohin denn?«

»Wohin musst du?«

Lucia blickte zum See hinunter.

»Ich glaube, ich gehe noch einmal schwimmen … drüben in der Bucht. Kommt ihr mit?«

Nella schüttelte den Kopf.

»Und du, Gabriel?«

»Es ist zu spät …«

»Zu spät … dachte ich mir.«

Sie schob sich an mir vorbei, schwankte leicht.

»Na? Keinen Kuss zum Abschied, Judas?«, flüsterte sie.

»Komm mit uns …«

»Wozu?«

Sie riss sich los und lief davon, mit großen, federnden Schritten. Kurz irrlichterte ihr weißes Hemd zwischen den Bäumen, dann war es verschwunden.

Nella sah ihr hinterher.

»Ist das ihr Ernst, will sie jetzt schwimmen gehen?«

»Es ist nicht kalt.«

»Nicht kalt? Sie ist sturzbetrunken!«

Nella warf ihren Regenschirm auf den Fahrersitz und rannte hinter Lucia her, ich folgte ihr.

Dunkel lag die Sirenenbucht vor uns, wie ein altes, unterbelichtetes Foto. Nellas Rufe hallten durch die Nacht, aber Lucia antwortete nicht.

»Das ist doch verrückt«, rief Nella, »sie muss doch hier sein. Vielleicht ist etwas passiert …«

Wir schwärmten aus, um Lucia zu suchen, Nella ging nach links, ich nach rechts. Wir durchkämmten den ganzen Hang von oben nach unten, die Schatten der Sträucher, der Bäume. Am Wasser trafen wir uns wieder.

»Sie kann sich doch nicht in Luft aufgelöst haben!«, sagte Nella.

»Das hast du heute Morgen auch getan.«

»Fängst du wieder damit an?«

»Vielleicht schwimmt sie wirklich.«

Das konnten wir nicht glauben. Der Regen hatte nachgelassen, der Spiegel des Sees war ruhig, nur der Wind zu hören. Auch hatten wir am Ufer keine abgelegten Kleider gesehen. Es war sinnlos, weiterzusuchen, wir waren durchnässt, es begann, ungemütlich zu werden. Nella ließ ihren Blick ein letztes Mal über den Hang schweifen, dann kehrten wir zum Auto zurück.

»Woher kennst du sie überhaupt?«, fragte sie.

»Wir haben ein paarmal miteinander getanzt. Es ist lange her ...«

»Wie lange?«

»Drei, vier Jahre. Und Étienne?«

»Étienne?«

»Vorhin, am Telefon.«

»Das war Susanna. Sie kann sich über Sachen aufregen, nicht zu glauben ...«

»Du hast nicht mit Étienne gesprochen?«

»Nein, wie kommst du darauf?«

»Ich dachte nur ...«

»Das kommt vom Denken, man liegt ständig falsch.«

Nella sah mich vorwurfsvoll an, dann lachte sie mir ins Gesicht. Sie liebte es, mich auszulachen.

»Übrigens habe ich mich vorhin im Haus mit Lucia unterhalten. Sie hat mir ein Geheimnis verraten«, bemerkte sie.

»Über mich?«

»Sie fragte mich, ob ich dich liebte und ob ich glaubte, dass du mich liebtest, und dann sagte sie auf einmal: ›Weißt du, woran man erkennt, ob ein Mann eine Frau wirklich liebt? Es gibt nur einen Beweis, einen einzigen. Den solltest du kennen, damit du dein Leben nicht so verpfuschst wie ich meines verpfuscht habe.‹ Das hat sie gesagt.«

»Und?«, fragte ich.

»Ich frage dich!«

»Keine Ahnung. Nerz, Diamanten, Kerzenscheindinner …«

»Das ist Hollywood! Denk mal nach! Aber nicht mit deinem Kopf, der liegt ja bekanntlich immer falsch.«

Schweigend ging ich an ihrer Seite, ich dachte gar nicht daran, zu denken. Nella hatte also gar nicht mit Étienne telefoniert. Schon zum zweiten Mal an diesem Abend hatte er sich in nichts aufgelöst, als wäre er in Wahrheit nur ein Name ohne Körper. Und Nella schien es nicht das Geringste auszumachen.

32.

Ich muss irgendwann eingenickt sein, dann weckte mich etwas. Ein Auto schoss an uns vorbei, Nellas Gesicht leuchtete auf und versank wieder in Finsternis.

»Wo sind wir?«

»Hinter Malcesine.«

»Hinter Malcesine, wieso?«

»Ich bringe dich nach Limone, zu dir.«

Mit einem Ruck richtete ich mich auf.

»Kehr um!«

Nella machte die Scheibenwischer an und wieder aus.

»Was willst du vor mir verbergen? Ich kenne das Haus bereits, ich habe mich dort am Nachmittag ein wenig umgesehen, während du geschlafen hast. Ich weiß, dass du mich belogen hast.«

»Wann?«

»Als du sagtest, dass du nicht verheiratet bist. In deinem Schreibtisch fand ich ein Bild deiner Frau.«

»Meiner Frau? Wie kommst du darauf, dass es meine Frau ist?«

»Weil sie älter als deine Freundin war.«

»Nicht jede Frau über dreißig ist meine Frau.«

»Nicht von jeder Frau über dreißig hast du ein Foto in deinem Schreibtisch, oder? Und im Schlafzimmer stieß ich auf das Bild deiner Anna, die mir übrigens gar nicht ähnlich sieht. Wie passt das zusammen? Das Bild in der Schublade und das Bild im Schlafzimmer? Tauschst du die immer aus, je nachdem, wer gerade zu Besuch ist? Und wo hast du Lucias Foto versteckt? Hinter den Büchern im Regal vielleicht oder unter dem Teppich? Und wer ist die Schönheit mit der schwarzen Federboa auf dem Foto an der Wand?«

»Claudia Cardinale. In *8½*. Das ist ein Film.«

»Und wie komme ich ins Spiel, was bin ich für dich? Ich frage nur, weil ich es verstehen will.«

»Wie könntest du das, Nella? Du bist eine Frau und ich bin ein Mann, wir sind zwei Welten, zwei Planetensysteme, und so muss es auch sein. Sonst gäbe es nicht diese ungeheure Anziehungskraft zwischen uns, die Achse, um die sich der ganze Kosmos dreht. Wären wir einander ähnlich, würden wir einander abstoßen, wie gleichpolige Magnete. Nur das Leben zählt, Yin und Yang, die Magie der Biologie, der Rest ist Ideologie.«

Nella lachte laut heraus.

»Immer wenn es eng wird, verfällst du ins Philosophieren! Ich frage mich bloß, warum du nie ehrlich bist, wovor du Angst hast?«

»Warum sollte ich Angst haben, wovor denn? Wer das Leben auf seiner Seite hat, braucht keine Angst zu haben, niemals.«

»Aber dein Leben ist eine Lüge. Ich wette, du schreibst auch keine Groschenhefte. Wahrscheinlich heißt du nicht einmal Gabriel.«

»Ist es nicht egal, wie man heißt?«

»Es ist nicht egal, wenn man lügt!«

»*Wer die Wahrheit sagt, braucht ein schnelles Pferd* … Ich kann nicht einmal reiten.«

Nella bremste und bog in eine Parkbucht auf der anderen Fahrbahnseite. Sie stellte den Motor ab.

»Ich komme gleich, ich muss mal …«

Ich stieg auch aus. Vom See blies mir ein kräftiger Wind ins Gesicht, für heute waren Unwetter vorhergesagt. Ich schlenderte zum Ufer, hinter Nella her, nicht dass plötzlich auch sie verschwand. Aber sie war da, stand am Ende eines

Stegs zwischen schaukelnden und klappernden Segelbooten. Als sie mich kommen sah, winkte sie mir mit geöffneten Armen, Adieu Philippine.

»Also?«, fragte sie.

»Was?«

»Wo käme mein Foto hin?«

Sie sah mich herausfordernd an.

»Bedeute ich dir überhaupt etwas?«

Ich senkte den Kopf.

»Du würdest nicht fragen, wenn du wüsstest, was es in mir ausgelöst hat, dass du heute früh am Kai zu mir zurückgekommen bist … dass du mir nach dem Frühstück hinterhergerannt bist … dass du mir die Eintrittskarte hinterlegt hast … Warum hast du das alles getan?«

Sie zuckte mit den Schultern.

»Nur so. Warum nicht?«

»Ich würde dir alles sagen, wenn ich könnte. Aber es ist unmöglich, du würdest es nicht verstehen.«

»Gib mir doch eine Chance.«

»Niemand würde es verstehen, ich verstehe es ja selbst am allerwenigsten. Ich war die letzten anderthalb Jahre tot … und hätte ich mehr Mumm gehabt, wäre ich es jetzt wirklich. Heute habe ich zum ersten Mal wieder geatmet, gelacht, gelebt … wider Willen. Ich habe sogar den Hausverkauf für morgen abgesagt …«

»Wirklich?«

»Ja. Du sagst, ich solle auf meinen Bauch hören, heute mit dir habe ich den ganzen Tag nichts anderes getan.«

Der Wind schlug ihr die Haare von hinten ins Gesicht.

»Aber wenn dein Bauch Nella sagt, meint er in Wahrheit Anna. Und ich will kein Ersatz sein, für niemanden.«

»Ich habe das Gefühl, mit dir wäre das Leben ein Abenteuer, mit dir könnte man Pferde stehlen …«

»Auch ein Kind?«

»Ein Kind stehlen?«

»Haben.«

»Wie kommst du darauf?«, fragte ich überrascht.

»Ist das so abwegig?«

»Wir kennen uns erst seit heute.«

»Spürt man das nicht sofort? Ob es der Richtige ist?«

»Vielleicht, ich habe nur nicht daran gedacht.«

»Denken, denken, denken.«

»Gestern wolltest du noch Revolutionärin sein, die Heilige Johanna, mit der schillernden Rüstung.«

»Das war gestern. Wie sagtest du vorhin? Dinge passieren, und plötzlich ist alles anders. Man trifft jemanden … Aber keine Sorge, die Rüstung trage ich noch immer. Nur heiße ich Cornelia und nicht Anna … und auch nicht Johanna.«

Mein Blick glitt über das Wasser. Es war schwarz wie der Himmel, der sich in ihm spiegelte. Die Lichter Limones am Fuß der Felswand am anderen Ufer sahen wie eine große, schimmernde Perlenkette aus.

»Und? Was sagst du?«

»Was?«

»Unser Kind?«

Ich starrte sie an.

»Warum fragst du?«

»Das war Lucias Geheimnis.«

»Was für ein Geheimnis?«

»Mein Gott, bist du vergesslich! Wenn ein Mann dich liebt, sagte sie, will er ein Kind von dir. Das ist der Beweis … ein Kind! … Gabriel?«

Ich hatte mich abgedreht, sie blickte mich von der Seite an.

»Ist was?« Ihre Stimme klang plötzlich erschrocken.

»Nichts, entschuldige, es hat nichts mit dir zu tun. Eine Erinnerung, ein Unfall … es ist lange her.«

»Eineinhalb Jahre?«

Ich hob den Kopf, und plötzlich riss etwas in mir, als hätte es all die Monate nur darauf gewartet. »Ja, dort vor der Küste … stürzte ein Gleitschirmflieger in den See, direkt vor meinem Haus.«

»Und?«

Ich schüttelte den Kopf.

»Das tut mir leid«, flüsterte Nella. »Ich weiß, solche Bilder kriegt man nicht mehr aus dem Kopf.«

»Ich habe gar nichts gesehen, nur diesen … diesen roten Schirm auf dem Wasser … Die Boote kamen von allen Seiten … es … es war ein Junge gewesen, sagte man mir …«

»Oh, nein!«

»Und dann … ein paar Minuten später war alles wie zuvor … still und friedlich, ein sonniger Morgen … Als wäre nichts passiert! Aber es war doch etwas passiert … dieser Junge war weg … für immer. Das kann man nicht verstehen … das kann man nicht verstehen …«

Nella legte den Arm um mich, und schon ihre bloße Berührung schien heilend zu wirken. So standen wir da, zwischen den plätschernden Wellen und den aneinanderschlagenden Booten, bis wir vor Kälte zitternd einander irgendwann losließen und wieder an Land gingen.

»Fahren wir zurück«, sagte ich leise.

Und wir fuhren zurück.

Sonntag Abend

33.

Es regnete, ich stützte mich an der Hauswand ab und versuchte mich langsam aufzurichten. Ich war benommen durch den Aufprall, aber ich spürte, dass nichts gebrochen war, das Gestrüpp hatte meinen Sturz abgefedert.

Ich atmete tief durch und humpelte in den Garten.

Vor dem Walnussbaum wandte ich mich um und rief nach Liliána. Sie musste mich gehört haben, meinen Schrei, das Krachen des Geländers, mein Winseln, und doch war das Fenster im ersten Stock geschlossen geblieben.

Ich rief sie wieder, nichts rührte sich. Vielleicht war sie im Badezimmer, um ihre Hand zu verarzten, und hörte mich nicht, vielleicht ging meine Stimme in Wind und Regen unter. Ich rief lauter, immer wieder, dann ließ ich es sein. Liliána war nicht im Bad. Sie würde auch nicht ans Fenster kommen, sie wartete, dass ich endlich verschwand. Vielleicht glaubte sie, dass ich den Sturz nur vorgetäuscht hatte und die Schmerzen nur simulierte, um ihr Mitgefühl zu erhaschen, wie immer.

Ich zwängte mich durch die Hecke und drückte das Tor zu, mir blieb nichts, als allein nach Malcesine zurückzukehren. Bis ich unten ankam, hatte ich mich an die Schmerzen gewöhnt. Das Gewitter hatte die Straßen leer gefegt, vielleicht waren die Gäste auch schon alle abgereist, es war ein Sonntagabend in der Nachsaison.

Mein Zimmer im Hotel war unangetastet. Auf der anderen Betthälfte lagen Liliánas Sachen, die Kleider, die Schmuckstücke, der abgegriffene *I-Ging*-Band. Solange sie da waren, war auch Liliána da. Sie würde zurückkommen, um sie abzuholen, ich musste mich nur hinsetzen und warten. Dann würden wir einander in die Augen sehen, gütig und geduldig, und uns aussprechen, alles, was sich in den letzten anderthalb Jahren und in den Jahren davor zwischen uns ungesagt geblieben ist, aus der Welt schaffen, den ganzen Turm Schweigen abtragen, trugen wir zu zweit, würde die Kraft vielleicht ausreichen.

Ich durfte sie nur nicht verpassen.

Ich duschte, durchwühlte meinen Koffer nach etwas Frischem zum Anziehen, fand aber nur noch Unterhosen, ich hatte bei meiner übereilten Abfahrt am Freitag kopflos gepackt. Ich schlüpfte in die noch feuchten Kleider und ging hinunter. Die Rezeption war unbesetzt. Draußen dämmerte es, surrend öffnete sich die gläserne Eingangstür vor mir, mit der üblichen Dummheit von Automaten, als würde bei einem solchen Wetter irgendjemand hinauswollen.

Ich ging in den Frühstücksraum. Er war verlassen, aber man hatte die Terrasse mithilfe der Markise und einer durchsichtigen Schutzplane in eine Art Wintergarten verwandelt, eine kleine gelbe Blase in der dunklen Nacht. In einer Ecke stand ein Mann mit einem Handy am Ohr und schaute auf die Straße. An seiner hageren, gebückten Statur erkannte ich sogleich den Kellner, der mir am Morgen den Kaffee serviert und alle meine Wünsche erraten hatte.

Als er mich bemerkte, steckte er sofort sein Handy weg und nahm Haltung an.

»Buona sera, Signor Ohm! Wenn Sie einen Moment warten wollen, bringe ich Ihnen Ihren Autoschlüssel.«

»Meinen Schlüssel?«

»Die Signorina hat ihn abgegeben. Das Auto steht im Hof.«

Ich griff mir an den Kopf. Nella war also da gewesen,

ich hatte sie verpasst. In all den Stunden mit Liliána hatte ich nicht einmal an sie gedacht, sie aber hatte mich nicht vergessen und meinen Wagen von der Punta San Vigilio abgeholt.

»Ach, Signor!«, rief ich dem Kellner hinterher.

Er drehte sich um.

»Ist letzte Nacht etwas passiert? Sie sagten am Morgen, Sie wären froh, dass es mir wieder besser gehe.«

»Sie haben uns einen ziemlichen Schrecken eingejagt, Signor Ohm, fast hätten wir den Notarzt gerufen …«

»Ich verstehe nicht.«

»Sie hatten einen Schwächeanfall, als Sie in der Nacht mit der Signorina heimkamen, oben auf dem Gang. Ich habe ihr geholfen, Sie in Ihr Zimmer zu bringen.«

Ich starrte ihn mit offenem Mund an.

»Und dann?«

»Dann sind wir schlafen gegangen. Sie oben, ich an der Rezeption, die Signorina fuhr weg.«

Er ging, die Diskretion in Person.

Ich schaute ihm verblüfft hinterher. Daher also meine Benommenheit, meine Gedächtnislücke am Morgen. Der Schwächeanfall war mir peinlich, beunruhigte mich aber nicht, nach allem, was in der Villa Medusa geschehen war, war das nicht überraschend.

Ich sah mich um. Die leeren Tische im warmen gelblichen Licht, das Pfeifen des Windes und das Prasseln der Regentropfen auf der Markise, das alles hatte etwas wunderbar Friedliches. Auf einem einzigen Tisch in der Mitte brannte eine Kerze, und da er für zwei Personen gedeckt war, bildete ich mir ein, dass er gerade auf Liliána und mich wartete. Wo hätten wir für unsere Aussprache einen schöneren Rahmen finden können. Nur das in Seidenpapier gehüllte und mit Schleife versehene Geschenk, das auf einem der beiden Teller lag, hielt mich davon ab, dort Platz zu nehmen.

Ich setzte mich an einen anderen Tisch, mit Blick auf den Hoteleingang.

Dort musste sie bald erscheinen.

Und dann?

Gab es wirklich etwas zu besprechen? Hatten wir nicht über die Jahre geschwiegen, weil wir wussten, dass es nichts zu sagen, nichts zu ändern gab. Gleichmütig trieben wir in dem großen Strom, über Schnellen und Strudel hinweg, mal aufeinander zu, mal voneinander weg, hin und wieder bekamen sich unsere Hände noch zu fassen, sich ineinanderfestzuhaken vermochten sie aber nicht mehr. Oder hatten wir uns all die Jahre gehalten, ohne es zu merken? Hatten wir einander nie losgelassen?

Es war kurz vor acht, ich konnte durch die Tür die Wanduhr im Frühstücksraum sehen. Wo mochte Liliána bleiben? Was trieb sie so lange in der alten Ferienwohnung? Schwelgte sie noch immer in Erinnerungen? War sie eingeschlafen? Oder gar nicht mehr da? Aber wohin sollte sie bei dem Regen gehen als in das Hotel, in dem ihre Sachen waren, vor dem ihr Auto stand, in dem ihr Mann auf sie wartete?

Der Kellner kam, legte Nellas Umschlag mit dem Autoschlüssel auf den Tisch, diskret, als würde es sich um die Rechnung handeln. Dann beugte er sich nach unten und erklärte mit einer Geste des Bedauerns, dass die Küche geschlossen habe.

»Eine Privatfeier«, flüsterte er und zeigte zum gedeckten Tisch.

Ich wollte aufstehen, aber er winkte mir zu warten.

»Was ich Ihnen anbieten kann«, sagte er vertraulich, »wäre das Menü des Abends. Ich glaube, das lässt sich einrichten.«

»Das wäre wunderbar.«

»Sehr gern. Soll ich für zwei decken?«

»Bitte, meine Frau muss jeden Augenblick da sein. Mir können Sie gleich servieren.«

Ich lehnte mich zurück, erleichtert, dort im Warmen und Stillen sitzen bleiben zu können. Ich musste auch kaum warten, die Suppe kam sofort, und ich begann zu essen. Immer wieder wanderte mein Blick zur Uhr, musste ich an Liliána denken, an den Kühlschrank mit den Essensresten des ominösen Hausherrn. Was würde passieren, wenn er Liliána vielleicht schlafend in seinem Bett vorfand? Wenn sie nicht zurückgekehrt war, bis ich fertig gegessen hatte, würde ich hinauffahren und sie zurückbringen, gegen ihren Willen, wenn es sein musste.

Ich löffelte meine Suppe, während ich aus dem Augenwinkel den Kellner beobachtete. Er hatte einen Stoß Servietten auf den Serviertisch neben der Tür gestellt und begann sie der Reihe nach in eine aufwendige Pyramidenform zu falten. Er schien ganz vertieft in seine Arbeit, aber kaum hatte ich meine Suppe gegessen, war er schon zur Stelle und trug meinen Teller ab.

Er brachte mir den Hauptgang, rückte im Vorbeigehen das Geschenk am gedeckten Tisch zurecht. Die stille Zweisamkeit zwang mich geradezu, etwas zu sagen.

»Wo sind die Gäste?«

Er blieb stehen.

»Ich erwarte nur meine Tochter, es ist ihr Geburtstag.«

Es war also seine eigene Feier, er bediente mich aus purer Höflichkeit. Daher der elegante dunkelblaue Anzug, den er trug, daher seine leichte Alkoholfahne.

»Es muss allerdings etwas dazwischengekommen sein«, sagte er mit einem Blick auf seine Armbanduhr. »Wir waren für sieben Uhr verabredet, das ist über eine Stunde her. Sie geht auch nicht ans Telefon, ich versuche schon den ganzen Tag, sie zu erreichen.«

»Dann wollen wir doch wenigstens auf das Geburtstagskind anstoßen«, sagte ich verlegen über seine Gastfreundschaft, als er mir ein Gläschen Grappa auf den Tisch stellte.

»Sehr gern.«

Er brachte ein zweites Glas und schenkte sich ein.

Ich hob mein Glas.

»Auf?«

»Lucia!«

Wir stießen an. Ich nahm nur einen kleinen Schluck, ich musste noch Auto fahren. Der Kellner leerte sein Glas in einem Zug, als gäbe es für ihn kein Morgen.

34.

Scheinwerferlicht streifte die Plane, wir folgten ihm mit den Blicken. Ein Wagen hielt, eine Frau stieg aus, aber sie ging am Hoteleingang vorbei und verschwand in der Nacht. Signor Angelo schüttelte den Kopf.

»Ist es nicht seltsam, dass wir hier sitzen und auf die Frauen warten? Jahrtausendelang hatten die Frauen auf ihre Männer gewartet. Die Männer waren draußen in der Welt, die Frauen warteten zu Hause auf ihre Rückkehr. Meine Mutter sagte immer, *die Liebe des Mannes ist die Welt, die Welt der Frau ist die Liebe.* Jetzt sind die Frauen draußen in der Welt, und die Männer warten auf sie zu Hause … Wenn wir dabei nur glücklicher geworden wären. Aber ich glaube, das waren wir früher. Finden Sie nicht, Signor Ohm?«

»Das kann ich nicht sagen, Signor …«

»Angelo …«

Er zog einen Stuhl zu sich heran und setzte sich.

»Ich glaube nicht, dass wir glücklich sind, Signor Ohm. Wohin man schaut, nichts als Drogen, Ängste, Depressionen, Fettsucht. Das Unglück ist es, was uns krank und fett macht, nicht die vielen Kalorien. Weil wir das Gefühl haben, dass unser Leben sinnlos geworden ist. Und das ist es auch …«

Er schenkte sich nach. Das Thema schien ihn zu beschäftigen, ich folgte ihm aber nur mit halbem Ohr. Meine Gedanken waren bei Liliána in dem Haus.

»Und am unglücklichsten sind die Frauen …«

»Wie kommen Sie drauf? Die Zukunft wird weiblich sein, heißt es.«

»Das wäre schön, in Wahrheit wird sie immer männlicher. Sex und Pornografie, zerfallene Ehen und Familien, Mütter ohne Mann, Kinder ohne Vater, Technik und Internet statt Liebe und Leben ... das soll die weibliche Zukunft sein? Glauben Sie, das ist das, was die Frauen wollen?«

Ich erwiderte nichts, überrascht von seiner Heftigkeit.

»Und jetzt pervertieren sie schon die kleinen Kinder, ziehen ihnen das Geschlecht ab wie eine Haut. Kinderschinder sind das ...«

Er richtete sich abrupt auf.

»Aber verzeihen Sie, Signor Ohm, ich lasse Sie nicht in Ruhe essen ... es ist nur, weil ich selbst betroffen bin.«

Er griff nach seinem Glas und nippte daran, er merkte gar nicht, dass es meines war.

»Glauben Sie mir, die meisten Frauen haben mit den kalten, harten Karrierefrauen, die uns die Medien ständig zeigen, nicht die geringste Ähnlichkeit. Man möchte nur, dass sie so werden, man möchte ihnen die Natürlichkeit austreiben ... Wissen Sie, wie Frauen sind, Signor Ohm?«

Er fixierte mich mit seinen dunklen, tief hängenden Augen.

»Nein ... sagen Sie es mir.«

Ich begann schneller zu essen.

»Sanftmütig sind sie, sanftmütig und zart und empfindlich, voller Gefühle und verletzlich. Sie können lieben, sich hingeben in einer Weise, von der wir Männer nur träumen können ... So lieben zu können, ist doch keine Schwäche, es ist ein Wunder. Dem ist alles zu verdanken, dass ich hier sitze und Sie und ... Wenn die Liebe der Frau weg ist, bleibt nichts ... nichts. Und doch sollen die Frauen anders werden. Und wie? Wie Männer. Ausgerechnet.«

Er schüttelte den Kopf.

»Ist es Ihnen schon mal aufgefallen? Immer ist der Mann das Maß, männlich soll die Frau sein, nicht weiblich. Und die Frauen lassen sich einschüchtern und sprechen die Lügen nach, statt ihre Kinder in die Höhe zu recken und zu jubeln, seht her, darauf sind wir stolz! ... Aber verzeihen Sie, ich rede so viel ... manchmal kommt mir alles hoch.«

Er blickte auf seine Uhr.

»Ich mache mir ja nur um Lucia Sorgen, es ist nicht ihre Art, sie weiß ja, dass ich auf sie warte. Haben ... haben Sie vielleicht eine Ahnung, wo sie sein könnte?«

»Ich? Woher denn?«, fragte ich erstaunt.

»Wissen Sie, wir lebten in Deutschland, als sie jung war, in den Achtziger-, Neunzigerjahren. Das war keine gute Zeit, um glücklich und gesund heranzuwachsen. Man redete ständig von Liebe, machte Liebesparaden, doch in Wahrheit ging es nur um Sex und Drogen und Egoismus. Gerade im Namen der Liebe schaffte man die Liebe ab ... und auch unsere Lucia driftete ab. Mit achtzehn zog sie aus, sie verachtete uns. Und als wir später nach Italien zurückkehrten, blieb sie in Deutschland.«

Signor Angelo verstummte, ließ seinen Blick ins Leere schweifen.

»Aber dann, vor ein paar Jahren, stand sie plötzlich mit ihrem bepackten Auto vor unserer Haustür. Was für ein Glück, Signor Ohm, die Heimkehr der verlorenen Tochter. Wir waren sicher, dass sich nun alles zum Guten wenden würde ... Und tatsächlich, sie lernte jemanden kennen. Sie sprach nie davon, aber wir merkten, dass sie sich verliebt hatte. Wir hätten ihr so sehr gewünscht, dass sie endlich ihr Glück findet, sie war ja schon Ende dreißig, aber der Mann hatte es wohl nie ernst mit ihr gemeint.

Vielleicht war er verheiratet oder wollte nur seinen Spaß, ich weiß es nicht, ich habe ihn nie kennengelernt. Und heute ist sie dreiundvierzig geworden.«

Er schenkte sich nach, ich hielt schnell meine Hand über mein Glas, das nicht mehr meines war.

»Ist das nicht ein schreckliches Alter für eine kinderlose Frau?«, fragte er.

»Wenn sie Kinder gewollt hat.«

»Welche Frau will keine Kinder? Ein einziger Blick ins Gesicht einer Frau mit einem Kinderwagen auf der Straße straft hundert Jahre Feminismus Lügen … Feminines, nicht Feminismus braucht die Welt, Signor Ohm. Und was wird aus einer solchen traurigen Karrierefrau, wenn sie mit fünfzig in den Spiegel schaut?«

Ich zuckte mit den Schultern.

»Keine Ahnung, eine Amnesty-Tante vermutlich.«

»Und aus all den kinderlosen Karrieremännern und Ego-Typen, all den enkellosen Alten. Womit werden sie ihre Zeit vertreiben? Kreuzfahrten machen, Oldtimer sammeln? Jeden Abend fernsehen, bis ihnen die Augen zufallen? Darum ist alles sinnlos geworden, weil wir keine Zukunft haben …«

Mein Teller war leer, ich legte das Besteck ab, wischte mir mit der Serviette Mund und Hände ab. Ich wollte mich bedanken, der Mann tat mir irgendwie leid, aber er fiel mir ins Wort.

»Wenn ich nur daran denke, dass so ein mieser Typ Lucia verführt und sie dann einfach stehen lässt … Sie sind ein Mann von Welt, Signor Ohm, das sehe ich Ihnen an. Können Sie mir erklären, was einem solchen Mann durch den Kopf geht, wenn er einer Frau Liebe vortäuscht, nur um mit ihr zu spielen?«

»Nein, beim besten Willen nicht, tut mir leid.«

Ich erhob mich, Signor Angelo tat es mir gleich. Es war neun Uhr war vorbei, Zeit, Liliána heimzuholen.

»Machen Sie sich keine Sorgen, Ihre Tochter wird sich bald melden«, sagte ich, während ich den Umschlag öffnete. Der Autoschlüssel war in einen blauen Zettel eingeschlagen.

Signor Angelo, der wieder seine höfliche Kellnerpose eingenommen hatte, zog sein Portemonnaie heraus. Er klappte es auf und zeigte mir ein Foto in einer Plastikhülle.

»Das ist sie.«

»Ihre Tochter?«, fragte ich verblüfft.

»Meine Frau.«

»Ach so.«

»In jüngeren Jahren.«

Ich nuschelte etwas Nettes. Er drehte die Plastikhülle um.

»Und das ist sie, Lucia! Das war an dem Tag, als sie aus Deutschland zurückkam. Ist sie nicht schön?«

Ich warf einen flüchtigen Blick auf das Foto.

»Ja, wirklich …«

Die Worte blieben mir im Hals stecken. Ich überflog die Zeilen auf dem blauen Zettel ein zweites Mal:

In deinem Haus wartet jemand auf dich. Du wirst es nicht glauben! Leb wohl! N.

Es war Nellas Schrift, keine Frage, unten stand auch der kleine Vogel mit dem großen Schnabel.

»Wann war die Signorina da?«, fragte ich verwirrt.

»Am Nachmittag … Sie kannten sie wohl nicht zufällig, Signor Ohm?«

»Wie? Wen?«

»Lucia.«

»Lucia? Nein, leider nicht.«

»Und wenn ich fragen darf, Signor Ohm, sind Sie früher schon einmal bei uns abgestiegen?«

»Ich kann mich nicht erinnern … nein, ich glaube nicht.«

»Ich frage nur, weil mir Ihr Gesicht so bekannt vorkommt.«

»Da muss ich passen.«

Ich verabschiedete mich von ihm, bat ihn, das Essen auf die Zimmerrechnung zu schreiben, und begab mich auf mein Zimmer.

Ich schloss die Zimmertür hinter mir und blieb stehen, las noch einmal Nellas Zeilen. Für das Haus gab es drei Schlüssel. Einer hing am Türpfosten, einen hatte ich in meiner Tasche und einen hatte Ana, weit weg.

Und wenn sie doch nicht so weit weg war?

Ich riss meinen Mantel vom Haken, lief hinunter. Am Eingang kam mir Signor Angelo entgegen.

»Ach, Signor Ohm! Es ist nicht meine Angelegenheit, aber die Signorina war sehr besorgt gestern Nacht … wegen Ihres Unwohlseins. Vielleicht sollten Sie doch einen Arzt konsultieren.«

Ich nickte und trat hinaus.

Der Wagen parkte im Innenhof.

Es war kühl geworden, ich fröstelte.

Vor dem Kreisverkehr trat ich auf die Bremse, ich zögerte. Zu Liliána musste ich die erste Ausfahrt nehmen und dann den Berg nach Sant'Isidor hinauffahren. Nach Limone musste ich die dritte Ausfahrt nehmen. Ich rollte in den Kreisverkehr, vorbei an der ersten Ausfahrt, vorbei an der dritten, ich konnte keinen klaren Gedanken fassen. Ich fuhr weiter im Kreis, bremste, blinkte und blieb doch jedes Mal im Kreisel, Runde um Runde, bis in meinem Kopf wie in einem rasenden, außer Kontrolle geratenen Karussell, das alles von sich schleudert, nur noch ein Gesicht übrig blieb.

35.

Oberhalb von Limone hielt ich in der großen Parkbucht an der Gardesana. Ich klappte den Mantelkragen hoch und lief los, in den plätschernden Regen hinein. Der Fußweg führte zwischen hohen Mauern den Hang hinab, niemand begegnete mir. Nach einer Weile blieb ich vor einem unscheinbaren Zauntor stehen. Der Klebestreifen, mit dem ich meinen Briefkasten am Drahtzaun vor anderthalb Jahren zugeklebt hatte, hatte sich halb abgelöst und flatterte im Wind.

Als ich den Schlüssel ins Schloss schob, öffnete sich das Tor von selbst. Ich sah nach unten. Das Haus meines Nachbarn auf halber Höhe des Anwesens war dunkel, wie immer, er war nicht da. Ich nahm zwei, drei Stufen auf einmal, ich war wie elektrisiert von der Vorstellung, dass Ana vielleicht nur ein paar Schritte entfernt war. Ich konnte es nicht glauben, und doch ... Der Wind heulte, fuhr in böigen Schüben über den Hang, links und rechts raschelten die Sträucher, Schatten wie sprungbereite Tiere, ich wagte nicht hinzusehen.

Ich blieb stehen. Wie ein schwarzer Monolith aus dem All nistete das kleine Haus am Fuß der Felswand unter mir.

Sekunden später betrat ich den Garten. Das Haus stand in der hintersten Ecke, ich ging darauf zu, kreuzte den Pfad, der zum Tor und zum See führte. Ich hätte nicht schleichen müssen, zu laut waren die Geräusche der Nacht, der Brandung, und doch tat ich es und hielt mich im Schatten, obwohl ringsum alles Schatten war.

Auch das Haus war dunkel.

Oder doch nicht?

Ich kauerte unter der Pinie und betrachtete die Fassade.

Mir war, als glimmte im Atelierfenster unter dem Dach ein hauchfeiner Schimmer, der mehr war als nur der Widerschein der Nacht, erst nach Minuten fiel es mir auf.

Dort oben wartete jemand, jemand, der Zugang zum Haus hatte.

Ich drückte die Klinke, die Eingangstür war nicht abgesperrt. Lautlos schlich ich durch das Zimmer, blieb stehen und lauschte mit angehaltenem Atem und hörte nichts, weil mich der Pulsschlag in meinen Ohren für alles andere taub machte. Die Wendeltreppe knarrte unter meinen Schritten, das hörte ich, aber jetzt spielte es keine Rolle mehr. Ich hatte die obere Etage erreicht und blickte ins Schlafzimmer.

Neben der Musikanlage unter dem Fenster flackerte eine Kerze in den letzten Zügen, daneben saß Ana mit dem Rücken zu mir auf dem Bett und hörte ein Lied, leise wie das Rieseln des Regens.

Da war sie, keine zehn Meter vor mir, und doch traute ich meinen Augen nicht. Sie konnte es nicht sein, es war unmöglich. Sie trug dasselbe weiße Nachthemd mit dem hellblauen Muster wie an jenem Morgen im April vor anderthalb Jahren. Als wäre die Zeit stehen geblieben, als wäre unser Erwachen an jenem Morgen und alles, was bis zu diesem Augenblick danach geschehen war, nur ein böser Traum gewesen, aus dem wir jetzt erwachten.

»Ana?«

Sie beugte sich über die Flamme und blies sie aus.

Jetzt, in der Dunkelheit, war sie nur noch eine Silhouette vor dem Fenster, und ich fürchtete, eine Bewegung von mir, ein Blinzeln, und sie würde sich in Luft auflösen.

Ich stand da, wie versteinert, lauschte dem Lied und dem Regen und versuchte nicht zu blinzeln.

36.

Dann hörte ich ein Rascheln vom Bett, und Anas Silhouette verschwand vor dem Fenster.

»Komm!«

Es war nur ein Flüstern, aber ich spürte sofort, dass etwas nicht stimmte.

»Ana?«

Stille.

Ich machte das Licht an, es blieb dunkel.

»Ana?«

»Das hast du mich gestern schon einmal gefragt.«

»Nella?«

»Anna, ich bin es, deine Anna!«

»Nella, bist du wahnsinnig!«

Ich starrte sie an.

»Wie bist du hereingekommen?«

»Mit dem Schlüssel, wie sonst? Ich hatte ihn gestern mitgenommen, ich wusste ja, dass ich zurückkomme.«

»Was hast du mit deinem Haar gemacht?«

»Den Zopf hat Susanna geflochten, ich hatte Annas Foto abfotografiert ... Wo warst du, ich dachte schon, du kommst nicht.«

Ich schüttelte den Kopf.

»Wie kommst du auf so was Verrücktes?«

»Ich mag Rollenspiele«, lallte sie.

»Rollenspiele? Es gibt im Leben keine Rollenspiele, nur Idioten spielen Rollen!«

»Danke.«

»Entschuldige, so meinte ich das nicht.«

»Und warum spielst du dann die Rolle des Gabriel Berger? Als ich heute deinen Autoschlüssel im Hotel abgeben wollte, sagte der Kellner, es gäbe keinen Signor Berger im Haus ...«

Es klickte, die Musik verstummte. Ein Streichholz knisterte, ich sah Nella über die Kerze gebeugt, die kleine Flamme streckte sich. Wenn ich die Lider leicht schloss und das Bild verschwamm, war es Ana.

Sie stieg vom Bett.

»Es tut mir leid, das war wohl keine so gute Idee. Du hast deine Anna erwartet und bekamst mich. Wirklich zu dumm.«

Sie ging zum Stuhl, wo sie ihre Kleider abgelegt hatte.

»Na ja, ich wollte nur mal wissen, wie es sich anfühlt, Anna zu sein.«

»Was machst du?«

»Ich gehe, kein Verlust ...«

Ich hielt sie am Arm fest.

»Lass los, deine Hand ist kalt!«

»Die Nacht ist kalt, nicht ich.«

»So was Albernes auch, Anna sein zu wollen!«

»Warte doch!«

»Lass los!«

»Ich meinte nur ... du musst nicht eine andere werden. Du ... du bist wunderbar, genauso wie du bist. Wenn du wüsstest, *wie* schön es für mich gestern war. Ich lebte wieder, dank dir, Nella ...«

»Nicht wieder rührselig werden!«

»Bleib ... bitte!«

»Wozu?«

»Du wolltest doch, dass ich komme, oder? Und ich bin gekommen.«

»Ja, du bist gekommen. Aber nicht zu mir.«

»Glaubst du, ich wusste nicht, dass du es bist?«

Sie sah mich mit großen Augen an.

»Du wusstest es?«

Sie blickte aus dem Fenster, zuckte mit den Schultern.

»Dein Glück, dass es so regnet.«

»Warte!«

Ich trat hinter sie, um der Verwirrung ein Ende zu setzen, der Verwirrung, die die Quelle alles Bösen war. Ich zog das Band aus ihrem Zopf, der nicht ihrer war, und begann ihn von unten nach oben aufzuknüpfen. Sie ließ mich tun. Der Zopf zerfiel, zerging zwischen meinen Fingern wie Wasser, die Locken legten sich auf das hellblaue Muster des Nachthemdes, das Ana immer getragen hatte.

»Fertig?«

Sie warf den Kopf zurück, schüttelte ihre Haare.

»Bist du jetzt beruhigt? Erkennst du mich wieder?«

»Fast.«

Sie streifte mit ihren Fingern meine Hand.

»Du bist wirklich durchgefroren ... Wieso *fast*?«

Ich berührte das Nachthemd.

»Ach das, natürlich. Es ist Annas Nachthemd, nicht wahr? Dann will ich es nicht weiter besudeln.«

Sie zögerte einen Moment, als wäre sie in eine Falle getappt. Dann löste sie die Schleife ihres Nachthemdes.

Sie sah mich an, hob die Augenbrauen.

Ich kehrte ihr den Rücken.

Der Regen plätscherte, das Nachthemd knisterte, als sie es hinter mir über ihren Kopf zog. Einen Augenblick herrschte Stille, dann trat sie in den fahlen Spiegel des Fensters vor mir und öffnete den Kleiderschrank. Sie stellte sich auf die Zehenspitzen und begann, den Schrank zu durchsuchen, und ich verlor mich im Anblick ihrer atemlosen Schönheit vor der unendlichen, leeren Nacht draußen.

»Nella.«

»Was?«

Ich brachte kein Wort über die Lippen.

Sie zog einen Schlafanzug von mir heraus, hielt ihn hoch und besah ihn, dann schlüpfte sie hinein.

»Fertig.«

Ich drehte mich um. Der Schlafanzug war zu groß, aber das störte sie nicht. Sie hielt die Hose mit einer Hand fest, während sie mit der anderen ihre Kleider vom Stuhl auf den Boden warf. Dann stieg sie rauf.

»Halt die Hose, bitte!«

Sie wusste nicht, was sie von mir verlangte, aber ich sagte nichts, hielt nur die Hose hoch, während sie die Glühbirne, die sie zuvor gelockert haben musste, wieder hineinschraubte. Das Deckenlicht ging an, sie ergriff ihre Hose und sprang vom Stuhl.

»Du tropfst ja!«, rief sie aus. »Weißt du eigentlich, dass du jetzt im Krankenhaus wärst, wenn es nach mir gegangen wäre. Nur der Kellner hat mich daran gehindert, gestern Nacht die Ambulanz zu rufen.«

Sie ging zum Schalter und knipste das Licht aus, stolperte dabei über die zu langen Beine der Schlafanzughose.

»Das ist mir zu kompliziert«, schimpfte sie.

Sie zog den Schlafanzug aus, ließ ihn am Boden liegen und schlüpfte ins Bett. Ich legte meinen durchnässten Mantel ab, meine Kleider, ich bibberte, aber kaum war ich neben Nella unter der Decke, fühlte ich mich schon von ihrer Wärme umhüllt. Sie musste mich nicht einmal berühren, ihre Wärme hatte sich in Sekundenschnelle im ganzen Bett ausgebreitet.

»Liegst du gut?«, murmelte sie.

»Hm … Und du?«

»Geht so.«

Schweigend lagen wir da, federleicht ruhte Nellas Arm auf meinem Bauch, wie gestern am Strand. Sie rührte sich nicht, vielleicht war sie eingedöst, ich wollte es nicht wissen. Ich überließ mich der süßen, trägen Ruhe unserer Körper, mehr gab es nicht. Und plötzlich dachte ich, ja, der Alte hatte recht gehabt, so war es immer schon gewesen. Nass und durchgefroren war ich zu ihr gekommen, aus der Welt draußen, der kalten, männlichen, hier drinnen hatte sie auf mich gewartet, wie es Frauen seit Jahrtausenden taten. Sie hatte gewartet, und ich war gekommen, und sie schenkte mir ihre Wärme, doch was schenkte ich ihr? Etwas musste es sein, warum sonst hätte sie so geduldig auf mich gewartet?

37.

Ich lag auf dem Rücken, Nella streckte sich über mich hinweg und schaltete die Musikanlage ein.

»Wie heißt das Lied?«, flüsterte sie.

»Welches?«

Sie stützte ihren Kopf auf ihre Hand und sah mich an. Die Melodie erklang, ich schloss die Augen.

›Samba de Verão‹ … ›So Nice.‹

»Ist dir bewusst, dass du das gestern den ganzen Tag gepfiffen hast? Und als ich am Nachmittag das Gerät hier anmachte, kam es wieder … Ist es Annas Lied? Oder Liliánas?«

»Liliána? Wie kommst du …«

»Ich weiß alles über dich.«

»Von wem?«

»Dem Kellner. Als ich zu Mittag deinen Autoschlüssel bei ihm abgab, erzählte er mir, dass deine Frau am frühen Morgen eingetroffen sei. Liliána Fahm, ich habe mir sogar ihren Namen gemerkt, weil es nach *femme* geklungen hatte. Ich weiß nicht, warum er mir das mitteilen wollte, vielleicht um mich abzuschrecken … Ist sie noch da?«

»Ich weiß nicht. Ihre Sachen sind noch da.«

»Und warum bist du dann hier bei mir?«

»*Ich* bei *dir*?«

»Und wo ist sie?«

»Ich weiß nicht.«

»Du weißt nicht?«

Ich wollte nicht darüber reden. Wo hätte ich anfangen, wo aufhören sollen? Und was hätte das alles Nella gesagt?«

»Warum seid ihr nicht zusammen gekommen?«

»Wir hatten einen Streit, ich fuhr weg, damit es nicht ausartete… Das war am Freitag. Gestern Nacht kam sie mir nach. Vielleicht tat es ihr leid. Wozu darüber sprechen?«

»Habt ihr euch ausgesöhnt?«

»Sie hat mich geschlagen und eine Treppe hinuntergestoßen… wenn du das Aussöhnung nennen willst.«

»Und das alles natürlich ohne Grund… Ich wette, es ist Liliánas Lied, für Anna wäre es viel zu altmodisch. Stimmt's? Oder hast du es vergessen?«

Ich legte den Arm über meine Augen.

»Liliána hat es mir zum ersten Mal vorgespielt, auf ihrem kleinen Diktafon, an dem Tag, als wir uns kennenlernten. Ich bin vor Glück fast gestorben damals… am 25. Mai 1988, am Isarufer bei München, kennst du es?«

»Nein, ich komme aus dem Harz.«

»Das Lied, meine ich.«

»Jetzt schon!«

»Liliána hatte das Diktafon immer bei sich, ließ es oft heimlich mitlaufen, um Augenblicke festzuhalten, Stimmen, Geräusche, Menschen, im Kino, im Museum, bei Freunden, überall. Ich glaube, sie wollte der Vergänglichkeit etwas entgegensetzen, so wie andere Fotos machen. Und ich wusste noch gar nicht, dass es so etwas wie Vergänglichkeit gab.«

»Warst du so unschuldig? Und Liliána so melancholisch?«

»Ihre Mutter war Ungarin. Liliána sagte immer, wenn Melancholie eine olympische Disziplin wäre, stünden immer Russland und Ungarn im Endspiel… Ihr Vater war Deutscher, sie hatten sich am Plattensee kennengelernt. Im Sommer 66 war das, meine ich, in Siófok. Er hatte mit zwei Freunden die Ferienwohnung ihrer Eltern gemietet ... Ich glaube, sie waren ziemlich glücklich.«

»Und ihr?«

»Wir auch. Eheglück ist doch vererblich.«

»Aber irgendwann verwehte die Zeit das Glück, ich weiß«, spottete Nella.

»Gar nicht.«

Sie ließ sich zurückfallen.

»In anderen, klügeren Kulturen denkt man nicht so wie wir. Für die ist die Zeit, die Vergänglichkeit kein Feind. Alles entsteht und vergeht, fließt und wandelt sich. Wie sollte in diesem großen Fluss gerade das Flüchtigste von allem Bestand haben, die Liebe? Der Abendländer glaubt immer, den Dingen seinen Willen aufzwingen zu können, und wundert sich dann, wenn sie ihm nicht gehorchen.«

»Dieses Haus ist fernab vom Abendland, hier würdest du nicht viel davon mitbekommen.«

»Es gehört mir aber nicht.«

»Und wenn es jemandem gehörte, der dir gehörte?«

Sie wandte mir den Rücken zu.

»Nella, hörst du mich?«

»Ich bin nicht taub! Was willst du überhaupt! Du glaubst doch nicht, dass ich mich mit dir einlasse, wenn ein paar Kilometer weiter deine Frau auf dich wartet.«

»Sie auf mich? Ich habe den ganzen Abend auf sie gewartet.«

»Und ich auf dich.«

»Nicht auf Étienne?«

Ich beugte mich über sie, sie schob mich weg.

Ich rollte mich wieder auf den Rücken, sie drehte sich wieder zu mir um, zuckte mit den Schultern.

»Ich sag lieber nichts, ich habe ja nicht einmal die Ausrede, dass du mich an eine verflossene Liebe erinnerst. Du hast mich einfach in einem schwachen Moment erwischt …«

Der Regen sprühte gegen das Fenster. Nella stupste mich.

»Warum hast du den Hausverkauf gestern Abend abgesagt? Wenn du glaubst, dass ich dir mehr bieten kann als dieser Herr, irrst du dich.«

»Das hast du schon.«

»Und überhaupt … was soll das für eine Liebe von dir sein? Ist doch alles nur Einbildung, deine Phantasie geht mit dir durch! Du liebst mich … du liebst aber auch Anna … und Liliána … und Lucia oder wie sie heißt. Glaubst du nicht, dass du mit dir ein bisschen zu sehr im Reinen bist?«

»Es ist nicht so.«

»Ehrlich lügen, viele lieben und jede ganz ehrlich für *die* eine halten, hast du eigentlich noch alle Tassen im Schrank?«

»Selbst wenn es so wäre«, sagte ich leise, »wäre es nicht so, wie es aus deinem … dem Mund einer Frau klingen muss.«

»Wie ist es denn? Erzähl!«

»Wozu fragen, Nella? Wozu ständig fragen und hinterfragen? Früher stellte man keine Fragen, man wusste instinktiv, dass es keine Antworten gab und die Antworten, die es gab, besser unausgesprochen blieben. Weil das Leben nicht auf die mickrige Moral des Menschen maßgeschneidert ist, sondern einer anderen Logik folgt. Man wusste, dass man nicht alles wissen musste. Man neigte den Kopf in Andacht und lebte.«

»Man neigte den Kopf und litt!«

»Mal litt man, mal platzte man vor Glück, man nannte es leben.«

»Man litt ein Leben lang, und dann starb man.«

»Weißt du überhaupt, wie das geht, vor Glück platzen?«

»Ich glaube schon.«

»Ich meine nicht, wenn du zugedröhnt bist. Ohne alles, aus schierer Freude.«

»Damals … als ich Étienne kennengelernt habe, da hätte ich vor Glück platzen können.«

»Und jetzt?«

Statt etwas zu erwidern, sprang sie auf und lief nach unten. Ich hörte sie eine Weile stöbern, dann kehrte sie mit einem Glas Wasser in der Hand zurück.

Sie bot mir einen Schluck an, ich schüttelte den Kopf.

Sie streifte mit einer Hand ihr Haar zurück, hob das Glas und trank. So stand sie da, im warmen Chardin-Glanz der Kerzenflamme, ihre Brüste verloren im Wust ihrer Haare, der wuchernde braune Flaum unter ihrem Bauch, ihre Hüftknochen trotzig hervorstechend, wie der Schnabel des kleinen Vogels, den sie zeichnete.

Ich blickte beschämt zur Seite. Was war das, diese unfassbare Schönheit, woher kam sie, diese Frau, die Nella hieß, aber auch anders hätte heißen können. War sie dem See entstiegen, hatte sie der Wind oder ein Sonnenstrahl dort abgesetzt? Ich musste an den Nachmittag am Strand denken, als sie einen Moment mit gespreizten Beinen über mir gestanden hatte und ihre Beine mir so rein, so unschuldig vorgekommen waren. Als Beweis, dass die Seele des Menschen tatsächlich nichts anderes als sein Körper war.

Sie stellte das Glas auf den Boden, machte die Musik aus und schlüpfte ins Bett.

Sie drehte sich mir zu, streifte mir das Haar aus der Stirn. Ich nahm ihre Hand, sie zog sie nicht weg. Ihr Körper glühte, als wäre eine kleine Wärmequelle in ihr verborgen. So lagen wir da, in der Stille, als trieben wir auf sanften Wellen auf See hinaus, für immer weg von jedem Festland.

38.

»Hörst du die Stille?«, flüsterte sie.

»Hm.«

»Der Regen hat aufgehört.«

»Muss ja alles … irgendwann …«

»So still war es den ganzen Abend, während ich auf dich gewartet habe«, sagte sie im Halbschlaf. »Es gibt in der ganzen Welt nichts Stilleres als das Plätschern von Regen in der Stille …«

»Wie viel Uhr ist es?«, murmelte ich.

»Keine Ahnung … Mitternacht vorbei.«

»Hast du geschlafen?«

»Ich schlafe noch immer.«

»Und ich?«

»Du bist schon vor mir eingeschlafen. Gerade als ich dir etwas von mir erzählen wollte.«

»Kann nicht sein«, gähnte ich. »Erzähl!«

»Jetzt hab ich es vergessen.«

»Das hast du nur geträumt.«

»Vielleicht.«

»Ich habe auch geträumt.«

»Was denn?«

»Ich habe es auch vergessen … oder doch nicht? Warte!«

Ich schloss die Augen.

»Es muss vor Langem gewesen sein«, stöberte ich im Dunkeln. »Im ersten Winter … in Budapest … an einem frostigen Tag im Dezember … Wir hatten uns vor der Kälte in die heißen Thermalbecken des Széchenyi-Bads geflüchtet. Die Badenden räkelten sich in den dampfenden Becken im Freien, ringsumher schimmerte dieser märchenhafte Palast. Ich stand in der Tür zu einer Sauna, und sie kam im gelben Schein der geschwungenen Laternen auf mich zugelaufen, auf Zehenspitzen über den glitschigen, gefrierenden Stein, dunkel und schön und so verletzlich, die Arme gekreuzt vor ihrem bibbernden Körper. Kam geradewegs auf mich zu, vorbei an all den anderen, als gäbe es für sie in der großen, weiten Welt niemanden als mich, als sähe sie nur mich und den Rest der Welt nicht. Und ich flehte in plötzlicher Angst, dass sie auf dem eisigen Boden nicht ausrutschen möge, als müsse sie dann wie eine Porzellanpuppe zerbrechen und ich mit ihr. Aber sie stürzte nicht, der Himmel hütete sie, und ich schloss sie in die Arme und ließ sie nicht mehr los … das habe ich geträumt … daran kann ich mich erinnern …«

Ich öffnete die Augen. War ich wieder eingeschlafen? Die Kerze knisterte, vielleicht hatte mich das geweckt. Nellas Hand hatte losgelassen, ruhig und gleichmäßig ging ihr Atem neben mir.

Es zischte, das Zimmer versank in Finsternis.

Die Kerze war abgebrannt, ihre Agonie zu Ende. Eine dünne Rauchfahne, eine Duftnote, dann nichts mehr. Eineinhalb Jahre hatte sie auf diesen Moment der Erlösung gewartet, nachdem Ana sie in jener Aprilnacht zum letzten Mal angezündet hatte. Ana hatte sie mir mal geschenkt, nie hätte ich gedacht, dass sie uns überleben würde.

Ich stöberte in der Schublade unter der Musikanlage, dort lagen andere Kerzen, ich machte eine an. Ein schwacher Schimmer schlich sich in die Finsternis. Ich lehnte mich mit dem Rücken gegen die Wand. Es war Sonntag Nacht, und doch gehörte das Haus noch immer mir, ich war umsonst hergefahren. Vor mir schlief Nella, nur die

Rundung ihrer Schulter schaute unter der Decke hervor. Hinter ihr auf dem Boden lag Anas Nachthemd auf einem Haufen, wieder dahinter, erst jetzt bemerkte ich ihn durch die offene Tür des Schranks, stand ein nussbrauner Lederkoffer.

Es war Anas Koffer. Als wartete er noch immer auf ihre Rückkehr.

Ich starrte den Koffer an, und mir war, als starrte er zurück, und mit einem Mal brach ich in Tränen aus. Plötzlich war alles wieder da, der verschneite Weihnachtsabend, als ich ihn zum ersten Mal gesehen hatte. Ana hielt ihn in der Hand, neben ihr stand Sebastian. Ein Wollschal verdeckte die untere Hälfte ihres Gesichts, nur ein Paar merkwürdig helle Augen und ein brauner Zopf, der auf ihre Brust hinabhing, waren von ihr zu sehen. Der Zopf war makellos schön und hart geflochten, kräftig wie ein Schiffsseil, ich hätte die Gefahr sofort wittern müssen.

»Anastasia … einfach Asja«, stellte Sebastian sie vor.

Er strahlte vor Glück, und ich freute mich für ihn.

Anastasia. Was für ein schöner Name, dachte ich, wie ein großes, exotisches Geheimnis. Wir reichten uns die Hände und gingen hinein.

Asja. Das war sie also.

Später fragte ich mich oft, ob das schon der Anfang war, dieser belanglose Blick, diese flüchtige Berührung. Ob tief in uns schon damals etwas geschehen war, oder ob erst später alles seinen Lauf nahm. Ich weiß es nicht und werde es nie wissen. Wer weiß schon, wann etwas wirklich beginnt, wo ein Strom seinen Anfang nimmt, sein erstes Äderchen entspringt? Wo es unter der endlosen Schneedecke zu jener ersten winzigen Verschiebung kommt, aus der am Ende die unaufhaltsam talabwärts sich wälzende Lawine wird? Nur den Moment, wenn etwas sichtbar, unumkehrbar wird, kennen wir. Die erste Regung, die Sekunde, in der eine Bewegung erst zur Bewegung wird, der Anfang des Anfangs bleibt im Dunkeln.

Sonntag Nacht

39.

Einmal hatte ich Ana doch gefragt, wann es begonnen habe, und sie hatte leise erwidert, damals, beim Schachspiel, das wüsste ich doch, und ich hatte genickt, ja, ich wusste es.

Es war ein kalter Tag im Januar gewesen, mein fünfzigster Geburtstag, den ich genauso unzeremoniell begehen wollte wie die anderen zuvor. Sebastian und Asja waren auf dem Heimweg aus den Alpen und machten bei uns Zwischenstopp. Wir beschlossen, zu viert essen zu gehen, mussten wegen eines plötzlich einbrechenden Eisregens aber zu Hause bleiben.

Irgendwann begannen Sebastian und ich zu spielen. Fast eine Stunde beugten wir uns schon über das Schachbrett, unsere Köpfe keinen Meter voneinander entfernt. Asja saß auf der Couch neben Sebastian. Vorgelehnt, mit baumelndem Zopf verfolgte sie den Kampf Vater gegen Sohn, erregt, wie man es ist, wenn ein Konflikt im Raum steht. Dass es nur ein gespielter war, machte für sie keinen Unterschied.

Sebastian geriet mehr und mehr in Rückstand, brauchte immer länger für seine Züge. Ich wartete geduldig, während er überlegte, wir spielten nicht auf Zeit. Plötzlich fiel mein Blick auf Asja. Sie hatte sich zurückgelehnt und beobachtete mich aus dem Schatten jenseits des Lichtkreises, den die Lampe über den Tisch warf. Nein, es war kein Beobachten, ihre Augen ruhten auf mir, selbstvergessen. Im nächsten Moment bemerkte sie, dass ich sie betrachtete, und ihr Gesicht nahm einen Ausdruck unverhüllter Offenheit an, wie ich sie noch nie gesehen hatte. Etwas Unbeschreibliches strahlte mir aus ihren Augen entgegen, warm, zart, heftig, unklar und glasklar zugleich, mir war plötzlich, als hätte sie einen Schleier gelüftet und mir zum ersten Mal einen Blick in ihr Herz gewährt, in aller Nacktheit etwas offenbart, wovon ich bis dahin keine Ahnung hatte. Wir starrten einander an, wie eine Ewigkeit kam es mir später vor.

»Dein Zug!«

Ich fuhr auf, wie aus einer Trance, blickte auf das Brett, dann zu Sebastian, erschrocken, dass er etwas bemerkt haben könnte. Aber er deutete nur auf den Springer, den er gezogen hatte.

»*Bauer vor!*«, rief ich und zog einen meiner Bauern und konnte auf einmal gar nicht mehr aufhören zu reden. »Mein Großvater hatte das immer gerufen, wenn er mit einem Bauern einen Zug machte, bei dem es nicht auf den Zug ankam, sondern auf das, was sich dadurch anderswo auf dem Brett veränderte. Damit wollte er mich warnen, dass der Zug nur eine Ablenkung war, dass die echte Gefahr anderswo drohte ...«

Liliána trat zwischen uns und stellte ein Tablett mit belegten Broten und Getränken auf den Tisch. Als sie sich aufrichtete, war Asja nicht mehr an ihrem Platz.

Ich erhob mich automatisch. Wollte ich auf die Toilette oder mir nur die Beine vertreten oder tat ich es ohne Grund? In der Küche erblickte ich sie. Sie stand mit dem Rücken zu mir, dem Fenster zugewandt, als sähe sie etwas in der Dunkelheit draußen. Als sie mich hörte, drehte sie sich sofort um.

»Du wirst gewinnen, ich weiß es!«, sagte sie atemlos und kam auf mich zu, sie wirkte völlig aufgelöst. »Du hast schon gewonnen, nicht wahr?«

Ich wollte etwas erwidern, aber sie lief geradewegs an mir vorbei.

Wenig später war das Spiel aus, Sebastian hatte sich noch in ein Patt retten können. Asja war nicht mehr zurückgekommen, und bald gingen auch wir alle nach oben.

Liliána las beim Licht ihrer Nachttischlampe im *Tao Te King*. Ich legte mich neben sie. Sie blätterte in ihrem Buch, machte sich am Blattrand Notizen, unterstrich hin und wieder etwas, wie sie das immer tat.

Ich schloss die Augen.

Als ich sie wieder öffnete, war es dunkel im Zimmer.

Liliána atmete ruhig, im Fenster wirbelten Schneeflocken im Mondschein. Ich lag still, mein Pyjamahemd war schweißgebadet. Ich versuchte, meine Gedanken zu sammeln, aber auch in meinem Kopf war nur ein wirres Treiben. Was war los mit mir? War ich verrückt geworden? Es war nichts passiert, ein selbstvergessener Moment zwischen zwei Menschen, die einander gut kannten, nicht mehr. Und doch dieses Gefühl, dass in Asjas Blick etwas gewesen war, das nicht dorthin gehörte, dass etwas Unerhörtes, Ungeheuerliches geschehen war, etwas, das sich nicht würde wieder ungeschehen machen lassen.

Nach einer Weile hielt ich es nicht mehr aus, ich schlüpfte aus dem Bett und schlich auf Zehenspitzen nach unten.

Alles war still. Ich machte kein Licht, lieber blieb ich im Dunkeln, während ich durch die Zimmer ging, in der irren Vorstellung, dort müsse jemand sein, im Verborgenen auf mich warten, aber ich traf nur den Wind an, der eisig pfeifend um die Mauern zog. Ich blickte aus dem Fenster. Wie eine unwirkliche Geisterlandschaft schimmerte der Garten unter dem frisch gefallenen Schnee.

Ich machte die Stehlampe in der Ecke der Sitzgarnitur an. Im Wohnzimmer war alles noch wie zuvor, auf dem

Tisch das Schachbrett mit der Pattstellung, die ich Sebastian ermöglicht hatte, daneben das Tablett mit den Resten von Liliánas Broten. Der Weihnachtsbaum stand noch, festlich geschmückt, Liliána ließ ihn immer so lange wie möglich stehen, auch die geöffneten Geschenke lagen noch umher. Auf einer Stuhllehne hing ein weißes Nachthemd mit hellblauem Muster, das Liliána kurz vor Weihnachten von einer Straßenverkäuferin am Széll-Kálmán-Platz in Budapest für Asja gekauft hatte.

»Papa?«

Ich zuckte zusammen, hinter mir war ein Licht angegangen.

»Ach, Sebastian! Habe ich dich geweckt?«

»Nur der blöde Wind. Asja kann auch nicht schlafen.«

Er begann im Kühlschrank zu stöbern.

»Übrigens brauchst du nächstes Mal kein Mitleid mit mir zu haben, gib mir einfach den Gnadenschuss.«

»Wie?«

»Du hättest mich am Ende fertigmachen können.«

»Ich habe mich redlich bemüht.«

»Nicht ganz so redlich, glaube ich.«

»Mit dem Alter wird man unaufmerksam, leider.«

Sebastian lächelte. Ich schenkte mir ein Glas Wasser ein, wir unterhielten uns eine Weile in der Wohnküche stehend. Ich nippte an meinem Soda, erleichtert, dass alles so war wie immer.

»Ist es nicht unglaublich?«, sagte Sebastian kopfschüttelnd.

»Was?«

»Man hat alle möglichen Erwartungen an das Leben, nur nicht, dass es auch gut gehen könnte, dass man auch glücklich werden könnte, richtig glücklich, meine ich.«

»Genau das Gleiche dachte Mama vor dreißig Jahren auch, als wir uns kennenlernten.«

»Dass man die Frau, von der man immer geträumt hat, tatsächlich bekommt, ist das nicht ein Wunder? Dank Asja macht alles wieder Sinn, der Kampf, diese unaufhörliche Jagd nach irgendwelchen Zielen … Ich habe viel über die Zeit vor zwei Jahren nachgedacht, als es mir schlecht ging. Bevor ich Asja traf, hat mir etwas gefehlt … ein Sinn, ein tieferer Sinn, mehr als nur etwas zu lernen, damit ich später davon leben könnte. Das ist Kampf ums Dasein, kein Sinn. Etwas hatte mir gefehlt, etwas, das immer schon ein Teil von mir war, auch als ich es noch nicht hatte … Ich weiß, das klingt verrückt …«

Ich starrte auf den Boden meines leeren Glases.

»Warum denn? Erst durch eine Frau wird ein Mann ganz … und umgekehrt. Bis dahin ist man Narziss am Wasser.«

»Asja ist so anders, sie hat ein ganz anderes Bewusstsein. Sie kennt keine Angst. Mit ihr ist alles echt, alles wirklich.«

Ich drückte ihn gerührt, mein Herz hämmerte.

»Bleibst du noch?«, fragte er.

»Ich komme mit.«

Wir gingen hinauf. Die Tür zu Sebastians Schlafzimmer war angelehnt, ein Lichtstrahl fiel in die Dunkelheit. Das Zimmer war still, als hielte es den Atem an.

»Gute Nacht!«

»Schlaf gut!«

»Werde es versuchen. Du auch!«

Die Tür schloss sich.

Ich blieb stehen, wie gelähmt. Alles in mir war im Aufruhr, als wäre ich gerade einem Rudel Wölfe begegnet.

Warum machte ich mir etwas vor? Ich hatte mich nicht getäuscht, es war etwas geschehen, tief drinnen, dort, wo man schutzlos gegen sich selbst war, war etwas in mir erwacht, eine absurde, irregeleitete Zuneigung, die vielleicht schon lange in mir geschlummert hatte, die ich vielleicht nie bewusst wahrgenommen oder beachtet hätte, hätte ich nicht den gleichen Ausdruck in Asjas Augen entdeckt, dort am Tisch und dann in der Küche, bei ihrer plötzlichen Gefühlserregung, die außer mir niemand bemerkt zu haben schien. Es war die Vorstellung, dass dieses Gefühl in mir erwidert wurde, die nicht zu ertragen war. Als hätte ein Naturgesetz zu wirken begonnen, sich etwas in Gang gesetzt, das sich nicht mehr würde abstellen lassen, was auch immer geschah.

Am Morgen weckten mich Geräusche, ich blieb liegen.

Als ich Sebastians Auto wegfahren hörte, ging ich hinunter.

Auch Liliána war schon außer Haus. Ich machte mir einen Kaffee und setzte mich an den Esstisch mit Blick auf die Glasfront nach hinten. Der Sturm hatte die leeren Wassertonnen durch den Garten gerollt, die abgebrochenen Äste zogen sich wie Narben durch den Schnee. Die Leiter zu Sebastians Baumhaus war weggerissen, abgeschnitten von der Welt hing es im Geäst.

Das Telefon läutete ein paarmal, ich ließ es läuten. Eine gefühlte Ewigkeit saß ich so da, als wartete ich auf etwas, als wartete ich, dass die Tür sich öffnete und Asja hereinkam. Aber sie kam nicht, kam den ganzen Frühling nicht, sie hätten beide unendlich viel zu tun, erzählte Sebastian am Telefon, mit Asja sprachen wir nicht.

Wir hatten alle viel zu tun, unser Leben nahm wieder seinen gewohnten Lauf. Drei Tage in der Woche hielt ich meine Vorlesungen und Seminare an der Universität, fünf Tage empfing Liliána ihre Patienten und machte abends Yoga, um sich von deren Problemen wieder zu reinigen. Sebastian war viel unterwegs, fotografierte und schrieb, bereitete sich auf seine Abschlussprüfung vor. Ich schloss ein Buch ab, das im Herbst veröffentlicht werden sollte, der Abend im Januar verblasste allmählich in meinem Gedächtnis.

Und alles ging gut. Im Frühjahr schaffte Sebastian einen glänzenden Abschluss, und Liliána schenkte ihm zu dem Anlass eine Reise, bei der sie ihn begleiten wollte.

40.

Liliána war im Juni 87, unmittelbar nach ihrem Abitur, mit drei Freundinnen in einem alten VW-Bus zum Nordkap gefahren. Sie waren achtzehn, neunzehn Jahre alt, hatten das Abschlusszeugnis in der Tasche und eine glänzende Zukunft vor sich, es konnte gar nicht anders kommen. Frei wie die Wildgänse am Himmel zogen sie in ihrem klapprigen Bus die norwegische Küste hinauf. Die Fotos von der Tour klebte Liliána später in ein Album: die vier Mädchen am sonnigen Strand eines schneebedeckten Fjords, ihre lachenden Gesichter in der Zeltöffnung beim grellen Licht der Mitternachtssonne, Liliána, wie sie sich auf der Straße einer Herde Rentiere zu nähern versucht und sie dabei in die Flucht schlägt, die Mädchen in Siegerpose am großen Globus des Nordkaps, als hätten sie gerade den Mount Everest bestiegen.

Liliána hatte die Reise nie vergessen, immer wieder sprach sie davon, sie einmal wiederholen zu wollen. Jetzt, dreißig Jahre danach, war der richtige Moment gekommen. Sie würde Sebastian die Reise schenken und sich endlich ihren Wunsch erfüllen. Sie würden von München über Frankfurt nach Tromsø fliegen, von dort mit einem gemieteten Wagen zum Nordkap fahren und fünf Tage später von Tromsø wieder zurückfliegen.

Sebastian war sofort begeistert. Er freute sich auf die Zeit mit Liliána, die ihm seit jeher nicht nur Mutter, sondern auch Vertraute gewesen war. Und er freute sich auf die magischen Landschaften, das Licht der nachtlosen Nächte, die zerklüfteten Fjords, die endlosen Horizontalen von Meer und Himmel, er würde viel fotografieren.

Asja würde indessen nach langem wieder ein paar Tage bei ihrer Mutter verbringen.

Ich würde in München bleiben und die Stellung halten.

Liliána plante alles minutiös, verknüpfte mit dem praktischen Sinn einer Jungfrau ihren Abflug nach Frankfurt mit Asjas Abfahrt nach Prag, sodass ich beides in einem erledigen, die einen zum Flughafen, die andere zum Bahnhof bringen konnte.

An einem schwülen Juninachmittag bestiegen wir den vollgepackten Wagen und fuhren nach Erding. Wir saßen eng beieinander, Liliána am Beifahrersitz, hinter uns Sebastian und Asja. Erst am Abend zuvor hatten wir uns nach fünf Monaten wiedergesehen, wir hatten uns umarmt, als wäre nie etwas gewesen.

Liliána und Sebastian passierten die Sicherheitskontrollen, ich blieb mit Asja in der Abfertigungshalle zurück. Sie blickten sich ein letztes Mal um, winkten uns und verschwanden im Gewühl der Passagiere. Ich eilte mit Asja zum Auto zurück, ihr Zug fuhr in knapp zwei Stunden. Worüber wir uns während der Fahrt unterhielten oder ob überhaupt, wusste ich später nicht. Richtung Innenstadt stockte der Verkehr, ich umfuhr die Leopoldstraße auf Schleichwegen durch Schwabing.

Am Bahnhof wollte ich Asja den Koffer abnehmen, aber sie ließ mich nicht, er sei ganz leicht. So reiste sie immer, mit fast leerem Koffer, als hätte sie nichts, als bräuchte sie nichts. Wir schoben uns durch die Menge, vorbei an den Kiosken und den Leuchttafeln, mit ihren Reklamen und Nachrichten, ihren Lügen. Der Zug wartete bereits am Gleis, aber wir gingen weiter vor, weg von den Menschen, als wollten wir nur nicht stehen bleiben. Ich hätte etwas sagen sollen, fragen, wann sie denn in Prag ankomme und wie lange sie auf den Anschlusszug in die Slowakei warten müsse, dass sie ihr Geld gut aufbewahren und nachts am Bahnhof aufpassen solle, aber ich ging nur schweigend neben ihr her.

Wir hatten den letzten Wagen erreicht, Asja stellte ihren Koffer ab.

»Ist es am Nordkap schön?«, fragte sie plötzlich leise.

»Wie?«

»Ob … ob es am Nordkap schön ist?«

»Ich … war noch nie dort«, stotterte ich.

Mein Blick streifte sie, sie sah mir gerade in die Augen. Mir stockte der Atem. Alles war wieder da, die Wärme, die Zärtlichkeit, diese unerträgliche Offenheit ihres Blickes, ich spürte sofort, was ich im Innersten ohnehin wusste, nichts hatte sich in den fünf Monaten geändert.

»Sie sind schon abgeflogen, nicht wahr?«

Ich blickte auf die Bahnsteiguhr über uns, nickte.

»Jetzt werde ich es nie zu sehen bekommen.«

»Was?«

»Das Nordkap.«

»Es läuft nicht weg.«

»Läuft nicht alles weg, wenn man den entscheidenden Moment verpasst? Und kommt nie wieder?«

Eine Lautsprecherdurchsage übertönte mich, ich hörte sie klar und verstand doch kein Wort. Es wurde Zeit, einzusteigen.

»Sebastian wird es sicher gefallen«, murmelte Asja.

»Was?«

»Das Nordkap.«

»Ich weiß nicht, sicher. Wenn man verliebt ist, gefällt einem alles … sogar … sogar dieser Bahnhof.«

»Dieser?«

»Ich meine nur … alles.«

»Er ist hässlich.«

»Du … bist eben nicht verliebt.«

Sie senkte den Blick, ihr Gesicht glühte.

»Und wenn doch?«

Sie zuckte mit den Schultern und seufzte, und die Welt stand still. Es lag so viel Schwere und Ohnmacht in ihrer Geste, so viel stumme Resignation, dass ich es nicht mehr aushielt. Ich legte ihr die Hand auf den Arm, ich wusste nicht, was ich tat.

»Asja.«

»Was?«

Ich öffnete den Mund, aber sie schnitt mir das Wort ab.

»Meine Haare!«, rief sie plötzlich und warf den Kopf zurück, »du hast meine Haare noch nie gesehen.«

»Deine Haare?«

Der absurde, horrende Gedankensprung verschlug mir den Atem.

»So … offen?«

Sie riss das Band aus ihrem Zopf und begann ihn zu entflechten, mit wilden, zupfenden Bewegungen. Die drei Stränge lösten sich, immer wieder schüttelte sie den Kopf, ihr Haar quoll hervor. Dann ließ sie auf einmal ihre Arme sinken und lehnte sich gegen meine Schulter, wie in plötzlicher Erschöpfung.

Sie wankte, ich hob die Arme, um sie zu stützen. Ich konnte sie nicht um sie legen. Und tat es doch.

»Asja.«

Sie presste ihre glühende Wange an mein Gesicht, und ich versank in den Wogen ihrer Haare, die sie mir hatte zeigen wollen, und wir standen da, aneinandergedrückt, als wollten wir wirklich Abschied nehmen.

»Ich kann nicht fahren.«

»Bleib.«

»Wo?«

»Hier.«

»Hier?«

Ich hörte den Gong, die Durchsage, einen Ruf irgendwo entlang des Bahnsteigs, sicher waren wir gemeint, als wollten wir zusteigen. Ich hörte sie, wie man Sirenengeheul oder Kirchengeläut hört, etwas Fernes, das einen nichts angeht. Die Tür des Wagens neben uns piepste und fiel schleifend zu, der Zug setzte sich in Bewegung, auch das hörte ich.

Dann war der Zug abgefahren.

Züge, Gleise, Ziele, was gingen sie uns an?

Wir hielten uns umschlungen, versteckt unter Asjas Haaren. Ein Zelt, eine ganze Welt, nur für uns beide, ohne Raum und ohne Zeit. Ein Schauer kam herunter und hörte wieder auf, irgendwo weit, weit weg, was ging uns das an?

Dann, irgendwann, kehrten die Lichter zurück, die Geräusche, langsam, wie wenn man ein Radio aufdrehte. Zeit musste doch verstrichen sein, aber das galt nicht uns, wir standen nur da, nicht einmal als wir Asjas Koffer am Bahnsteig bemerkten, fiel uns ein, weshalb wir eigentlich gekommen waren.

41.

Wir machten uns auf den Weg, blind und taub, wir merkten nicht, dass wir in die verkehrte Richtung liefen. Asja folgte mir, obwohl ich nur ihr folgte, und plötzlich standen wir am Ende des Bahnsteigs, vor einem Meer von Gleisen links und rechts, und auch über die wäre ich ihr blind gefolgt. Doch sie folgte nur mir.

Wir setzten uns ins Auto, fuhren stadtauswärts, durch den dichten Abendverkehr, Richtung Thalkirchen. Nach Hause, wohin sonst. Die Dämmerung setzte ein, Asja sprach kein Wort, sie war wie weggetreten. An einer roten Ampel mitten im Nichts wandte sie sich plötzlich an mich, ich solle sofort umkehren und zurückfahren, damit sie den nächsten Zug nach Prag nehmen könne.

Ich fuhr rechts heran.

Nach einer Weile fuhren wir weiter. Der Verkehr löste sich allmählich auf, Asja schwieg, bis ich unter den Linden vor unserem Haus hielt.

»Ich kann nicht hineingehen«, sagte sie leise.

»Bleib sitzen, ich bin gleich wieder da.«

»Wohin fahren wir?«

»Weg.«

»Weg?«

Ich griff mir an den Kopf.

»Warte«, sprach ich wie im Fieber, »du musst deine Mutter anrufen, du musst ihr sagen ... dass sie ... falls jemand anruft ...«

Ich verstummte. Hatte ich wirklich *jemand* gesagt? Jemand wie irgendjemand? Wie niemand?

»Du musst ihr sagen ... dass sie ... falls nach dir gefragt wird ... sagen soll, dass du nicht da bist ... Ich meine, da bist, nur gerade nicht zu sprechen bist, nicht zu Hause bist! Am besten, sie hebt gar nicht erst ab ...«

Ein Wagen näherte sich, wir duckten uns instinktiv weg, wie Autodiebe.

»Sie soll nicht abheben?«

»Ja ... nein.«

Ich ging zur Haustür, öffnete sie. Erst vor ein paar Stunden waren wir dort aufgebrochen, zu viert, zwei Paare, wie es sich gehörte, und der Himmel war strahlend blau gewesen.

»Ich fahre zurück«, hörte ich Asja, sie war mir zur Tür gefolgt. Wir standen auf der Schwelle, sie sah mich mit großen Augen an. »Es ist noch nicht zu spät ... noch ist nichts passiert ... ich kann mit der S-Bahn zurückfahren.«

»Asja ...«

Mein Gott, warum flüsterte ich, es war doch weit und breit niemand in der Nähe. Ich wollte Asjas Gesicht berühren, ihre Tränen wegwischen, aber sie drehte sich zur Wand, wie ein unglückliches Kind. Nein, nichts war passiert, nur eine Welt war eingestürzt und spurlos verschwunden. Nichts war übrig geblieben, und doch säuselten die Linden vor dem Haus wie seit den Anfängen der Zeit, nichts war passiert.

Ich hörte Stimmen auf der Straße, stieß schnell die Tür zu. Sprachlos standen wir in der dämmerigen Diele. Ich legte die Arme um Asja, versuchte, sie zu mir zu drehen, sie blieb standhaft. Ich streifte ihr mit den Händen über die Haare, streichelte sie, und plötzlich, ohne zu wissen, was ich tat, griff ich mit den Fingern in ihre Locken und begann drei Stränge zu formen und sie ineinanderzuwickeln, ihr einen Zopf zu flechten.

Sie ließ es geschehen, ließ alles über sich ergehen. Als ich das Ende erreichte, hielt ich inne.

»Und jetzt?«

Ohne ein Wort reichte sie mir ein Gummiband. Ihre Hand zitterte. Sie drehte sich um und küsste mich, die Tränen auf ihrem Gesicht verschmierten sich auf meinem.

Ich rannte durch die Wohnung, warf wahllos ein paar Kleider, etwas zu essen und zu trinken in eine Reisetasche. Als ich zum Auto zurückkehrte, lag Asja auf dem Rücksitz, eingerollt wie ein Embryo, die Augen geschlossen.

Stunden später, als wir bereits auf der italienischen Seite bei silbrigem Mondschein talabwärts fuhren, hörte ich, wie sie sich auf dem Rücksitz bewegte. Ich griff mit der Hand nach hinten, tastete blind nach ihr. Sie nahm sie nicht, sie schlief wohl noch.

»Asja?«

»Ich bin nicht Asja.«

Sie setzte sich auf, sie klang erregt, wie nach einem plötzlichen Einfall.

»Ich bin Ana ... diese drei Tage! Nenn mich einfach Ana, dann ist alles gut! Ist es nicht ein Glück, dass so viele Namen in meinem Namen stecken?«

Ich blinkte, scherte zum Überholen aus. Ana starrte in die weite, mondhelle Ebene, die sich vor uns auftat.

Ana. Ana der drei Tage. Danach würde alles sein wie zuvor, danach würde es sie nicht mehr geben und alles wieder gut sein. Ein Fehltritt, ein Ausrutscher, ein Augenblick der Schwäche, Gelegenheit machte Diebe und Mörder und noch Schlimmeres. Einmal durfte man versagen, einmal war keinmal, wer wollte da von Schuld sprechen, von Verrat und Vertrauensbruch. Wir würden geläutert aus unserer Mittsommernarretei hervorgehen und in einigen Jahren vielleicht sogar darüber lachen, wenn wir daran zurückdachten und uns erinnerten, wie unschuldig wir der Verlockung des Zufalls erlegen waren. Denn wäre Asja vor Liliána und Sebastian abgereist und nicht nach ihnen, wäre nichts passiert. Ja, Opfer von Liliánas Perfektionismus waren wir geworden, sagte ich mir, und schon spürte ich, wie mich die Milde des Mittelmeeres anblies und ein Frieden mich überkam, den nur ein reines Gewissen einem schenken konnte.

Es war fast noch dunkel, als wir das Haus in Limone erreichten, die Pinie rührte sich im Wind, nichts war passiert.

Ana ging schweigend durch den Garten.

»Wie schön«, flüsterte sie.

»Eben war es noch ein ganz gewöhnlicher Garten.«

Wir lagen im Licht der aufgehenden Sonne, unter dem hohen Atelierfenster, liebten uns nur kurz, schliefen ineinander ein. So war es immer, die große Liebe liebte kurz und ein wenig ungeschickt, wo die Meisterschaft des geübten Körpers begann, war sie längst entflogen.

Drei Tage blieben uns in unserem Paradies mit der einsamen Pinie, drei Tage und drei Nächte, sie würden für ein ganzes Leben herhalten müssen.

42.

Nichts war passiert, aber Anfang Oktober, keine vier Monate später, verließ Ana Sebastian.

Nie hätten wir das gewollt, nicht sie und nicht ich, nie hatten wir über so etwas gesprochen oder auch nur nachgedacht. Wir dachten gar nicht nach. Wenn wir zu zweit waren, gab es nichts und niemanden außer uns, das Haus am See war unsere Welt, die Welt außerhalb nicht wirklicher als eine Fernsehsendung.

Aber Ana, die gar nicht anders konnte, als so zu sein, wie sie war, hielt es nicht aus. Die Heimlichkeit, die Reisen zu mir nach Limone statt zu ihrer Mutter nach Prag hatte sie nur ertragen können, weil sie bei jedem unserer Treffen in jenen Wochen überzeugt war, dass es das letzte Mal sein würde, dass wir bald die Kraft fänden, einander fernzubleiben. In dem Augenblick, als ihr klar wurde, dass das eine Illusion war, verschwand sie aus Sebastians Leben.

Und statt Asja gab es nur noch Ana.

Einen Herbst und einen Winter lang. Bis zu jenem Ostersonntag letztes Jahr. Als sie am Samstag in Rovereto aus dem Zug stieg und wir uns umarmten, spürte ich sofort, dass etwas passiert war. Und wenn etwas passiert war, konnte nur eines passiert sein. Nicht dass sie im Auto auf der Fahrt nach Limone etwas gesagt oder Andeutungen gemacht hätte. Im Gegenteil, sie war schweigsamer als sonst, vielleicht machte mich gerade das nervös.

Wir hatten uns seit vier Wochen nicht gesehen, länger als je zuvor in den zehn Monaten seit unserem ersten Kuss am Bahnsteig 26, an jenem Juninachmittag. Den ganzen März, fast meine ganze vorlesungsfreie Zeit, hatte ich im

Haus auf sie gewartet, sie vergeblich telefonisch bei ihrer Mutter zu erreichen versucht. Jetzt, kurz bevor das neue Semester begann und ich nach München zurückfahren musste, war sie auf einmal gekommen.

Wozu, wenn nicht um Lebewohl zu sagen?

Ich wollte nicht daran denken, tat es nicht, ich war ein Meister der intelligenten Verdrängung. War sie denn nicht die einzige Antwort auf die Widersprüche und Aporien des Lebens? Aber auch das wurde mir erst später klar.

Auf der Hinfahrt nach Rovereto hatte ich alles eingekauft, was Ana liebte, aber sie aß kaum etwas. Stattdessen schlug sie auf einmal vor, draußen zu schlafen, im Garten unter der Pinie, unter freiem Himmel, wegen der Sternennacht. Sie sei furchtbar müde, sagte sie gähnend, warum sie so lange ferngeblieben sei und sich nicht gemeldet habe, sagte sie dagegen nicht, und ich hütete mich, sie danach zu fragen.

Wir schleppten eine Matratze und Decken und die Daunenbettdecke aus dem Haus und bauten uns ein Schlaflager unter der Pinie, liebten uns mit der Leidenschaft der langen Trennung und der Bedrohung, die plötzlich in der Luft lag. Wir klammerten uns aneinander, wie zwei Ertrinkende, die sich dadurch länger über Wasser halten zu können glauben. Später begann ich doch, zaghaft Fragen zu formulieren, was und warum, aber Ana erwiderte nur, nichts und warum denn, und das ungute Gefühl in mir wurde stärker und stärker.

Plötzlich hob ich den Kopf. Auch Ana muss das Knacksen gehört haben, denn sie sah mich an.

»Dein Nachbar?«, flüsterte sie.

»Er war noch nie hier.«

Ich leuchtete mit der Taschenlampe hinter uns.

Der Garten war verlassen. Am Haus rührte sich nichts. Die Tür war zu, ich hatte sie nicht abgesperrt, weil es dafür keinen Grund gab. Wir lauschten eine Weile, aber alles blieb still.

»Vielleicht ein Tier«, sagte Ana zögerlich, sie ließ ihren Blick noch immer durch den Garten schweifen.

»Oder ein fallender Zapfen.«

»Es hat nicht so geklungen.«

Ana zog sicherheitshalber die Decke über unsere Köpfe. Sie drehte mir den Rücken zu, ich schmiegte mich an sie, sie atmete, und ich atmete mit ihr, so wärmten wir einander in der rasch abkühlenden Nacht. Bald hörte ich ihre gleichmäßigen Atemzüge.

War es das?

War es vorbei? War Ana gekommen, um nie wieder zu kommen? War es das, was sie mir nicht sagen konnte? Oder übertrug ich nur auf sie, was mir selbst durch den Kopf ging? Denn war es nicht das, was ich unbewusst, ungewollt wollte, auch wenn ich mir nichts Schlimmeres vorstellen konnte? Das talabwärts rasende Auto, in dem wir saßen, zum Halten zu bringen, bevor es vollends außer Kontrolle geriet und uns zerriss? Hatten wir denn eine Wahl? Ich hatte die Wirklichkeit nicht wahrnehmen wollen, nun stand sie vor uns, ein unverrückbarer Monolith.

Noch nie hatte ich Ana so tief schlafen gesehen wie in jener Nacht. Als müsste sie unzählige schlaflose Nächte nachholen oder als sammelte sie Kraft für eine ungeheure Aufgabe, die ihr bevorstand. Ihre Züge waren entspannt, ihre Haare auf dem Kissen wie erstarrte Wellen auf einem Gemälde. Wenn ich sie so sah, wusste ich, warum sie ihr Haar nie offen trug. Kleine Zuckungen durchrieselten ihren Körper, sie musste in ihren Träumen jetzt weit weg sein, in Tiefen, wo vielleicht auch der Schlaf endete, und das, was jenseits davon war, begann.

Ich rollte mich auf den Rücken, betrachtete die Mondscheibe, die im Geäst der Pinie irrlichterte. Dahinter erhob sich die Steilwand, die sich geradezu über das Haus zu neigen schien. In der ersten Zeit hatte ich manchmal ein mulmiges Gefühl gehabt, wenn ich an die Wand dachte. Ich hatte mir vorgestellt, wie sich ein riesiger Felsbrocken aus ihr löste und herabstürzte und das Haus und mich unter sich begrub. Aber die Wand hielt noch, und das Haus stand noch, und auch ich war noch da und Ana.

Ich lag wach, ich hatte keine Ahnung, wie viel Uhr es war. Vielleicht zwei, vielleicht drei. Noch war die Dämmerung nicht angebrochen, aber es konnte nicht mehr lange dauern.

Und dann, was dann?

Ich wollte nicht daran denken, wartete auf den Tag, der die bösen Gedanken und Einbildungen der Nacht zerstreuen würde. Der Himmel war wolkenlos, die Luft klar, es würde ein schöner Ostersonntag werden.

Plötzlich öffnete ich die Augen.

Mein Herz raste vor Angst. Ich musste eingenickt sein und etwas geträumt haben, doch mir war auf einmal, als wäre mein Traum gar kein Traum gewesen. Ich richtete mich auf, leise, um Ana, die reglos neben mir lag, nicht zu stören, und spähte wieder in die Dunkelheit hinter uns. Woher dieses unheimliche Gefühl, dass jemand da war oder gerade da gewesen ist? Irgendwo ganz nah, vielleicht dort im Schatten, den das Haus und der Felsen warfen, fünfzehn, zwanzig Meter hinter uns? Dass ich ihn nur um Augenblicke verpasst hatte?

Alles war ruhig. Ich hielt den Atem an, meine Angst

war so groß, dass ich mich nicht traute, die Taschenlampe einzuschalten und auf den Schatten zu richten. Da war jemand. Jemand oder etwas. Ich spürte es, er lauerte dort im Gras und beobachtete mich, wie ich ihn beobachtete.

Plötzlich hörte ich eine Stimme an meinem Ohr. Ich fuhr zusammen, aber es war nur Ana, die sich im Schlaf auf den Bauch drehte und etwas murmelte, ihre Beine spreizte und sich so breitmachte, dass sie mich fast ins Gras stieß.

Ich stützte meinen Kopf auf meine Arme und fixierte den Schatten. So lebten wir seit zehn Monaten, versteckt, Terroristen im Untergrund. Wenn wir draußen unterwegs waren, versuchten wir, Abstand voneinander zu halten, was nicht immer gelang, nur hier im Haus hatten wir uns immer in Sicherheit gewusst. Ich strengte alle meine Sinne an, konzentrierte mich auf den einen Punkt auf dem Boden, der mir noch etwas dunkler als alles ringsum vorkam, aber dort rührte sich nichts, und meine Augen schlossen sich langsam vor Müdigkeit, als hätte ich doch nur geträumt.

Dann hörte ich einen grellen Schrei und hob den Kopf.

Es war Tag. Ana saß senkrecht neben mir und starrte auf den See.

»Was war das?«

»Was?«

Sie blickte mich entgeistert an.

»Ich weiß nicht ... als wäre etwas vom Himmel gefallen.«

Ich setzte mich auf, ich wusste nicht, wovon sie redete.

»Wie ... wie ein riesiger Vogel ... hast du es nicht gehört?«

»Was?«

»Wie es ins Wasser fiel.«

Ich schüttelte den Kopf.

»Es kam wie ein Blitz … es war so seltsam … unheimlich!«

Ana blickte noch immer in die Richtung, als müsste gleich wieder etwas einschlagen. Ich dachte mir nichts dabei, ich sah nur die unbeschreibliche Anmut ihres aufrechten Körpers neben mir, den kerzengeraden Rücken, die Brüste, umspielt von einem Schwall hellbrauner Haare, wie von Wellen. Noch nie war sie mir so betörend erschienen wie in diesem Moment.

»Ich konnte nicht schlafen.«

Sie wandte mir den Kopf zu.

»Warum?«

Ich zuckte mit den Schultern.

»Die Geister waren unterwegs.«

»Ja … ich habe sie auch gehört.«

Ich legte den Kopf in ihren Schoß, ihr Haar verschüttete mich. Was sollte ich sagen, wie sollte ich ihr etwas erklären, was sie ohnehin wusste.

»Ich habe … so sehr auf dich gewartet … Ich hatte schon vergessen, dass es eine solche Sehnsucht gibt … In den letzten Wochen dachte ich, ich würde es nicht mehr aushalten. Und dann warst du da … auf einmal warst du da.«

Ana rutschte nach unten, drückte ihr Gesicht an meines. Wie zwei grüne Seen im Schneegebirge glänzten ihre Augen auf dem Kissen.

»Aber du hast doch geschlafen wie die Jünger im Garten«, flüsterte sie. »Und wie schön du geschlafen hast!«

Ihre Stimme wurde mit jedem Wort leiser und weicher, und sie küsste mich mit einer Heftigkeit, die mich schwindeln machte. Wir drückten uns, verschlangen uns ineinander, Anas Beine kreuzten sich über meinem Rücken und hielten mich, hielten mich mit einer Kraft, als könnte sie mich mühelos zerbrechen. So küssten wir uns, und Anas Finger krallten sich in meinen Rücken, und als ich endlich nachgab und in ihr verging, zuckte ihr Körper noch lange, bevor er zur Ruhe kam, und ich schlief in ihr ein wie ein Kind im Mutterschoß.

43.

Ich konnte nicht länger als zehn, zwanzig Minuten geschlafen haben, aber als ich zu mir kam, war Ana nicht mehr da. Ihre Kleider, die in einem Bündel im Gras gelegen hatten, waren verschwunden.

Ich zog mich an, rief nach ihr. Sie antwortete nicht.

Die Tür zum See am Ende des Gartens war angelehnt. Ich blickte hinaus. Ana stand am Ende des Stegs, sie bemerkte mich nicht. Sie beschattete mit beiden Händen ihre Augen und beobachtete etwas, was auf dem See vor sich ging, ihre Haare wehten frei im Wind.

»Da muss etwas passiert sein!«

Ein paar hundert Meter zu unserer Linken schaukelte ein dunkler Fleck auf dem Wasser, zwei, drei Motorboote im Kreis, nur unklar zu erkennen, daneben wartete eine Fähre, die offenbar ihre Fahrt unterbrochen hatte. Von Malcesine näherten sich mit hoher Geschwindigkeit zwei weitere Motorboote.

Ana sah mich an, sie wirkte verstört.

»Was kann das sein?«

»Ich weiß nicht, irgendein Schiffsunfall.«

Was im Kreis der Boote vor sich ging, war aus der Entfernung nicht zu sehen, aber die stumme, hektische Betriebsamkeit, die über der ganzen Szene lag, hatte etwas Unheilvolles.

»Komm!«

Ich versuchte sanft, Ana wegzuziehen, aber sie rührte sich nicht vom Fleck.

Ich kehrte in den Garten zurück. Ana hatte am Abend nichts gegessen, sie würde bald hungrig sein, dachte ich, ich würde sie mit einem Frühstück im Freien überraschen. Die

Matratze trug ich ins Haus zurück, stellte den Klapptisch und zwei Stühle unter der Pinie auf. Ich bezog den Tisch mit einer frischen blauen Decke, schnitt Brot, brachte Butter, Honig, Marmelade, Schinken, Käse, Obst und Süßes, machte schnell ein paar Spiegeleier und setzte einen Kaffee auf, jetzt war ich froh, dass Ana sich Zeit ließ.

Als alles fertig war, stellte ich den Strauß Narzissen, den ich am Abend zuvor gekauft hatte, in die Mitte des Tisches, ihr Gelb strahlte in der Sonne.

Dann ging ich Ana holen.

Der Steg war verlassen. Auch der dunkle Fleck auf dem Wasser war verschwunden, nichts deutete mehr darauf hin, dass dort gerade etwas Ungewöhnliches passiert war. Ich blickte mich nach Ana um. Der Strand rechts, Richtung Limone war leer, sie konnte nur nach links gelaufen sein. Vielleicht um die Vorgänge am Wasser besser beobachten zu können? Ich folgte der Biegung des Ufers, stieg über den letzten Steg, der an der Stelle ins Wasser führte, dahinter verjüngte sich der Strand immer mehr und hörte auf.

Als ich vom Steg hinuntersprang, fiel ich fast auf sie.

Ana kauerte im Kies neben den hölzernen Pfählen, flocht sich mit langsamen Bewegungen die Haare zu einem Zopf.

»Ana! Was ist?«

Sie sah mich nicht an.

»Glaubst du, dass es ein Zufall war?«

»Dass was ein Zufall war?«

»Dass es gerade hier, direkt vor unseren Augen passiert ist?«

»Was soll es sonst gewesen sein? Was ist eigentlich passiert?«

»Ein Flieger ist abgestürzt«, sagte sie und zeigte zu den kreisenden Gleitschirmen über dem Monte Baldo. »Ich habe gesehen, wie sie den roten Schirm auf dem Wasser einholten.«

»Was fliegt, stürzt irgendwann ab«, ich zuckte mit den Schultern. »Das ist ein Naturgesetz.«

»Du glaubst nicht, dass das ein Wink war … eine Warnung?«

Ihre Stimme klang ganz abwesend.

»Warnung … wovor denn? Komm, im Garten wartet etwas auf uns.«

Sie rührte sich nicht.

»Ich komme nicht mehr.«

Ich kniete mich neben sie.

»Du kommst nicht mehr?«

Sie schüttelte kaum merklich den Kopf. Lautlos krachend brach der Brocken aus der Felswand.

»Es hat sich nichts geändert, nicht dass du das glaubst«, sagte sie leise. »Das wird es nie, diese zehn Monate werden für mich nie enden. Sie waren …«

»Waren … wieso waren? Wegen dieses blöden Unfalls, weil irgendein Trottel gerade hier abstürzen musste? Was hat das mit uns zu tun, Ana?«

»Nicht deswegen.«

»Sondern?«

»Weil es nicht sein darf.«

Sie stand auf, ich ging neben ihr her.

»Ana, ich weiß, was du mir sagen willst, glaubst du, ich hätte es mir nicht selbst schon tausendmal gesagt? Dass wir egoistisch waren, nur an uns gedacht haben, dass wir an Liliána, an Sebastian hätten denken sollen. Aber warum haben wir das nicht … ich meine … nicht genug?

Warum? Weil unsere Liebe stärker war. Ist das kein Grund, ist das nicht der einzige Grund, der zählt?«

»Und wenn nicht?«

Ich starrte sie an.

»Und Liliána? War das keine Liebe? Zählte die nicht?«

Der Sandstreifen wurde immer schmäler, ich blieb einen halben Schritt hinter Ana. Ihr Zopf, nur nachlässig geflochten, schwang vor mir hin und her, und ich musste daran denken, dass Sebastian das Gleiche erzählt hatte, als er ihr zum ersten Mal nach Hause gefolgt war.

»Erinnerst du dich, wie meine Mutter mich im November hier anrief, dass Sebastian bei ihr gewesen sei, dass sie ihm erzählt habe, dass ich meinen Vater in Russland suchte, wie wir das abgesprochen hatten? Obwohl ich hier war, bei dir. Sebastian muss doch verzweifelt gewesen sein, aber wir dachten nicht daran. Wir hatten uns nach dem ersten Wochenende geschworen, uns nie wiederzusehen, so, zu zweit. Warum haben wir uns nicht daran gehalten?«

»Das fragst du, Ana? Hast du vergessen, wie sehr wir es versucht haben? Mal du ... mal ich ... an einem von uns ist es immer gescheitert. Weißt du nicht mehr, wie unfassbar schön es war, wie glücklich wir waren? Es war doch gar nicht möglich, dass wir einander nicht sahen. Wenn du in Rovereto aus dem Zug stiegst oder ich dich irgendwo in München heimlich abholte und wir herfuhren, dann ...«

Ana drehte sich um, drückte die Hand auf meinen Mund.

»Aber auch Sebastian war einmal glücklich gewesen, erinnerst du dich nicht mehr? Und Liliána. Wie konnten wir sie vergessen haben?«

»Das habe ich nicht, keine Sekunde.«

»Gibt es nicht irgendeine innere Stimme für das, was man tun darf und was nicht, irgendein inneres Gesetz, dass man bestimmte Sachen nicht tut, bestimmte Grenzen nicht überschreitet? Dafür sind Grenzen doch da, oder? Damit man Sachen nicht tut, die man später bereuen würde ...«

»Hast du es bereut, Ana?«

»Niemals werde ich es bereuen, niemals! Und trotzdem, wo war diese Stimme, warum war sie stumm?«

»Sie war nicht stumm, im Gegenteil.«

»Warum haben wir dann nicht auf sie gehört? Wir werden mit dieser Stimme geboren ... aber dann? Als ich zum ersten Mal zu Sebastian nach Berlin kam, wunderte ich mich ständig, was hier alles erlaubt war. Alles! Die schlimmsten, traurigsten, unnatürlichsten Dinge, sogar bei Kindern, und nie hörte ich jemanden sagen: *Halt, was machst du da? Das ist nicht gut! Tu das nicht!* Ich sah nur Gleichgültigkeit. Hörte die Leute über Ehrenmorde reden, aber nie über das, was aus Ehrlosigkeit begangen wurde, aus Gleichgültigkeit und Egoismus. Dabei gibt es davon Millionen Mal mehr. Ich wäre am liebsten weggelaufen.«

Sie ging weiter, das Ufer war nur noch ein steiniger Pfad. Hätte ich nur die Worte gehört und nicht Anas Stimme, wäre ich nie auf die Idee gekommen, dass sie es war, die sprach. Ich hatte sie in diesen zweieinhalb Jahren mal still, mal heftig, mal fröhlich, mal traurig erlebt, aber immer emotional, immer impulsiv, nie rational argumentierend. Und jetzt redete sie plötzlich von Gesetz und Ehre und Grenzen, und ich hatte nicht das Gefühl, dass sie nur etwas Einstudiertes aufsagte. Ich kam mir neben ihr wie ein bockiger, uneinsichtiger Halbwüchsiger vor.

Wir erreichten das Ende des Weges, der Pfad versandete im Nichts. Ana drehte sich um.

»Es geht nicht weiter, wir müssen umkehren ... Jetzt musst du führen, Alexander. Wenn du vorausgehst und mich nicht mehr siehst, wird alles vielleicht wieder gut, noch ist es nicht zu spät!«

Sie ergriff meine Hand.

»Sebastian weiß nichts, niemand weiß etwas, niemand außer uns. Wir können ihm zurückgeben, was wir ihm genommen haben. Als wäre nie etwas gewesen!«

»Aber es ist etwas gewesen! Und es ist noch immer da und wird immer da sein.«

»Das soll es auch. Das ist kein Grund, Angst zu haben.«

»Und was dann? Sollen wir Gedichte darüber schreiben? Du bist für mich kein Gedicht, Ana, du ...«

»Nicht ich, Alexander, nicht du! Jetzt geht es nicht um uns, es geht um Sebastian! Und um Liliána! Wir müssen jetzt an sie denken.«

»Ich denke immer an sie.«

»Aber nicht bloß mit den Lippen, auch mit dem Herzen! Sie lieben dich, und du liebst sie. Und ich liebe sie, und wir werden alles wiedergutmachen. Ich werde Sebastian schreiben, ihm ehrlich sagen, dass ... dass ich es nicht erklären kann. Er wird verstehen. Und wenn er mich noch haben will ...«

»Und du, willst du ihn noch haben?«

»Jetzt geht es nicht um mich, Alexander, nicht um mich! Das ist so schwer, aber es gibt nichts Besseres.«

»Und du glaubst, wir können so leben, die Maskerade aufrechterhalten ... ohne verrückt zu werden?«

»Es wird keine Maskerade sein, Alexander, es wird echt

sein, echt und ehrlich und richtig … Ich weiß es, und du weißt es auch.«

Ich drehte mich um und ging den sich langsam weitenden Weg zurück. Ana sah ich nicht mehr, hörte nur noch das Stöbern ihrer Schritte hinter mir. Die Sonne schien, der See umspülte unsere Schuhe, die Welt schwieg unbeteiligt.

Als wir durch das Gartentor traten, fiel unser Blick auf den gedeckten Tisch mit den Narzissen, wie am Morgen nach einem Fest. Und im Haus begann ein Telefon zu läuten.

44.

Ana lief hinein, es konnte nur ihre Mutter sein. Ich hatte im Winter für uns beide Handys gekauft, von deren Existenz nur wir beide und Magda wussten, die wir auch nur unter uns benutzten.

Das Klingeln brach ab.

Ich stand unter der Pinie und hörte Anas Stimme durch das offene Atelierfenster und starrte auf den gedeckten Tisch, den Tisch des letzten Morgenmahls, das mit einem Mal so sinnlos geworden war wie alles ringsum, der Garten, das Haus, der See.

Plötzlich hörte ich einen Laut und hob den Kopf. Es hatte nach einem Schrei geklungen, aber so seltsam und undefinierbar, dass ich zusammenzuckte.

»Ana?«

Ich ging ins Haus, die Treppen hinauf.

Ana kauerte auf dem Boden, gegen das Bett gelehnt, wie in Schockstarre. Das Handy lag auf dem Teppich vor ihr.

»Hallo ... Hallo ...«

Es war eine männliche Stimme, ich erkannte sie nicht. Wer es auch war, er konnte die Nummer nur von Magda bekommen haben. Ich traute mich nicht, das Handy an mich zu nehmen und hineinzusprechen, ich durfte ja nicht sein, wo Ana war.

»Was ist? Ist Magda etwas passiert?«, flüsterte ich.

Sie sah mich entgeistert an, die Hand vor dem Mund.

»Es war Sebastian.«

Ich blickte ungläubig zum Telefon, das verstummt war.

»Das war doch nicht Sebastian.«

»Da draußen … das Ding …«

»Was für ein …?«

»Der rote Schirm … im Wasser …«

Ich richtete mich auf.

»Was … was für ein Schirm?«

Ana begann, ihre Schuhe anzuziehen, sie schien mich gar nicht mehr zu hören.

»Wo willst du hin?«

»Zu Sebastian.«

Mir schoss das Blut in den Kopf.

»Sebastian? … Wie … wieso …«

»Schnell … komm!«

»Wir können nicht zusammen gehen«, stotterte ich. »Man darf uns nicht zusammen sehen!«

»Mein Gott … mein Gott …«

Ich griff nach ihrem Arm.

»Ana!«

Sie stutzte, als hätte sie mich jetzt erst bemerkt.

»Es war Sebastian vorhin, Sebastian ist abgestürzt. Er ist im Krankenhaus in Arco.«

»Was? Was redest du da?«

Ana brach in Tränen aus, das Zimmer begann sich zu drehen.

»Das ist nicht möglich, das muss ein … Ich fahre, bleib hier, man darf uns nicht sehen.«

Ich lief die Wendeltreppe hinunter, lief und lief, aber sie nahm kein Ende, ich drehte mich, tiefer und tiefer in den Mahlstrom hinein, bis ich in der Notaufnahme in Arco das Gesicht unter dem weißen Laken erblickte, und die Welt für mich auf einen Schlag zum Stillstand kam.

Ana sah ich nie wieder.

Montag

45.

»Gabriel … da ist jemand …«

Mir war, als schliefe ich noch und träumte die Stimme nur, dann schob sich Nellas Gesicht über mich, und der Traum wurde Wirklichkeit.

»Da ist jemand«, flüsterte sie.

»Das kann nicht sein.«

Sie legte den Zeigefinger auf die Lippen.

Ich stützte mich auf, lauschte. Das Stöbern war nicht zu überhören, jemand ging durch das Zimmer unten. Blieb stehen, ging weiter, die Schritte laut und unverstellt, Einbrecher bewegten sich anders, Damenschuhe klopften so.

Regen sprühte gegen das Fenster, dann fing die Treppe zu knarren an. Ich blickte über Nellas Schulter zu der Öffnung im Fußboden, meine Gedanken schossen wild hin und her. Es war Montag Morgen, niemand wusste, dass ich dort wohnte, niemand besaß einen Schlüssel zum Haus außer mir und Ana. Doch Ana würde solche Schuhe niemals tragen, noch würde sie jemals zurückkommen.

Nella zog den Kopf ein und machte sich unter der Decke klein, und ich sah mich panisch nach einem Versteck um, einem Schlupfloch, in dem ich verschwinden könnte, gerade so als wüsste ich, wer sich näherte, so unmöglich das auch war. Hätte ich etwas angehabt, wäre ich aufgesprungen und ihr entgegengelaufen, hätte sie abgefangen, bevor sie das Zimmer erreichte, aber dafür war es zu spät, durch die Öffnung im Boden stieg Liliána.

Sie blieb stehen, genauso elegant, genauso elegisch wie zwei Tage zuvor im Hotelzimmer. Hochgesteckte Haare, schwarze Augen, rote Lippen, kurze Jacke, kurzer Rock, schwarze Strümpfe. Den vor Nässe glänzenden Regenschirm in der einen Hand, das Geländer in der anderen stand sie da, in der Ecke des Zimmers, und mein Herz setzte aus.

Wir starrten einander an, inmitten der rasenden Stille. Ich wollte etwas sagen, alles erklären, aber es gab ja nichts zu erklären. Außer vielleicht Nellas Kleider auf dem Stuhl und ihre Schuhe darunter, es war schummerig im Zimmer, vielleicht würde sie sie nicht bemerken.

Ein Ruck ging durch Liliánas Körper, sie griff sich an die Braue.

»Verzeihung, ich habe mich in der Tür geirrt.«

Sie drehte sich um, wandte sich aber abrupt wieder dem Zimmer zu. Etwas hatte ihre Aufmerksamkeit erregt. Ich folgte ihrem Blick zu dem weißen Bündel auf dem Fußboden vor dem Bett. Das blaue Muster auf Anas Nachthemd, das Nella dort abgeworfen hatte, war gut zu erkennen, zu gut, unverwechselbar. Liliána starrte auf das Nachthemd, reglos, als hätte sie sich in eine Statue verwandelt. Ich hätte etwas sagen, sie ablenken sollen, aber mir stockte der Atem. Ich schielte zum Koffer an der Wand, Anas Koffer, zum Glück aufgeklappt und im Schatten. Die Felswand bröckelte, löste sich, schon sah ich sie im freien Fall auf das Haus niedersausen.

Aber nichts geschah, Liliána verzog keine Miene, kein Wort kam über ihre Lippen. Die Treppen knarzten, und sie war weg.

Nellas Kopf kam unter der Decke zum Vorschein.

»Schlimm?«

Ich lauschte nach unten, konsterniert. Als ich die Tür zufallen hörte, war es wie ein Stromschlag, ich sprang auf und riss das Fenster auf. Ich lehnte mich hinaus, um Liliána hinterherzurufen, aber sie war schon hinter der Ecke verschwunden. Was hätte ich ihr auch sagen sollen.

»Oh, nein!«, hörte ich Nella hinter mir.

Sie hatte sich aufgesetzt, blickte ungläubig auf ihr Handy.

»Sie haben Étienne erwischt!«

Ich zog mich in Windeseile an.

»Hier … das Foto hat er aus seiner Zelle geschickt!«

Sie hielt mir das Gerät hin, ich sah nichts.

»Ich bin sofort wieder da«, hauchte ich.

»Sie haben ihn … allen Ernstes … festgenommen … diese Schweine!«, stammelte sie immer empörter.

»Sie werden ihn auch wieder freilassen.«

»Sie werden ihn abschieben, verstehst du nicht!«

Sie sprang auf und schlüpfte in ihre Kleider, völlig aufgewühlt.

»Ich muss zu ihm … er braucht mich jetzt. Ich komme wieder … du wirst doch hier sein?«

»Ich weiß nicht.«

»Ich gebe dir meine Nummer«, rief Nella. »Ach, du hast ja kein Handy … Das ist aber lästig!«

Sie klaubte ihre Sachen zusammen, warf sie in ihre Tasche. Ich lief nach unten, ich konnte nicht länger warten, mit jeder Sekunde wurde Liliánas Vorsprung größer.

Auf den Stufen hinauf zur Via Nova überholte mich Nella leichtfüßig. Das Gittertor war offen, ich musste in meiner Aufregung am Abend vergessen haben, es abzuschließen. Hätte ich es nicht vergessen, wäre Liliána nicht ins Haus gelangt.

Die Via Nova war verlassen, Liliána nicht zu sehen. Ich überlegte, ob sie wohl in Limone oder oben an der Gardesana geparkt haben würde. Das Parkhaus in der Stadt war kostenpflichtig und viel weiter weg, als praktisch denkende Frau musste sie die Gardesana gewählt haben.

Dort stand auch Nellas Wagen, wir schritten aus, Seite an Seite. Es war kalt und verhangen, der Regen tröpfelte, als würde es die nächsten hundert Jahre nicht aufhören. Von einem Tag auf den anderen war es Herbst geworden.

Am Parkplatz war niemand zu sehen, auch Liliánas Wagen war nicht da.

»Ich stehe dort«, zeigte Nella nach links.

»Ich da drüben«, zeigte ich in die entgegengesetzte Richtung.

Nella trat vor Verlegenheit von einem Bein auf das andere, ihr Haar hing nass herab. Trotz ihres Versprechens, zurückzukommen, trotz der zum Taschenformat geschrumpften Welt hatte ich das Gefühl, dass wir uns nie wiedersehen würden.

»Nella …«

»Dein Glück, dass du jetzt nicht Anna gesagt hast! Hey, hey, nicht wieder sentimental werden! Ich werde schneller zurück sein, als dir lieb ist! Ich will ja noch mein Kind von dir abholen! Damit du mir beweisen kannst, dass du mich wirklich liebst, du weißt schon …«

Der Regen hüllte uns ein, wir drückten uns, küssten uns, als wäre es das letzte Mal und nicht das erste.

»Du wirst mir fehlen«, flüsterte sie, »du fehlst mir jetzt schon, verdammt!«

Ich strich den Regen von ihrer Wange, ich konnte den Blick nicht von ihr nehmen. Erst zwei Tage war es her, dass sie in ihrem blauen Sommerkleid auf der Promenade auf mich zugelaufen war, zwei Tage wie eine Ewigkeit.

Sie ging nach links zu ihrem Wagen, ich nach rechts zu meinem, sie würde nach Süden fahren, ich nach Norden, und obwohl die Gardesana den ganzen See umrundete, war ich mir sicher, dass wir uns auf der anderen Seite nicht begegnen würden.

46.

Ich gab Gas, beschleunigte, soweit das auf der nassen, kurvigen Straße möglich war. Hinter jedem Tunnel, jeder Kehre glaubte ich, Liliánas Auto eingeholt zu haben, und wurde jedes Mal enttäuscht. War sie am Ende gar nicht weggefahren? War sie noch in Limone, hatte sie sich irgendwo versteckt? Oder war auch sie südwärts gefahren, aus irgendeinem Grund, den ich nicht kannte?

In Riva hörte ich die Sirene eines Rettungswagens und dachte auf einmal an die scharfen Kurven und Abgründe der Gardesana, die ich gerade hinter mir gelassen hatte, an Liliánas aufgewühlten Zustand. Mein Herz flatterte bei dem Gedanken, dass ihr etwas passiert sein könnte.

Unser Hotelzimmer fand ich unverändert vor, ihre Sachen lagen auf dem Bett. Ich machte erleichtert die Tür zu. Solange ihre Sachen da waren, war auch Liliána da. Irgendwo. Ich musste nur geduldig warten, bis sie sie abholen kam.

Und dann, was dann? Was sollte ich ihr sagen, wenn sie vor mir stand? Dass *ich* mich vorhin im Zimmer geirrt hatte? Wie sie das Haus gefunden hatte, war mir immer noch ein Rätsel.

Liliána kam nicht. Sie hätte längst da sein müssen.

Ich hob das Zimmertelefon ab, wählte ihre Nummer, legte sofort wieder auf. Was, wenn ich ihre Stimme hörte, was sollte ich ihr sagen?

Nichts würde ich sagen, ich würde jauchzen, jauchzen vor Glück, dass ihr nichts zugestoßen war.

Ich wählte ein zweites Mal, ließ es lange läuten.

Niemand hob ab. Ich legte auf, jetzt erst vernahm ich das leise Klopfen an der Tür.

Ich zögerte eine Sekunde, dann riss ich sie auf.

Im Schatten des Ganges stand der Kellner und richtete seine hängenden Bassetaugen auf mich.

»Signor Ohm.«

»Ach, Signor … War heute meine Frau hier?«

Ich hatte seinen Namen wieder vergessen, er konnte sich an Liliánas noch gut erinnern.

»Signora Fahm? Sie muss irgendwann am späten Abend oder in der Nacht gekommen sein, denn am Morgen, beim Frühstück erkundigte sie sich nach dem ufficio registro …«

Das Einwohnermeldeamt, natürlich. So hatte sie das Haus also gefunden. Wie ich es ihr selbst empfohlen hatte.

Der Kellner fixierte mich.

»Signor Ohm, stellen Sie sich vor«, begann er zögerlich, aber sichtlich in höchster Erregung, »Lucia ist gestern nicht mehr gekommen. Ich habe die ganze Nacht auf sie gewartet, aber sie kam nicht.«

»Wissen Sie, wo sie sein könnte?«, fragte ich, um etwas zu sagen.

»Heute Morgen fuhr ich zu ihr, aber sie war auch nicht zu Hause, und jetzt … jetzt mache ich mir große Sorgen um sie. Die Tür zu ihrer Wohnung war nicht einmal abgesperrt, ich fürchte, ihr könnte etwas zugestoßen sein.«

Ich nickte, um meine Sympathie und Ohnmacht zum Ausdruck zu bringen. Er zog etwas aus seiner Jackentasche.

»Ich will Sie nicht belästigen, Signor Ohm, es ist nur … dieses Foto hier, ich habe es auf Lucias Tisch gefunden … Sehen Sie!«

Es war ein unterbelichtetes Bild, offenbar in einer Diskothek aufgenommen, Lucia und ich inmitten der Menge, Kopf an Kopf in die Kamera lächelnd.

»Das … das sind Sie, Signor Ohm, nicht wahr?«

»Sieht ganz so aus«, sagte ich erstaunt.

»Aber Sie sagten doch gestern, dass Sie Lucia nicht kennen.«

»Ich hatte sie auf dem anderen Foto nicht erkannt.«

»Aber sie sieht doch auf beiden gleich aus. Sehen Sie?«

Er hielt beide Fotos nebeneinander, er hatte auch das andere griffbereit.

»Sie hat sogar dieselbe Frisur, nicht?«

Ich nickte verblüfft.

»Sie kannten Lucia gut?«

»Leider nicht, wir haben uns ein-, zweimal beim Tanzen getroffen.«

»Einmal oder zweimal?«

»Ein paarmal.«

»Auf dem Foto scheinen Sie sich sehr gut zu kennen.«

»Ach, da kommt jemand mit einer Kamera, und alle stellen sich zusammen und lachen um die Wette, das hat nichts zu bedeuten. Man wird mit Gott und der Welt fotografiert.«

»Und was ist Lucia für Sie, Signor Ohm? Gott oder die Welt?«

»Wie?«

Seine Pupillen flackerten dunkel.

»Himmlisch oder irdisch? Liebe oder Sex?«

»Wie ich schon sagte, wir haben miteinander getanzt … Ich weiß nicht, worauf Sie hinaus wollen.«

Er legte die Hand auf meinen Ärmel, mein Herz hämmerte wild.

»Ich frage nur«, sagte er leise, komplizenhaft, »weil Lucia am Samstag beim Tanzen war, in einer Villa nahe der Punta San Vigilio, sie ging da oft hin. Und wenn Sie zufällig auch dort waren, weil Sie sich ja öfter beim Tanzen trafen, könnte es sein, dass Sie sie gesehen haben.«

»Es tut mir leid, Signor …«

»Angelo.«

»… ich habe leider nicht die leiseste Ahnung, wo Ihre Tochter ist.«

»Lucia, sagen Sie ruhig Lucia, sie ist doch Lucia für Sie, nicht?«

»Wenn Sie erlauben, möchte ich jetzt packen, meine Frau wird gleich da sein.«

»Sie sollten noch ein wenig bleiben, Signor Ohm, falls die Polizei Sie sprechen möchte.«

»Die Polizei? Mich?«

Er ergriff meinen Arm, seine Hand zitterte.

»Ich habe eine Vermisstenanzeige aufgegeben, und sollte man Sie und Lucia Samstag Nacht zusammen gesehen haben, wird die Polizei sich sicher mit Ihnen unterhalten wollen.«

»Ich stehe jederzeit zur Verfügung. Sie haben meine Adresse, meine Telefonnummer zu Hause.«

Ich riss mich los, der Ruck löste seine einsame Haarsträhne, sie rutschte ihm ins Gesicht, und wie auf Kommando verfiel er wieder in seine alte Kellnerhaltung.

»Verzeihen Sie, Signor Ohm, es ist nur … ich mache mir solche Sorgen. Ich bete zu Gott, dass Lucia sich bald meldet.«

Ich nickte, beschwichtigte ihn, während ich ihn zur Tür begleitete, er redete weiter, ich hörte ihn nicht mehr. Ich ließ ihn hinaus, drehte den Schlüssel, blieb gegen die Tür gelehnt.

Ich dachte an Samstag Nacht, an Lucia in der Sirenenbucht, wie sie von einer Sekunde auf die andere wie vom Erdboden verschluckt verschwunden war. War sie seitdem nicht wieder aufgetaucht? Ich konnte es nicht glauben, hätte ich Zeit gehabt, hätte ich mich sofort auf die Suche nach ihr gemacht, aber ich wusste ja nicht einmal, wo sie wohnte. Und doch hatten wir erst vor zwei Tagen miteinander getanzt, sie hatte sich sogar noch an meine Lieblingslieder von einst erinnert und sie dem DJ diktiert, und ich hatte mich für ihre schöne Geste nicht einmal bedankt.

Ich lehnte gegen die Tür, starrte in das Zimmer. Auf dem kleinen Tisch in der Ecke standen die leeren Gläser, die leeren Tassen, die leere Flasche, Leere in allen Formen und Farben, drinnen wie draußen, die schale Leere der Nachsaison.

Auch Liliánas Sachen waren nicht wirklich da, sie würden mir Liliána nicht zurückbringen. Wie hatte ich auch ernsthaft glauben können, dass sie zu mir zurückkehren würde. Wozu auch? Damit wir Hand in Hand am Ufer spazieren gingen, als wäre nichts gewesen? Sie war längst auf dem Weg nach München, auf die paar Bücher und Kleidungsstücke kam es ihr nicht an.

Ich wartete lange, stehend, sitzend, liegend.

Dann begann ich Liliánas Koffer zu packen. Wenn sie ihre Sachen nicht abholen kam, musste ich sie ihr nach Hause bringen, das konnte nur in ihrem Sinne sein. Ich legte alles behutsam hinein, gab acht, dass ich nichts durcheinanderbrachte, links die Kleider, rechts die Schuhe, die alten, abgetragenen Sandalen, die sie so liebte, das Necessaire und all die anderen kleinen Dinge, die ich auf dem Nachtkästchen und im Badezimmer fand. Und während ich mich über ihren Koffer beugte und ihre intimen Gegenstände hin und her schob, versank ich in bodenloser Traurigkeit.

Ich setzte mich an den Tisch, saß dort, bis mich ein verirrter Sonnenstrahl zu mir brachte. Auf dem Tisch vor mir, inmitten der allgemeinen Leere, lag noch Liliánas zerfleddertes Exemplar des *Tao Te King*. Die aufgeschlagene Seite war wie alles, was sie las, mit kleinen Markierungen versehen, ein Satz in seiner ganzen Länge unterstrichen: *Das Nicht-Handeln üben: so kommt alles in Ordnung.*

Ich legte das Buch oben in ihren Koffer, warf meine Sachen in meinen, zog meinen Mantel an und verließ das Zimmer, einen Koffer in jeder Hand. Der Teppich dämpfte meine Schritte, ich hatte bereits unbemerkt die Rezeption erreicht, als hinter mir eine Stimme ertönte.

»Signor Ohm!«

Ich drehte mich um. In der Tür des Frühstücksraumes, ein wenig im Schatten, stand Signor Angelo.

»La chiave … per favore.«

»Ach.«

Ich kramte meinen Schlüssel aus meiner Tasche und legte ihn auf das Pult. Er trat nicht vor, ich sah ihn nicht an.

Ich manövrierte den Wagen aus dem kleinen Hof, einmal musste ich noch zum Haus zurück. Die Straßen, die Plätze waren verlassen. Wo es vor zwei Tagen noch von Touristen gewimmelt hatte, herrschte jetzt die träge, verregnete Trübnis der Nachsaison, das Warten auf die neue Saison.

47.

Ich ging durch das Haus und räumte auf, beseitigte das Chaos von vor anderthalb Jahren. Was bleibt einem angesichts des Untergangs auch übrig, als noch einmal, ein letztes Mal Ordnung zu schaffen.

Hinter dem Bett entdeckte ich Nellas Sonnenbrille und ihren Kopfhörer, die sie in der Eile liegen gelassen hatte, und einige Bücher von ihr, in denen sie gelesen haben musste, während sie gestern auf mich wartete. Auch das Manuskript meines fast fertigen Buches über Biophobie hatte sie gefunden, sich aber scheinbar nicht dafür interessiert.

Das Manuskript legte ich beiseite, alles andere packte ich in eine Stofftasche. Und da, zuunterst stieß ich wieder auf das Foto von Ana im Birkenhain, das Nella als Vorlage für ihre Verwandlung benutzt hatte.

Ich sank auf die Bettkante und betrachtete das Bild. Es kam mir vor, als wäre es das einzige Foto von Ana, auf dem sie wirklich zu sehen war, auf dem wirklich *sie* zu sehen war. In ihrem weißen Hemd ähnelte sie selbst einem der schlanken Stämme, ihr Blick war so klar und doch so seltsam abwesend, als gehörte sie eher zu der Welt der Bäume ringsum als zu der des Fotoapparats, der sie festhielt.

Mein Blick verschwamm und alles war wieder da, die Erinnerung an jenen Ostersonntag, an dem ich sie zum letzten Mal gesehen hatte. Auch damals, nach der Rückkehr aus dem Krankenhaus in Arco, hatte ich auf dem Bett gekauert und geschluchzt, wie nie zuvor und nie danach, dann schlitterte ich in einen Zustand tiefster Apathie, ich bekam nichts mehr mit. Erst Stunden später kam ich allmählich zur Besinnung, und die entsetzliche Leere in mir füllte sich mit sinnlosen Fragen und Überlegungen. Warum hatte mir Sebastian keine E-Mail geschickt, dass er nach Malcesine kommen wollte? Aus Rücksicht auf mich? Um mich nicht bei meiner Arbeit zu stören? Und warum hatte er überhaupt fliegen wollen, obwohl er es seit Asjas Verschwinden kein einziges Mal mehr getan hatte? Und warum gerade am Monte Baldo, wo er noch nie geflogen war, während er viele andere bevorzugte Startplätze hatte? Und was wäre gewesen, wenn Ana sich schon ein paar Tage früher bei Sebastian gemeldet hätte, ohne sich zuvor von mir zu verabschieden? Sebastian wäre nicht geflogen, und alles hätte sich wieder eingerenkt.

Am Tag vor der Beerdigung lag unter einigen Kondolenzschreiben auch ein an mich adressierter Brief aus Italien im Postkasten. Der Umschlag war großformatig, er trug keinen Absender, aber einen Stempelabdruck vom 2. April 2018, dem Montag nach dem Unfall. Zum ersten Mal seit Tagen dachte ich an Ana, die verschwunden war, ohne auch nur eine Zeile zu hinterlassen, die Vorstellung, dass der Brief von ihr sein könnte, riss mich für einen Moment aus meiner Lethargie. Ich zog mich in mein Zimmer zurück und öffnete das Kuvert, doch statt eines Briefes fielen zwei Fotos heraus. Ein größeres im herkömmlichen Format und ein kleineres, quadratisches mit weißem Rand.

Ich warf einen Blick auf die Bilder und erstarrte. Das größere Foto zeigte Ana und mich küssend auf einem verlassenen, verschneiten Parkplatz am Rande eines Waldes, es war offenbar mit einem Teleobjektiv aufgenommen worden. Nach einer Weile erinnerte ich mich auch an den Ausflug, den wir im Januar in die Berge nördlich des Sees unternommen hatten. Das kleinere Foto war ein unterbelichteter Schnappschuss, dennoch erkannte ich Ana und mich schlafend in unserem improvisierten Bett im Garten, in der Nacht vor dem Unfall.

Ich betrachtete die Fotos ungläubig. Die Geräusche jener Nacht waren also keine Einbildung gewesen. Jemand hatte uns im Schlaf belauert und fotografiert. Aber was hatte das zu bedeuten? Das andere Bild war drei Monate zuvor entstanden. Sollten wir in all diesen Wochen und Monaten beschattet und beobachtet worden sein? Doch von wem? Und weshalb? Und warum die unterschiedlichen Bildformate? Und wer hatte den Brief an jenem Montag aufgegeben?

Ich schaute instinktiv durch die offene Gartentür, als müsste der Unbekannte auch jetzt irgendwo da draußen lauern. Aber ich sah nur den vertrauten Anblick unseres Gartens, die Eiche, das Baumhaus, das ich einst für Sebastian gebaut hatte, wo er so viel Zeit verbracht hatte und ich mit ihm. Und mir schossen Tränen in die Augen, und mit den Tränen schlich sich mir unversehens der Gedanke in den Kopf, dass die Fotos von Sebastian selbst stammen könnten.

Die Vorstellung riss mir den Boden unter den Füßen weg. Was, wenn Sebastian die Wahrheit erfahren, wenn er uns am See aufgespürt hatte? Dann wäre der Unfall kein Unfall, der Ort des Absturzes kein Zufall gewesen. Dann wäre das Haus das Ziel seines Fluges gewesen, ein letztes Wort, eine letzte Botschaft an uns, ein Wink, wie Ana es genannt hatte. Ein anderer an seiner Stelle hätte mit mir gebrochen oder um Ana gekämpft oder über die Absurdität der Situation nur gelacht, Sebastian in seiner Verletzlichkeit, seiner maßlosen Enttäuschung hatte womöglich keinen anderen Ausweg gesehen.

Keinen anderen Ausweg als was?

Ich schüttelte den Kopf. Ich hatte den Verstand verloren, so etwas überhaupt in Erwägung zu ziehen. Wie hätte Sebastian von uns erfahren sollen? Wir waren immer vorsichtig gewesen, hatten das Haus und den Garten meist erst nach Einbruch der Dunkelheit verlassen. Aber eben nur meist. Und im Lauf der Zeit immer weniger. Konnte es nicht sein, dass uns irgendein Bekannter beobachtet und Sebastian um drei Ecken davon erfahren hatte? Die Welt war klein und voller großer Zufälle.

Allmählich begann sich meine Verwirrung zu lichten. Eine solche Tat war, wenn überhaupt, nur als ein Akt plötzlicher Verzweiflung vorstellbar. Das erste Foto war aber schon im Januar entstanden, von einer Kurzschlussreaktion oder einem Schockzustand konnte also nicht die Rede sein. Eine verzögerte Reaktion solcher Art widersprach jeder Psychologie. Nein, Sebastian konnte mit den Fotos nichts zu tun haben, das waren nur kranke Phantasien eines schlechten Gewissens.

Wenn aber nicht Sebastian die Fotos gemacht hatte, wer dann? Denn sie waren da, real, ich hielt sie in der Hand. Wer es auch gewesen ist, ich war mir sicher, dass er sich bald wieder melden würde, denn dieser anonyme Brief konnte nichts anderes als der erste Schritt eines Erpressungsversuchs sein. Bald würde ein zweiter Brief mit Forderungen folgen, und wenn ich auf sie nicht einging …

Was dann?

Es war mir egal. Alles, was ich seit jenem Tag empfand, war grenzenlose Erschöpfung und Gleichgültigkeit. Nicht einmal die Identität des Absenders interessierte mich, ich hätte mich am liebsten schlafen gelegt und wäre nie wieder aufgewacht.

48.

Das Prasseln des Regens brachte mich wieder zur Besinnung. Ich steckte Anas Foto in meine Jackentasche, schloss die Haustür ab und kehrte zum Auto zurück.

Es war Ende September, aber es hätte genauso gut November oder Dezember sein können. Ich machte den Motor an, die Lichter, die Scheibenwischer, warf einen Blick über meine Schulter. Links auf dem Rücksitz lag Liliánas Koffer, in der Mitte mein Koffer, rechts die Tasche mit Nellas Sachen. Wie friedlich die drei dastanden, einträchtig Seite an Seite, der Traum von der großen Harmonie.

Ich rollte bis zur Ausfahrt des Parkplatzes vor und hielt.

Rechts ging es nach Norden, über die Alpen zurück nach Hause, in den Herbst, den langen, trostlosen Winter, in eine Trauer, die nie enden würde. Die Vorstellung jagte mir Angst ein, noch mehr aber Liliána.

Links ging es nach Süden, nach Venedig. Bei Nella könnte ich für ein paar Tage Unterschlupf finden, zumindest solange Étienne in Haft war. Diese paar Tage waren alles, was ich brauchte. Zeit, um nachzudenken, um auszuloten, was mir zu tun blieb, Zeit, um Zeit vergehen zu lassen. Nella würde mich verstehen, hatte sie nicht am Morgen gesagt, dass ich ihr jetzt schon fehlte. Ich sah sie wieder am Ende des Stegs stehen, mit wehenden Haaren wie eine Galionsfigur, ich bog links ab und folgte ihr.

Und dann? Was dann? Was würde aus Liliána werden?

Sie würde vergeblich auf ihren Koffer warten.

Hinter Desenzano verließ ich den See, rollte auf die Autostrada 4, Richtung Venedig.

Ich hatte bereits Verona erreicht, als ich auf der Südtangente vor der Stadt das Lenkrad verriss und die Ausfahrt nahm und auf die Brennerautobahn bog, Richtung München.

Es hatte keinen Sinn wegzulaufen, ich musste reinen Tisch machen. Wann sonst sollte ich mich mit Liliána aussprechen. Ich würde mich erklären und sie sich, ich würde ihr zuhören und sie mir und mir verzeihen und ich ihr. Anderthalb Jahre hatten wir in der Hölle gelebt und gelernt, dass schon hinter der nächsten Ecke das Unglück lauern konnte und Schuldzuweisungen fehl am Platz waren, da noch bevor man sich an irgendjemandem hätte versündigen können, das Leben sich bereits hundertfach an allen versündigt hatte.

Plötzlich bekam ich wieder Luft. Ich fuhr nordwärts, heimwärts, in zwei Wochen begann das neue Semester. Ich beschleunigte, aber es ging bergauf, das Auto tat sich schwer, und allmählich kam mir auch alles andere immer schwerer und komplizierter vor.

Wie sollte ich es Liliána erklären und was überhaupt? Alles? Wie sollte eine Frau, eine jede Frau, die selbst in der Gegenwart eines noch so attraktiven Mannes bis auf ein oberflächliches Kitzeln nichts empfand, sofern es nicht *der eine* war, den sie wollte, je begreifen können, dass die Nähe einer jeden beliebigen Frau einen Mann in seinen Grundfesten erschütterte und sofort den unstillbaren Wunsch in ihm weckte, von ihr einverleibt, in das lebenspendende Fruchtwasser ihrer Weiblichkeit eingetaucht zu werden, nach dem er von früh bis spät lechzte, und dass sie dazu, das war das Verrückte dabei, nicht einmal eine Königin sein musste, sondern schlicht eine Frau. Wie sollte ich Liliána das je klarmachen können, ohne dass sie mich für geisteskrank hielt, obwohl ich die Gesundheit in

Person war und die Fakten seit Jahrtausenden auf der Hand lagen?

Wie verworren alles geworden war, und niemand da, der mir geholfen hätte, den Knoten zu entwirren. Und dann war da noch Anas Nachthemd, das Nachthemd mit dem schönen Muster, das Nella am Abend so lässig abgeworfen und Liliána am Morgen auf dem Boden des Schlafzimmers gesehen hatte, das Nachthemd, das nicht zu erklären und niemals, niemals zu verzeihen war.

Und doch, gab es nicht für alles eine plausible Erklärung, wenn man nur guten Willens war, sie zu glauben? Auch für das Nachthemd gab es eine Erklärung, ich würde etwas finden, etwas erfinden, ich war gut im Erfinden. Weise Frauen hüteten sich ohnehin, zu tief nach der Wahrheit der Dinge zu bohren, sie wussten, dass die Strafe für den, der die Wahrheit suchte, darin bestand, dass er sie fand.

Warum hätte sie sich das antun sollen?

Ich machte die Musik aus, griff nach der Wasserflasche am Beifahrersitz und trank, meine Kopfschmerzen wurden immer stärker. Schilder kündigten die nächste Ausfahrt an, Lago di Garda Nord, ich war weiter gefahren, als ich gedacht hätte. Bald würde ich in Österreich sein, in Deutschland und in ein paar Stunden schon zu Hause, dachte ich und zog mit einer abrupten Bewegung von der Überholspur auf die Abbiegespur. Ein Sattelschlepper überholte mich hupend, ich verließ die Autobahn.

Nach der Mautstation drehte ich um und kehrte auf die Autobahn zurück, in südliche Richtung. Und sofort ging es locker bergab, weg von allem, zurück zu Nella, die mich verstehen würde, zum Mittelmeer, das uns Milde und Leichtigkeit spenden würde.

Ich lehnte mich zurück.

Wenn nur die Kopfschmerzen nicht gewesen wären.

Ich wusste, wo ich war, aber nicht, warum ich da war, wo ich war. Mir war, als würde ich schon seit Stunden an derselben Stelle im Kreis fahren, in einem Autobahnkreisel, der groß wie der ganze See war und keine Ausfahrt hatte.

Ich rettete mich in die nächste Raststätte, kaufte drei belegte Brote in Plastikfolie, zwei Flaschen Wasser und eine Flasche Wodka und musste daran denken, dass ich noch nie etwas an einer Autobahnraststätte gekauft hatte. Kam ich in das traurige Alter, in dem man anfing, Prinzipien aufzugeben und nachsichtig mit sich zu werden?

Ich bestellte einen Cappuccino und setzte mich im Restaurant ans Fenster, packte eines der Brote aus und biss hinein. Obwohl ich seit Signor Angelos Mahl gestern Abend nur die Reste von Nellas Pizza beim Aufräumen gegessen hatte, hatte ich keinen Hunger. Ich starrte aus dem Fenster, die Stimmen und Geräusche des Lokals hinter mir verschwammen allmählich. Es hatte sich eingeregnet, Fahnen mit Firmenlogos flatterten vor mir, dahinter dröhnte der Verkehr, Autos, Lastwagen, Stoßstange an Stoßstange, ohne Anfang, ohne Ende.

Ich schloss angewidert die Augen, senkte den Kopf auf meine Arme. War es wirklich das, was wir wollten? Diese Hetzjagd durch eine Welt von grauem Stein und grauem Stahl und bunten Fahnen, die nichts mehr bedeuteten. Sollte es wirklich auf diese kalte, kleinliche, idiotische Welt von Kondomen, Strafzetteln und Lebensversicherungen hinauslaufen? War das alles, was vom Traum übrig geblieben war?

49.

Ich muss schon eine ganze Weile in den Regen gestarrt haben, als ich das Klopfen vernahm.

Ich antwortete nicht.

Ich war nicht da.

Seit Sebastians Unfall vor vier Monaten hielt ich mich kaum mehr an der Universität auf, ich kam, absolvierte meine Veranstaltungen und verschwand wieder. Ich mied mein Zimmer, mied jede Begegnung mit Kollegen oder Studenten, mied auch den flüchtigsten Gruß, der zu einer Unterhaltung hätte führen können. Auch an jenem Tag hatte ich nach meiner Sprechstunde sofort heimfahren wollen, hatte dann aber die Post der letzten Tage und Wochen geholt und in meinem Zimmer überflogen, als an der Tür geklopft wurde.

Ich antwortete nicht. Mitten in der vorlesungsfreien Zeit konnte es nichts Wichtiges sein, und selbst wenn es wichtig war, mir war es nicht mehr wichtig.

Die Tür ging dennoch auf.

Draußen stand eine Studentin. Obwohl sie sicher nicht mehr in den unteren Semestern war, konnte ich mich nicht erinnern, sie schon einmal gesehen zu haben.

»Hätten Sie zwei Minuten Zeit?«

Zwei Minuten, zwei Stunden, zwei Jahre, sie wäre erschrocken gewesen, hätte sie gewusst, wie bedeutungslos das für mich geworden war.

Ich bot ihr einen Stuhl an. Sie setzte sich, ich nahm hinter meinem Schreibtisch Platz, und plötzlich wurde ich mir unsicher, ob ich dieses Gesicht nicht doch schon einmal gesehen hatte.

»Sie haben Glück, dass ich noch hier bin«, bemerkte ich.

»Ich wusste es … Ich bin Nora Weitz.«

Der Name hallte mir durch den Kopf, ich lehnte mich vor.

»Nora?«

»Ja, *die* Nora.«

Mir blieb der Mund offen. Wenn ich in diesem Moment mit einem Menschen in der Welt nicht gerechnet hätte, dann war sie es.

»Wir kennen uns nicht persönlich«, begann sie.

»Natürlich kenne ich Sie! Wir haben nie vergessen, was Sie damals für Sebastian getan haben, Sie waren für ihn ein Schutzengel gewesen. Wir waren sehr überrascht, dass es dann … doch anders kam.«

»Aber Sie können Sebastians Entscheidung gut nachvollziehen, nicht wahr?«

Ich starrte sie an. Die Frage klang ironisch, als schwänge darin irgendeine Andeutung mit.

»Welche Entscheidung?«

»Für seine neue Freundin und gegen mich. Damals.«

»Frau Weitz, ich …«

»Nora! Ich kenne Sie auch gut, Herr Ohm. Sebastian hat so viel von Ihnen erzählt, Ihnen und Ihrer Frau. Wussten Sie eigentlich, dass sie und ich in den Wochen, nachdem Sebastian mich in der Slowakei sitzen gelassen hatte, noch Kontakt zueinander hatten?«

»Natürlich, wir haben oft über Sie gesprochen.«

Ich war verwirrt. Warum erzählte sie mir das, was wollte sie überhaupt? Noch nie hatte sie uns besucht.

»Danach brach der Kontakt zwischen uns natürlich ab. Aber letzten Winter rief mich Ihre Frau plötzlich wieder an. Wussten Sie das auch?«

»Ich weiß nicht … vielleicht hat sie etwas erwähnt.«

»Ich war sehr überrascht, immerhin waren seit unserem letzten Gespräch über zwei Jahre vergangen ... Ihre Frau erzählte, dass Sebastians Freundin seit sechs Wochen spurlos verschwunden war und dass es ihm schlecht ging. Sie fragte mich, ob ich Sebastian nicht anrufen könnte, ich hätte ihm schon einmal in der Not geholfen, auf mich würde er hören. Sie bat mich sogar in seinem Namen um Verzeihung für das, was er mir angetan hatte, und vergaß auch nicht zu erwähnen, dass er jetzt wieder allein war. Wie Mütter halt so sind ...«

Sie betrachtete eine Fliege, die auf meiner Tischfläche nervös umherirrte, als suchte sie den Ausweg aus einem unsichtbaren Labyrinth.

»Eigentlich hatte ich mit alledem abgeschlossen, aber in jener Nacht machte ich kein Auge zu, und am nächsten Tag rief ich Sebastian an. Er war erstaunt, aber freundlich und höflich wie immer. Hätte ich von seinem Unglück nichts gewusst, hätte ich vermutlich nichts bemerkt. Vielleicht wirkte gerade das so stark auf mich, vielleicht auch nur seine Stimme. Ich spürte sofort, dass immer noch etwas von meinem alten Gefühl für ihn da war. Immerhin waren wir einen ganzen Frühling und Sommer glücklich gewesen, das vergisst man nicht so schnell ... Ich fing an, mir einzubilden, dass wir wieder dort anknüpfen könnten, wo wir aufgehört hatten, wenn Sebastian seine Freundin ... wie hieß sie doch?«

»Ana ... äh, Asja. Anastasia.«

»Wenn er sie nur vergessen könnte. Naiv genug ... Aber ich begann nachzudenken, und je länger ich mir den Kopf zerbrach über das, was Ihre Frau mir erzählt hatte, desto merkwürdiger kam mir alles vor. Irgendetwas stimmte in der Erzählung nicht. Die Geschichte von Asjas plötzlicher

Suche nach ihrem verschollenen Vater klang für mich von Anfang an unlogisch. Es passte einfach nicht. Warum hätte sie das Sebastian verschweigen sollen? Wenn das aber nicht der wahre Grund war, was dann? Eine Frau verließ den Mann, den sie liebte, nicht einfach so, Hals über Kopf, ohne sich auch nur zu verabschieden. Das hätte auch nicht dem entsprochen, was ich von Ihrer Frau über Asja gehört hatte … Es sei denn, es fiel mir wie Schuppen von den Augen, es gab schon eine andere Beziehung, einen anderen Mann. Es musste noch jemand im Spiel sein. Und ich beschloss, ihn zu finden. Ich kannte mich bei so was aus, seitdem ich bei einer Detektei gejobbt hatte …«

Sie zuckte mit den Schultern.

»Und es ist mir dann auch gründlich gelungen. Leider …«

Ich stand mit einem Ruck auf, öffnete das Fenster. Feuchte, schwüle Luft wehte herein, ich versuchte, tief durchzuatmen.

»Sie haben ihn gefunden?«, fragte ich betont desinteressiert.

Sie wartete, bis ich mich wieder gesetzt hatte, sah mir direkt in die Augen. Dann griff sie in ihre Tasche und legte einen Stoß Fotos auf meinen Schreibtisch.

50.

Die Fotos steckten in einer Plastikfolie, schon beim Anblick des obersten Bildes zog sich alles in mir zusammen. Mir war plötzlich, als säße ich einem dürstenden Racheengel gegenüber.

»*Sie* haben die gemacht?«

»Am Anfang war es schwer, die Spur zu finden, ich musste nach Spišské Podhradie fahren, um den Faden aufzunehmen. Aber sobald ich Sie am Gardasee ausfindig gemacht hatte, lief es wie am Schnürchen. Wenn das Objekt ahnungslos ist, hat man leichtes Spiel.«

Es muss wirklich leicht gewesen sein. Weder Ana noch ich waren Nora je begegnet, sie hätte an einem Tisch mit uns sitzen können, ohne dass wir Verdacht geschöpft hätten. Ich hatte damals Bilder von Nora auf dem Handy gesehen, aber sie hatte längere Haare gehabt, und schon eine Brille hätte sie für mich vollends unkenntlich gemacht.

Sie schaute zu Boden, als ertrüge sie meinen Anblick nicht.

»Als ich die Wahrheit erfuhr, da... was soll ich sagen... das hätte ich mir in meinen wildesten Träumen nicht vorstellen können. Auf einmal waren Sie einer dieser miesen Typen, die ich sonst immer observieren musste. Das widersprach allem, was ich von Sebastian über Sie gehört hatte, aber ich hielt die Beweise in der Hand. Meine Verachtung für Sie kannte keine Grenzen, ich hätte Sie am liebsten sofort vor aller Welt bloßgestellt. Mir war jedoch klar, dass Sebastian die Wahrheit nie erfahren durfte. Ich musste ihn aufklären, ohne ihm die Identität des anderen Mannes zu verraten. Das war Ihr Glück.«

Mein Glück! Was wusste sie schon! Ich schwieg, was hätte ich auch sagen sollen.

»Als ich Sebastian zum ersten Mal wiedersah, war ich schockiert. Nicht weil er so schlecht ausgesehen hätte, sondern weil ihm jede Lust, jede Tatkraft zu fehlen schien. Als ich ihn mit der Wahrheit konfrontierte, dass Asja sich nicht in Russland, sondern nicht weit von München aufhielte und sich neu verliebt habe, sah er mich mit weit aufgerissenen Augen an. Dann lachte er mich aus. Ich hätte Beweise, Fotos. Er wollte sie sehen. Er müsse mir schon glauben, sagte ich, warum sollte ich so etwas erfinden. Er bestand darauf, die Bilder zu sehen, schon aus dem Grund, weil er sicher war, dass es sie nicht gab. Er belagerte mich regelrecht, zu spät merkte ich, dass ich seine Reaktion unterschätzt hatte. Schließlich gestand ich ihm, dass ich alles nur erfunden hätte. Um ihm wieder näherzukommen. Das schien ihn zu beruhigen, er war mir nicht böse, als fehlte ihm sogar dazu die Energie.

Ein paar Tage später schlug er plötzlich ein Treffen auf der Siegessäule vor, um mir dort oben etwas Wichtiges zu übergeben. Das war typisch Sebastian, er liebte das Geheimnisvolle, Zeremonielle. Ich war pünktlich da, wartete am Eingang auf ihn, rätselte noch, worum es sich handeln könnte, befürchtete, dass er doch etwas über Asja in Erfahrung gebracht hatte. Ich wartete eine Viertelstunde, eine halbe Stunde, ich rief ihn an, aber er war nicht zu erreichen, dann rief er zurück, dass er schon unterwegs sei, er sei aufgehalten worden. Als er nach über einer Stunde immer noch nicht da war und auch meine Anrufe nicht mehr beantwortete, fuhr ich verärgert heim.

In meiner Wohnung sah alles wie immer aus, dennoch ging ich, als folgte ich einer inneren Einflüsterung, direkt zur Schublade mit den Fotos. Sie waren da, was sonst. Ich setzte einen Kaffee auf, aber irgendetwas ließ mir keine Ruhe. Ich holte die Fotos wieder heraus und begann sie einzeln durchzusehen. Der Kaffee kochte über, ein Bild fehlte, ein einziges, unanzweifelbares, das Liebespaar auf einem Waldparkplatz in enger Umarmung. Nicht zufällig hatte Sebastian gerade das mitgenommen. Jetzt wusste ich, warum er mich auf die Siegessäule bestellt hatte. Den Schlüssel zu meiner Wohnung hatte er mir nie zurückgegeben.«

Nora holte tief Luft.

»Und damit hatte er nicht nur seinen Beweis, sondern auch meine übrigen Unterlagen, die alle in derselben Mappe lagen. Auch Ihre Adresse in Limone… Ich versuchte ihn anzurufen, immer wieder, aber ab dem Moment war er nicht mehr zu erreichen. Auch zu Hause nicht. Das Nächste, was ich hörte…«

Sie verstummte.

Der Regen fiel, die Sonne schien, irgendwo gab es jetzt sicher einen Regenbogen, aber ich sah ihn nicht, sah nur das Bündel Fotos auf dem Tisch vor mir. Ich hob den Blick.

»Waren Sie mit Ihrer Kamera auch in meinem Garten, in der Nacht vor dem Unfall?«

»Nein, damals schon lange nicht mehr. Warum?«

»Nur so.«

Wir saßen schweigend da.

»Es tut mir unendlich leid«, flüsterte sie endlich. »Ich würde alles geben, um es ungeschehen zu machen.«

»Es ist nicht Ihre Schuld.«

»Wessen denn?«

»Wessen nicht? Meine, deine, seine, ihre, unsere,

Schuld ist ein unendlicher Regress, jede geht auf eine vorherige zurück.«

»Mit einem Fremdwort ist man fein raus, nicht wahr?«, sagte sie spöttisch. »Wie gut, dass man als Intellektueller immer ein paar parat hat. Deswegen habe ich aufgehört zu studieren. Damit ich nicht so werde wie Sie.«

Sie klappte ihre Tasche zu und erhob sich, während mir immer klarer zu werden begann, was für fatale Folgen ihre Einmischung gehabt hatte.

»Nehmen Sie Ihre Bilder mit, ich habe keine Verwendung dafür«, sagte ich leise.

»Die müssen Sie schon selbst entsorgen, es sind *Ihre* Bilder, nicht meine. Ich bin sie jetzt los, deswegen bin ich gekommen ... Meine Schuld werde ich nicht so leicht los, das weiß ich, die gehört jetzt zu mir.«

Ich folgte ihr zur Tür, wischte die Fotos im Vorbeigehen in den Papierkorb.

»Und keine Angst«, drehte sie sich auf der Türschwelle um, »ich will keine Zuwendungen, keine Assistentenstelle. Die Negative sind im Umschlag, ich bin verschwiegen wie ein Grab. Ich will nichts von Ihnen, nicht geschenkt.«

»Angst? Ich?«

Ich senkte die Stimme, ich musste an mich halten.

»Es gibt nichts mehr, wovor ich Angst hätte, Frau Weitz. Jede Nacht seit dem Unfall bete ich, dass ich am Morgen nicht mehr erwache. Ich würde nichts mehr vermissen ...«

»Tun Sie nicht so, Sie wissen sehr wohl, dass Sie am Morgen erwachen werden!«

Sie schüttelte den Kopf.

»Verzeihen Sie, ich wollte Ihnen keine Vorwürfe machen ... Ich kann es nur nicht hören, wenn Sie immer noch von einem Unfall reden. Aber egal, jetzt spielt es keine Rolle mehr … Dabei … dabei hätte es für uns alle ein Happy End geben können, wenn Sebastian anders reagiert hätte.«

»Machen Sie sich keine Illusionen, irgendjemand hätte doch verloren. Irgendjemand bleibt immer auf der Strecke. Was wir auch tun, wir tun es auf Kosten anderer. Und wenn wir nichts tun, auch.«

Ich blieb lange wortlos stehen, nachdem sie gegangen war.

Was hatte sie, Nora, mit alldem zu tun? Nichts. Und doch alles. Sie war das erste Opfer gewesen und wurde am Ende zur letzten Täterin. Ohne es beabsichtigt zu haben, hatte sie sich an Sebastian und Asja gerächt, obwohl es zu dem Zeitpunkt keinen Grund mehr dafür gab. Aber hatten wir nicht alle nach bestem Wissen und Gewissen gehandelt, wurden wir nicht von den edelsten Absichten und Gefühlen geleitet? Aus Liebe war ich mit Asja zusammengekommen, aus Sehnsucht nach Asja war Sebastian krank geworden, aus Sorge um Sebastian hatte Liliána im Winter Nora angerufen, aus Mitleid mit Sebastian und Liebe zu ihm hatte Nora ihm helfen wollen. Und mit jeder Handlung schraubten wir uns eine Drehung tiefer in die Katastrophe. Wir glaubten stolz, die Handelnden zu sein, obwohl wir offensichtlich nur Handlanger des Lebens waren, an dessen höherer Ordnung unsere gut gemeinten Absichten nutzlos abprallten, sich in ihr Gegenteil verkehrten.

Der Regen hatte aufgehört. Ich hob meine Tasche auf, dabei fiel mir in dem leeren Abfalleimer das Bündel Fotos ins Auge.

Ich zog es heraus.

Es wog fast nichts und doch so viel.

Durch die Plastikfolie schimmerten zwei Gesichter, ich sah sie, sie sahen mich nicht. Sie waren einander zugewandt, blind für alles andere, als wären sie mutterseelenallein in einer Welt, die nur sie bewohnten.

51.

Das Klappern der Kellnerin, die meine Tasse abräumte, riss mich aus meinem Dämmern.

Sie fragte etwas, ich schüttelte den Kopf.

Ich blieb sitzen und sah aus dem Fenster. Nach einer Weile nahm ich meine Sachen und kehrte zum Auto zurück. Auf dem Beifahrersitz lagen die Brote, der Wodka und die Wasserflaschen, auf dem Rücksitz die drei Gepäckstücke, Liliánas, Nellas und meines, noch immer einträchtig nebeneinander.

Als ich wieder auf die Autostrada 4 rollte, riss vor mir die Wolkendecke auf. Die Himmelslichtung im Osten breitete sich langsam aus, ich hielt direkt darauf zu. Die Sonnenstrahlen taten gut, meine Kopfschmerzen begannen nachzulassen. Ich fuhr, ohne zu wissen wohin. Vielleicht wusste ich es doch, nur anders, wie man alles Wichtige wusste, mit seinem ganzen Körper, nicht bloß mit seinem Verstand. Als ich kurz darauf die Ausfahrt Richtung Venedig erreichte, flog ich daran vorbei, ohne den Fuß vom Gas zu nehmen. Vor Udine wechselte ich auf die Autobahn nach Norden.

Es wurde Abend, es wurde Nacht, ich fuhr ohne Rast und ohne Unterbrechungen, passierte Grenzen, als gäbe es sie nicht, das Fahren hielt meine Konzentration wach. Wie in einem Traum glitten die Orte und Landschaften an mir vorbei, Klagenfurt, Graz, Wien. Vienna London Unreal.

Hinter Bratislava verließ ich die Autobahn, ratterte über die dunklen Straßen einer kleinen Stadt, auf der Suche nach einer Unterkunft. Fremd klingende Namen, geheimnisvolle Aufschriften zogen an meinen Scheinwerfern vorbei, wie gut, dass es sie doch noch gab, die Grenzen, die unsichtbaren, und die wunderbaren Geheimnisse, die sie bargen, die Unwissenheit.

Als ich mich kaum mehr wachhalten konnte, blieb ich vor der erleuchteten Pforte eines beliebigen Hotels stehen. Ich bekam ein Zimmer im dritten Stock, schleppte mich durch weite Gänge nach oben. Das Zimmer war billig eingerichtet, aber geräumig, mit hoher Decke, alles atmete die herrliche Verschwendungssucht der alten Monarchie, deren sozialistisch vergilbten Überreste ich bei meinen Reisen mit Liliána durch Ungarn und den Osten in den Wendejahren noch kennengelernt hatte.

Ich legte mich hin, wickelte mich in meine Bettdecke und löschte das Licht. Ich musste wieder an Liliána denken. Wo mochte sie jetzt sein? Wo war ich? Wo waren wir, wir alle, wohin hatte uns der Traum verschlagen? Was hatten wir falsch gemacht? Wir hatten geglaubt, uns im Leben alles nehmen zu dürfen, worauf wir Lust hatten, Dinge, Menschen, und sie wegwerfen zu dürfen, sobald wir sie satt hatten. War es nicht das, was man uns ständig eingebläut hatte? Dass nur wir zählten, unser Ego, unsere Selbstverwirklichung, der schmutzige, kleine amerikanische Traum. Konsumieren, wegwerfen, nach uns die Sintflut. Und jetzt merkten wir, dass wir uns verfahren hatten, orientierungslos durch Nacht und Nebel irrten, weil unser Navigator falsch eingestellt war und uns die falschen Signale sendete. Jetzt dämmerte uns, dass wir zu unseren eigenen Landkarten zurückkehren mussten, die sich bewährt hatten, weil sie auf uns abgestimmt waren, die nicht fernbedient, sondern von uns selbst bedient wurden. Jetzt spürten wir, dass wir uns befreien, wieder auf uns selbst besinnen mussten, dass wir unsere Besatzer auskehren mussten, damit das Leben wieder einkehren konnte. Wie es die Menschen im Osten getan hatten.

Aber wo anfangen, und wie, woher sollten wir die Kraft nehmen?

Es war still im Zimmer, nur der Lärm einer Kneipe in der Straße zu hören. Ich betrachtete den verbeulten, schief hängenden Blechlüster an der Decke über mir, eine hässliche schwarze Spinne mit langen Beinen. Ich schloss die Augen, um sie nicht zu sehen, vielleicht schlossen sie sich auch von selbst. Von unten kamen noch immer Stimmen und Musik. Was mochte es an einem Montagabend zu feiern geben, rätselte ich im Halbschlaf. Am Ende womöglich das Leben selbst?

Dienstag

52.

Am Morgen verschlief ich, dennoch wartete im Speisezimmer kurz vor Mittag noch ein Gedeck und ein kleines Büfett auf mich, man nahm es nicht so genau.

Es war der 1. Oktober.

Den ganzen Nachmittag fuhr ich zwischen dunklen Feldern und Wäldern Richtung Osten, tiefer und tiefer in das stille Land hinein. Die Landschaft schloss sich um mich, aber ihre Umarmung war eine Öffnung, eine Befreiung, als würde ich in frühere Zeiten zurückversetzt. Ich hielt ein paarmal und stieg aus, ließ mich vom milden Wind umwehen, der wie ein letzter Hauch des Nachsommers war.

Am späten Nachmittag tauchte in der Ferne das schneebedeckte Massiv der Hohen Tatra auf, es konnte nicht mehr weit sein. Ich musste wieder an Sebastian denken, und alles in mir zog sich zusammen. Wie rasend glücklich musste er hier Asja entgegengefahren sein, die für ihn alles geworden war, die Zukunft, das Leben. Nora täuschte sich, wenn sie glaubte, dass Sebastian anders hätte reagieren können, als er es getan hatte, als er in jener Osternacht im Garten erkannte, dass die Fotos, deren Echtheit er nicht hatte glauben können, nicht gelogen hatten. Sie täuschte sich, wenn sie glaubte, dass er anders hätte handeln können, als am Morgen zur Post zu gehen und den Umschlag mit den Bildern aufzugeben und mit der Seilbahn den Monte Baldo hinaufzufahren. Hätte er uns vielleicht eine Grußkarte schicken sollen?

Kurz vor sechs erblickte ich über der Ebene zum ersten Mal die Burg, die Sebastian so seltsam berührt hatte, darunter die roten Dächer Spišské Podhradies. Jánošík II,

Anas Adresse, die ich noch aus Sebastians Briefen kannte, befand sich am Rand des Dorfes. Der Ort war klein, ich fand, ohne zu suchen, hin, hielt unter den verstaubten Bäumen einer Querstraße.

Ich blieb sitzen.

Es war noch hell, hin und wieder ging jemand vorbei, am fernen Ende der Straße räumten die Arbeiter einer Baustelle ihre Gerätschaften weg. Ich schob eine Disc in den CD-Spieler und schenkte mir von meinem Wodka in einen Pappbecher ein. Fallende Blätter segelten herab, ich trank und wartete, wartete, dass mein Herzschlag sich beruhigte.

Die Dunkelheit verfing sich in den Bäumen, das letzte Lied verhallte, es wurde still. Ich hatte einen Becher nach dem anderen geleert, jetzt gab ich mir einen Ruck und stieg aus. Ich sah mich um, alles war verlassen, ich ging die Jánošík-Straße hinunter. Trotz der Dämmerung erkannte ich alles, die staubige, ungepflasterte Straße, die Gräben, die niedrigen Häuschen, den Holzzaun, die Birke vor dem letzten Haus rechter Hand.

Jánošík 11.

Ich legte den Finger auf die Klingel, zögerte. Ich stellte mich auf die Zehenspitzen und spähte über den Zaun. Auch der kleine Garten sah aus wie auf Sebastians Fotos, zwischen Sträuchern und Gemüsebeeten führte ein steinerner Pfad zum Haus.

Die Fenster waren dunkel, vielleicht gab mir das Mut, vielleicht auch der Wodka, ich klingelte. Ich hörte das Schrillen der Glocke, es klang wie ein Schrei.

Nichts rührte sich, das Haus blieb dunkel.

Ich klingelte ein zweites Mal.

Hinter mir begann jemand ein Rollo herunterzulassen.

Ich drehte mich schnell ab und ging wieder Richtung Auto, ich wollte keine Aufmerksamkeit auf mich lenken. Ich würde eine Runde drehen und zurückkommen. So lange zurückkommen, bis ich Ana antraf.

Als ich die Kreuzung erreichte, machte ich plötzlich einen Schritt zurück. Unter den Bäumen der Querstraße näherte sich ein junges Paar, Hand in Hand. Die Frau war gerade vor einem Auto am Straßenrand stehen geblieben und starrte es an, in einer Trage an ihrer Brust hing ein Säugling. Der Mann drehte sich nach ihr um, aber sie rührte sich nicht, beugte sich nur vor, um das Nummernschild abzulesen. Ich stand unbemerkt hinter dem Lattenzaun an der Ecke und beobachtete die Frau, versuchte im Dämmerlicht ihr Gesicht zu erkennen, das Auto war mein Auto.

Sie richtete sich auf, stand eine Sekunde reglos da. Und ich trat vor, ohne zu wissen, was ich tat, wie ein geblendetes Wild, das geradewegs ins Scheinwerferlicht lief. Der junge Mann machte einen Schritt zur Seite, um mir auszuweichen, ich ging an ihm vorbei, den Blick auf die Frau gerichtet, aber sie sah durch mich hindurch, und wir passierten einander wie zwei Fremde, nicht einmal unsere Ellbogen streiften sich, und ich eilte weiter, die Querstraße hinunter, tat, als würde ich gehen, und blieb doch stehen.

53.

Ich blieb stehen, wie vor den Kopf gestoßen. War Ana gerade an mir vorbeigegangen? Ohne jede Regung, ohne auch nur durch einen Reflex verraten zu haben, dass sie mich erkannt hatte? Oder hatte ich in der Dunkelheit wieder jemanden mit ihr verwechselt? Das Gesicht der Frau war vom Kind halb verdeckt gewesen, nur flüchtig hatte ich ihre hellen Augen gesehen und die kurzen Haare, die nicht Anas Haare waren. Wenn es aber nicht Ana gewesen ist, warum war sie dann an meinem Auto stehengeblieben, an dem es nichts Auffälliges gab, außer dass es eben meines war, mein Kennzeichen trug?

Mir drehte sich alles, ich hielt mich am Zaun fest. War ich dabei, den Verstand zu verlieren? Ich machte ein paar Schritte zurück, blickte um die Ecke.

Das Paar hatte das Ende der Straße erreicht und verschwand in einem Tor rechts. Ich starrte in die Leere hinter ihnen. Konnte es sein, dass anderthalb Jahre nach Sebastian, nach mir, nach allem, was passiert war, Ana an der Seite eines anderen Mannes lebte und Mutter eines Kindes war? Wenn es sein Kind war, musste sie schon eine ganze Weile mit ihm zusammen sein. War sie es womöglich auch schon bei ihrem letzten Besuch in Limone gewesen? Hatte sie sich wegen dieses Mannes von mir trennen wollen?

Ich konnte es nicht glauben. Ana hätte nie davon gesprochen, zu Sebastian zurückkehren zu wollen, wenn sie etwas anderes vorhatte, eher wäre sie genauso spurlos aus meinem Leben verschwunden wie aus dem von Sebastian. Als ich sie an unserem letzten Wochenende im April gefragt hatte, warum sie gerade jetzt zu mir gekommen war, nachdem sie wochenlang nichts von sich hatte hören lassen, hatte sie mir plötzlich in die Augen geschaut, als wollte sie etwas sagen, und dann doch nur den Kopf geschüttelt.

Ich würde warten. Wenn es Ana gewesen war, würde sie herauskommen. Sie würde irgendeinen Vorwand finden und zu mir kommen, so schnell sie konnte. Es war nur eine Frage der Zeit, und ich hatte alle Zeit der Welt. Ich würde ihr auch entgegengehen, entgegenrennen, wenn sie nur ein Zeichen von sich gab.

Aber es kam kein Zeichen, alles, was kam, waren Abfälle und Zeitungsfetzen, die der Wind durch die Straßen fegte.

Ich schlenderte an der Kreuzung auf und ab, wartete. Der Abend war erwacht, Hunde bellten, aus einem Fenster drangen Stimmen und der Lärm einer Fußballübertragung. Das Leben ging seinen gewohnten Gang und vielleicht zählte wirklich nur das, diese friedliche Behaglichkeit des Alltags mit seinen tausend Belanglosigkeiten, war alles andere nur Wichtigtuerei. Das eitle Getöse jener, die das nicht hatten.

Die Windstöße wurden heftiger, ich flüchtete mich ins Auto. Von dort beobachtete ich die Kreuzung, wo Ana gleich auftauchen würde. Die Bäume säuselten, der Himmel war voller Sterne, ich staunte, wie schnell sie aufgegangen waren. Als wollten sie mir beistehen, mir leuchten, damit ich zurückfand, dorthin, wo ich aufgebrochen war, nach Hause.

54.

Wie lange ich so im Auto saß, wusste ich später nicht mehr. Irgendwann war die Wodkaflasche leer, und ich bemerkte erstaunt, dass ich fuhr. Ich sah den Stadtbahnhof an mir vorbeifliegen, ich war draußen auf der Ebene. Alles war ausgestorben, nur die Burg schimmerte in der Höhe wie ein schneebedeckter Gipfel, Shambala. Ich hob die Flasche an meine Lippen, aber es liefen nur noch Tropfen in meinen Mund. Ich riss das Steuer herum, um von der Gegenfahrbahn wieder zurückzulenken, die Straße war schmal und kurvenreich.

Ein paar Minuten fuhr die Burg mit mir mit, dann hängte ich sie ab. Es roch nach Alkohol, das war ich, immerhin. Vor mir tauchten schwarze Hügel auf, dunkel und verschwommen. Dort, irgendwo am Fuß dieser Hügel, musste der kleine Bahnhof sein, wo Ana aus dem Wald gekommen war und alles begonnen hatte. Jetzt wusste ich auch, wohin ich aufgebrochen war. Es konnte nicht weit sein, ich musste nur nach Gleisen Ausschau halten. Wo ein Bahnhof war, mussten auch Gleise sein, wie es ein Meer geben musste, wo ein Leuchtturm stand.

Ich würde ihn suchen, bis ich ihn fand.

Ich hob den Blick, aus dem Rückspiegel leuchtete mir etwas hell entgegen. Ich sah mich um, aber hinter mir war kein Auto, ich war allein auf weiter Flur. Es konnte nur die Burg sein, irgendeine merkwürdige Spiegelung, gleich würde ich sie hinter mir lassen. Aber das Licht wurde nicht kleiner, im Gegenteil, es schien näher zu kommen, direkt auf mich zu. Eine Nebelbank, wo es doch keine Spur von Nebel gab, ich stieg aufs Gas, um es abzuschütteln. Aber die milchigen Schwaden blieben hinter mir, wurden größer, schon füllten sie den Spiegel aus …

Etwas knirschte, Schotter, ich trat auf die Bremse.

Das Auto drehte sich, dann war alles still.

Ich stand in einer Kurve, quer zur Fahrbahn, um ein Haar wäre ich in die Bäume gerast.

Ich drehte den Zündschlüssel. Der Motor heulte auf, ich stieß auf die rechte Straßenseite zurück, streifte etwas, vielleicht einen Leitpfosten, und machte mich davon.

Das Licht hinter mir war verschwunden. Als wäre es nie da gewesen. Aber wo war es dann gewesen, denn gesehen hatte ich es doch. Ich umklammerte das Lenkrad, meine Hände zitterten noch vor Erregung. Immer wieder schaute ich in den Rückspiegel, aber dort war nur schwarze Nacht. Als ich das Ende der langgezogenen Kurve erreichte, lösten sich in der Ferne die Umrisse einer geöffneten Schranke aus dem Dunkel.

Ich lehnte mich vor. War es das, hatte ich den Bahnhof gefunden? Vielleicht hatte Liliána doch recht, dass es keine Zufälle gab.

Hinter den Bäumen schimmerte ein Licht. Ich rollte über das Gleis und bog links ab. Vor mir lag ein verwahrlostes Bahngelände. Brüchiger Beton, sprießendes Gestrüpp, Abfälle, der Außenposten der Zivilisation.

Ich stellte den Motor ab und stieg aus, stemmte mich gegen den Wind. Das hölzerne Bahnhofsgebäude wirkte verlassen, nur an der Fassade brannte noch ein einsames Licht, als hätte man vergessen, es auszuschalten, bevor man für immer dichtgemacht hatte. Ich versuchte, den halb abgeblätterten Ortsnamen zu entziffern, während ich mich wankend an die Hauswand erleichterte, aber es fehlten zu viele Buchstaben, irgendetwas fehlte immer.

Das Gleis, der Bahnsteig, die Bank, alles war da, alles wie auf Sebastians Fotos. Ich schleppte mich über die Schienen, ging auf den Wald zu. Eine leere Plastikflasche kam mir klappernd entgegen, ich trat nach ihr, verlor das Gleichgewicht und fiel auf die Knie.

Ich raffte mich auf, erschauderte, während mein Blick über die Bäume glitt. Der Wind blies, als wehte er durch eine kosmische Schneise, die Wipfel rauschten, wie eine riesige, schwarze Leinwand wogte der ganze Hang vor mir. Ich sah zum Waldsaum, als müsste im nächsten Moment jemand dort auftauchen. Aber nichts geschah, niemand erschien, der Wald blieb dunkel und verschlossen.

Ich taumelte zur Bank zurück, streckte mich darauf aus. Wenn nichts zu erwarten war, würde ich eben auf das Nichts warten. Da wusste man wenigstens, dass man am Ende nicht mit leeren Händen dastand.

Wie groß, wie grenzenlos weit der Himmel über mir war. Ob mich die Sterne auch sahen, wie ich sie sah?

Ein Zeichen schickten sie nicht.

Oder war das schon das Zeichen, diese Nacht, so wie sie war, wild und wundersam?

Mir fielen die Augen zu, ich wehrte mich nicht. Jetzt konnte ich mich endlich ausruhen, hier auf Anas Bahnhof, an der Endstation der Welt, so hatte ihn Sebastian genannt. Von hier konnte man weltauswärts fahren, lange hatte ich es schon vor. Ich musste mich nur noch erkundigen, in welche Richtung weltauswärts war, nach links oder nach rechts.

Morgen früh, wenn der erste Zug kam.

Aber da war noch etwas, was ich vorher klären musste … wenn ich nur wüsste, was … Ich rollte mich auf die Seite, zog die Beine an und den Mantel enger um mich und blickte zum Waldrand. Ein schwarzer Streifen, und niemand zu sehen. Aber morgen, wenn alles wieder friedlich und still war, würde Ana dort ins Freie treten und auf mich zukommen, und dann würde ich sie fragen … etwas Wichtiges, das ich unbedingt wissen musste, das sie allein wusste … etwas über sie und ihr Kind und unsere letzte Nacht am See.

Ich versuchte nachzudenken, aber es hatte keinen Sinn, mein Kopf war leer. Vielleicht würde es mir auch im Schlaf einfallen. Nachdenken hatte noch nie geholfen, aber wenn man nur lange genug schlief, wurde am Ende alles gut. Nur aufwachen durfte man nicht, bevor es zu Ende war.

Ich musste warten, nur noch ein paar Stunden. Eine letzte Nacht. Bis die Sonne aufging und Ana vor mir stand. Wie damals, als sie aus dem Dunkel in mein Zimmer getreten war, um sich ein paar Filme auszuleihen, und ihr weißes Hemd plötzlich alles in helles Licht getaucht hatte. Ich konnte mich erinnern, konnte mich an alles erinnern.

Und dann, wenn ich alles wusste, würde ich mich auf den Heimweg machen, zurück zu Liliána, meinen Studenten, meinem Leben, meinem Haus am See.

55.

Ich öffnete die Augen. Es regnete, mein Gesicht war nass, Zeit musste vergangen sein. Minuten, Stunden, ich wusste es nicht, die Nacht war geblieben.

Ich lag still, lauschte dem Pfeifen des Windes. Blätter wehten über das Gelände, tote, welke Blätter vom Hang, in einem endlosen Sog flogen sie durch die Luft, schlitterten über den Boden auf mich zu.

Ich beugte mich vor. Im Laub unter mir glänzte etwas. Kleine, helle Flecken. Ich starrte, und allmählich erkannte ich, es waren Fotos, ein ganzes Bündel Fotos in einer Folie. Die Folie schien zerrissen zu sein, denn die Bilder lagen zerstreut umher, und auf allen sah ich Ana.

Ana und mich. In jenem Winter. Wie friedlich wir dalagen, im nassen Laub, wie verschämt glücklich wir aussahen.

Ein Blatt segelte mir ins Gesicht, ich wischte es weg.

Mein Kopf sank auf die Bank, mein Blick ruhte auf Ana, so war es gut. Hier und da kam ein Windstoß und wühlte in den Bildern, trug ein paar mit sich fort. Sie flatterten davon, wie im Spiel, ich griff nicht nach ihnen, hielt sie nicht auf. Vielleicht schlief ich auch schon und träumte von lauen Sommerschauern längst vergangener Tage, ließ sie lautlos verwehen, als hätte es sie nie gegeben.

Der Autor dankt dem Kurt Tucholsky Literaturmuseum Rheinsberg, dem Künstlerhof Schreyahn, dem Künstlerhaus Lukas in Ahrenshoop und der Stadt Magdeburg.